작가 **미카와 고스트**
일러스트 **토마리**

vol.**5** 친구 **여동생**이 나한테만 **짜증나게** 군다

© tomari

"아, 아키?
왜, 왜 아무 말도 안 하는 거야?"

"이로하 양한테……
이기고 말 거야……!!"

"이 정도 벽쯤,
넘어서서……
마시로는…….."

"이……대로……
지진……
않, 아……."

CONTENTS

© tomari

친구 **여동생**이
나한테만
짜증나게
군다

vol.**5**

미카와 고스트 지음
토마리 일러스트
이승원 옮김

억지 친분 사양, 여친 사절, 친구는 진정으로 가치 있는 한 명만 있으면 된다. 『청춘』의 모든 것은 비효율적이며, 가혹한 인생 레이스에서 살아남기 위해서는 낭비를 극한까지 줄여야 한다—. 그런 신조를 가슴에 품고 있는 나, 오오보시 아키테루의 방에 눌러앉은 애가 있다.

코히나타 이로하. 여동생도, 친구도, 하물며 애인도 결코 아닌, 그저 친구 여동생. 남의 사정 같은 건 전혀 개의치 않으며 짜증나게 구는 이 애는 나에게 여자로서 사랑받고 싶다는 생각이 눈곱만큼도 없기에, 귀여워 보일 생각 제로의 치근덕거림을 선보인다.

그렇게, 생각했다.

하지만 여름 방학 때, 카게이시 스미레의 고향인 산속 마을에서 결연(結緣)의 의식에 휘말리게 된 나와 이로하는 의도치 않게 거리가 가까워지고 말았다.

그 후, 《5층 동맹》의 시나리오 담당이자 대인기 라이트노벨 작가이기도 한 마키가이 나마코의 담당 편집자인 키라보시 카나리아의 호의로 바닷가 별장에 초대됐다. 프로듀서로서 대선배인 카나리아로부터, 자신의 욕망과 마주하는 것의 소중함과 그것을 통해 이끌어낼 수 있는 크리에이터의 재능도 있다는 것을 배운 나는 자신의 솔직한 감정과 다시 마주했다.

그리고 눈치채고 말았다.

이로하와 보낸 시간 속에서, 나도 모르게, 본의가 아니지만, 매우 유감스럽게도, 이로하의 짜증스러운 태도 속에서 귀여움을 감지하고 만 것이다…….

물론 그것은 연애 감정과 이퀄은 아니다. 애초에 연애 경험이 전무한 나는 연애 감정이 어떤 것인지 모른다.

하지만 확실한 것은 코히나타 이로하를— 나에게만 짜증나게 구는 친구 여동생을, 그런 짜증스러운 면도 포함해, 이성으로서 귀엽게 인식하고 말았다는 사실이다.

그것을 눈치채고 만 나는 자기 자신의 정동(情動)^{카르마}에 따라, 이렇게 생각했다.

—이 짜증귀염의 위대함을 나만 알고 있어도 되는 걸까?

나는 뛰어난 재능과 매력을 세상에 널리 알리는 것이 사회 전체에 있어 가장 효율적인 일이라 여기기에, 그런 내 마음에 따라 이로하가 치근덕거릴 수 있는 친구를 만들어주자고 결심했다. 한 살 어린 이로하는 나와 《5층 동맹》의 다른 멤버들이 졸업하고 나면 치근덕거릴 상대가 곁에 없게 된다. 그녀의 본성을 드러낼 수 있는 상대가 곁에 있는 편이 좋을 테지.

……참고로 요즘 들어 마시로가 좀 이상한 것 같은데, 왜 그런지는 잘 모르겠다.

등장인물 소개

오오보시 아키테루

주인공. 고등학교 2학년. 청춘을 낭비하는 걸 질색해서, 친구도 딱 한 명뿐인 극도의 효율충. 자칭 평균적인 고등학생이지만, 실은 「5층 동맹」의 프로듀서. 요즘 들어 짜증귀염도 나쁘지 않다는 쪽으로 인식을 바꿨다. 귀신을 질색하기에, 여름은 그다지 좋아하지 않는다.

코히나타 이로하

고등학교 1학년. 오즈마의 동생. 학교에서는 밝고 상냥하며 청초한 우등생이지만, 본성은 슈퍼 하이 텐션 소녀. 아키테루한테만 묘하게 치근댄다. 팔색조 목소리를 지닌 연기의 천재. 인싸라서 여름이 되면 텐션이 상승한다.

츠키노모리 마시로

고등학교 2학년. 아키테루의 동급생이자 사촌이자 가짜 여친. 아키테루에게 현실에서는 매몰차게 대하고, LIME에서는 애정 공세를 펼친다. 대히트 작가, 마키가이 나마코이기도 하다. 여름을 심하게 타기 때문에 여름에는 은둔형 외톨이 생활을 고수하지만, 여름 이벤트는 좋아한다.

코히나타 오즈마

고등학교 2학년. 통칭 오즈. 아키테루의 유일한 친구. 아키테루를 절대적으로 신뢰하는 미남. 여동생과 달리 남을 배려할 줄 아는 좋은 녀석. 「5층 동맹」의 시스템을 혼자 도맡고 있는 천재 프로그래머. 여름에는 컴퓨터의 오버히트가 걱정거리.

카게이시 스미레

알코올에 환장한 25세. 아키테루 일행의 담임이며, 《맹독의 여왕》이라 불리고 있다. 그녀의 정체는 마감을 지키지 않는 민완 일러스트레이터 「무라사키 시키부 선생님」. 여름 동인지 즉매회 후의 맥주 원샷을 더없는 행복으로 여긴다.

『이로히 양이 《5층 동맹》의 성우야?』

밤. 침실 테이블의 어둑어둑한 취침등 불빛 아래에서, LIME의 메시지 입력란에 넣은 문자를 보길 몇 분. 송신 버튼 쪽으로 내민 손가락이, 몇 밀리미터 떨어진 상태에서 꼼짝도 하지 않았다.

바다에서의 그 일 이후로 며칠이 흘렀다.

스미레 선생님의 차로 돌아가던 도중, 지쳐서 잠든 아키가 놓친 스마트폰의 화면을 무심코 본 순간에 마시로의 마음에 생겨난 거친 파도는 전혀 잦아들지 않았다.

아키가 《5층 동맹》의 목표를 달성할 때까지는 연애는 생각도 할 수 없다고 말했을 때, 용기를 내서 고백했는데 이런 식으로 피 말리는 건 너무하잖아, 바보 멍청이, 확 죽어버려, 하고 생각했다. 그래도 긍정적으로 여길 수 있었던 것은, 강력한 카드를 쥐고 있기 때문이다.

마키가이 나마코로서, 《5층 동맹》의 동료로서 함께 나아갈 수 있는 것이다.

이로하 양과 미도리 부장 같은 매력적인 여자애가 아키의 주위를 어슬렁거리더라도, 마음 한편으로 자기는 아키와 특별한 유대로 맺어져 있다고 여기며 자신을 안심시켰다.

하지만, 아니었다.

이로하 양은 《5층 동맹》의 성우였다. 『검은 새끼 염소가 우는 밤에』에서 보이스를 담당하는, 정체불명의 수수께끼 성우집단 X.

마키가이 나마코, 무라사키 시키부 선생님, OZ조차도 그 정체를 알지 못하는 유일한 언터처블.

즉, 아키에게 있어 가장 특별할지도 모르는 존재다.

그 포지션을 차지하고 있는 이로하 양과 아키 사이에서 피어난 유대에는, 어디까지나 좋아하는 작가 선생님에 불과한 마키가이 나마코…… 그것도 남자 대학생으로 위장한 상태로는 맞설 수조차 없을 것이다.

게다가 이로하 양은 평범한 여자애가 아니다. 마시로에게 있어 첫 친구이기도 했다.

비굴하고, 비참하며, 약해빠졌을 뿐만 아니라, 누구도 믿지 못하며 밀쳐내기만 하던 마시로를 위해 화내준, 친구가 되자며 손을 내밀어준 아이…….

하지만…… 이것은 벌일까?

약아빠진 방법으로 아키와 접점을 만들려 한 벌. 처음부터 용기를 내서, 자기 목소리로, 민낯으로, 아키와 마주했다면 좋았으리라. 정체를 밝혔다가 거절당하면 다시 일어설 수 없을 테니 상처 입고 싶지 않아서, 어중간한 거리를 선택하고 말았다.

그래서 이로하 양도 마시로를 연적이라 여기지 않으며 친구가 되고 말았다.

정정당당하게 처음부터 전부 밝혔다면, 이로하 양도 마시로와 친구가 되려고 하지 않았을지도 모른다.

뭐든지 엉거주춤. 뭐든지 어중간.

그리고 결국 아무것도 얻지 못한다.

"어릴 적과 똑같아. 마시로는 전혀 성장하지 않았어……."

달력을 봤다.

8월도 막바지에 접어들었다.

즉, 이 지역에서 유명한 여름 축제가 다가오고 있다.

초등학생 때는 매년 친척인 아키네— 오오보시가에, 마시로와 오빠는 친척으로서 자주 놀러갔었다. 여름 축제에도 같이 갔다.

에도 시대부터 이어져 내려왔다는 유서 깊은 업체에서 만든 폭죽이 유명하며, 대기업의 원조 덕분에 다른 지역에서도 손님들이 몰려오는 일대 이벤트다.

하지만 아키에게 있어서는 사람이 너무 많아 아이들은 어른의 등밖에 안 보이는 폭망 이벤트라고 한다.

하지만 그런 이벤트도 즐기려고 하는 게 역시 아키답다고나 할까…….

『이 나무에 올라가면 잘 보일 거야.』

아키는 조그마한 어린애들도 불꽃축제를 최대한 즐길 수 있는 비밀스러운 특등석을 찾아냈다.

　나무를 술술 올라간 아키와 오라버니가 흥분해서 이야기를 나누는 모습을 올려다보며, 마시로는 나무 밑에서 침울한 표정으로 서 있었다.

　운동 신경이 나쁜 마시로가 나무를 오르는 건 무리다. 올라갈 수 있을 리가 없다. 그래서 불꽃 같은 건 보고 싶지 않았다.

　그런 생각을 하며 삐친 마시로는, 아키가 내민 손을 잡지 않았다.

　결국 마시로는 그 자리에 주저앉아 풀이 죽어 있었다.

　약골.

　겁쟁이.

　근성 없는 녀석.

　사람 많은 곳을 질색하지만, 아키와 함께 놀고 싶어서 억지로 여기까지 왔다.

　하지만 한 걸음을 내디딜 용기가 없어서, 가장 먹음직스러운 부분을 놓치게 됐다.

　헛웃음이 날 정도로 비효율적이고 어정쩡한 자신이 혐오스럽기까지 했다.

　하지만 바로 그때, 아키는······.

　모처럼 올라간 나무에서 내려오더니, 마시로의 옆에 앉았다.

『왜 내려온 거야? ……나무 못 타는 마시로가 나쁜 거니까, 아키는 신경 쓰지 마.』

상대를 밀어내기 위한 그 말에 대한 아키의 대답을, 마시로는 지금도 기억한다.

『아냐. 마시로의 운동 신경을 고려해서 장소를 골랐어야 했어. 내 잘못이야. 그러니 같은 조건에서 불꽃을 보는 게 당연하지 않겠어?』

정말, 예나 지금이나, 아키는 변함없다.

낮은 곳에서 갈팡질팡하고 있는 마시로의 곁으로 내려와 준다. 마시로를 내버려 둔다면, 얼마든지 높은 곳에 올라갈 수 있을 텐데…….

그런 상냥한 아키를…… 마시로는 항상 좋아해. 좋아했어, 같은 과거형으로 표현하는 날은 평생 오지 않을 거야.

설령 이로하 양의 본심이 어떨지라도…….

설령 이로하 양의 정체가 《5층 동맹》 안에서 아키가 가장 중시하는 재능의 소유자일지라도…….

자신의 마음만은 변하지 않는다. 변할 리가 없다.

"정체를 알든 말든 무의미하네. 바보."

입력한 문장을 삭제했다. 이로하 양을 정체를 캐는 건, 관두자.

중요한 것은 그게 아니다.

만약 이로하 양을 적으로 돌려서, 경쟁한 끝에, 사랑의 레이스에서도 진다면— 마시로는 좋아하는 남자애와, 유일한 친구를 동시에 잃게 되지만…….

—아니다.

설령 같은 사람을 좋아해서 연적이 되더라도, 이로하 양은 마시로를 미워하며 제거하려 할 리가 없다.

그런 두려움을 느끼는 건, 마시로 본인의 문제다.

마시로가 스스로를 믿지 못하니까. 실은 이로하 양과 대등한 친구로 지낼 수 있는 인간이 아니니까. 아키의 옆에 설 수 있는 인간이 아니라고 생각하니까.

그래서 사소한 비밀이 존재한다는 사실과, 이해관계의 충돌 때문에 불안을 느끼는 것이다.

—강해져야만 한다.

그 어떤 진실에 직면하더라도, 결코 상처 입지 않도록.

겁먹지 않고, 이로하 양과 당당히 경쟁할 수 있도록.

"어라……?"

바로 그때, 타이밍을 재고 있었던 것처럼 스마트폰이 진동했다.

메시지를 보낸 사람을 확인해보니…….

"아, 아빠……?"

신기한 일이다. 대기업 사장인 아버지는 바빠서, 딸 바보인 것치고는 LIME 메시지를 자주 보내진 않는 편이다.

그런 생각을 하며 열어본 메시지의 내용을 본 순간— 얼굴에서 핏기가 가시는 것을 느꼈다.

《아빠》 마시로. 아키테루 군과의 가짜 연인 관계 말인데……
혹시 잘 풀리지 않는 것 아니니?

……이 아빠는 대체 뭐야? 타이밍이 너무 좋아서 무서울
지경이거든?

여름 방학의 골인 지점이 보이기 시작한 어느 날의 일이다.

세간에서는 무계획적인 학생들이 쌓여 있는 숙제 때문에 골머리를 썩이며 최후의 발악을 하고 있을 이 시기에, 나는 효율적으로 일정을 짜서 숙제를 했기에 정상 영업 중이다.

평소와 똑같이. 평상시처럼. 안정적으로……

"으~음. 어떻게 한다~. 이로하 님은 바쁜데~?"

"야. 이제 와서 이러기냐……"

……맨션 502호실의 우리 집 침실에서, 예의 후배가 짜증 나게 굴고 있다.

"친구 없는 기간 16년, 고집 있는 외톨이 장인인 선배는 이해가 안 되겠지만요~. 인싸의 여름 방학은 스케줄로 가득 차 있다고요☆"

"너, 거의 매일 우리 집에서 뒹굴뒹굴했잖아. 안 그런 건 여행 때뿐이거든?"

"쪼~잔~해~. 그런 센스 없는 딴죽 금지~!"

부풀린 볼에 불만을 가득 담은 채, 맨발을 버둥버둥 흔들어대는 이는 바로 코히나타 이로하.

양말을 벗고 편안하게 침대에 앉아 있는 모습.

통기성이 좋아서, 팔과 가슴과 다리가 전체적으로 시원해 보이는 사복 차림.

이런 모습을 학생이나 교사가 봤다면 오해할 것이다. 하지만 이로하는 내 연인이 아니며, 여동생이나 소꿉친구 같은 단순한 속성도 아니다.

옆집에 사는 친구 여동생. 인연이 있어서 약간 가깝게 지내는 후배다.

황금색을 띤 밝은 빛깔 머리카락, 쉴 새 없이 움직이는 커다란 눈동자, 균형 잡힌 몸매와 현저하게 성장한 커다란 가슴. 남성의 이상형을 응집한 듯한 외모는 학교에서 평판이 좋으며, 밝고 청초한 최강의 우등생으로 주목을 모으는 듯하다. ……응, 그런 듯하다.

하지만 내 앞에서는 이 녀석도 그 가면을 벗어던진다.

"아~무~튼~. 공사다망한 저한테서 어떻게드~~~~~은 레코딩 스케줄을 쟁취하고 싶다면, 성의를 보이세요! 압도적인 성의 말이에요!"

어쨌든 짜증나. 무심코 만화 타이틀을 연상케 하는 말이 떠오를 만큼, 짜증이 났다.

"성의라니…… 뭘 하면 되는데?"

"으음~, 글쎄요~. 『이로하 양과 꼭 같이 있고 싶어요!』 하고 세 번 외친 다음, 『멍!』 하고 짖는다면 원하는 대로 해줄 수도 있어요."

"이로하 양과 꼭 같이 있고 싶어요. 이로하 양과 꼭 같이 있고 싶어요. 이로하 양과 꼭 같이 있고 싶어요. 멍. (고속 영창)"

"진심이 눈곱만큼도 어려 있지 않아~!"

"왜 그래? 시키는 대로 했잖아."

로봇처럼 딱딱한 말투로 무감정하게 읊었을 뿐이잖아.

"정말~. 부끄러워하기는~. 선배의 마음에 순순히 따르기만 하면 될 뿐이잖아요."

"아하, 일리 있는걸."

억지로 자신의 본심을 억누르면 행복에서 멀어진다는 설을 들은 적이 있다.

효율적인 행복을 추구한다면 타인의 마음을 헤아릴 필요 없다! 그저 유아독존하면 된다! 누가 한 말인지는 모르겠지만, 글쟁이는 괜찮은 소리를 하는걸.

"—좋아. 그럼 내 마음에 따라 오토이 씨에게 고자질하겠어. 『이로하가 레코딩 스케줄 가지고 쪼잔하게 구는데요』······면 되겠지."

"아아아아아아아앗! 잘못했어요, 잘못했어요, 우쭐대서 죄송해요, 제발 봐주세요!!"

내가 스마트폰을 꺼내서 LIME을 켜려고 하자, 이로하는 울먹거리며 나한테 매달렸다.

역시 오토이 씨는 최종병기야. 이름을 입에 담기만 해도 이 정도네. 절대적인 억지력이라니깐.

"처음부터 순순히 스케줄을 알려주면 됐을 거 아냐."

"부우~. 선배가 좀 당황해주면 참 귀여울 텐데~ 라는 여자 마음도 몰라주고……."

"일에 여자 마음을 개입시키지 마. ……그런데, 언제라면 괜찮은데?"

"으음……. 까놓고 말해 항상 비어 있으니까, 언제든 오케이예요~."

"인싸의 여름 방학은 스케줄로 가득 차 있는 거 아냐?"

"이로하 님 레벨 쯤 되면 클래스메이트의 같이 놀자는 제안을 슥 거절해도 문제가 안 되거든요. 바빠 보이니 어쩔 수 없네~ 하는 분위기가 저절로 생겨나니까요!"

"되게 편리하겠네……."

나는 그렇게 중얼거렸지만, 딱히 부럽지는 않았다. 이 녀석이 평범한 친구 여동생이라면 러브코미디 주인공처럼 눈치 못 챈 듯한 표정을 지었겠지만 말이다.

공교롭게도 그렇게 둔감하게 넘어갈 만큼, 우리는 서로를 모르지 않았다.

게다가 이번 여름에 어떤 결의를 다진 나로선, 특히 그냥 넘어갈 수 없는…….

"저기, 이로하. 너 말이야—."

"아, LIME 왔네."

클래스메이트와 좀 더 친하게 지내면서 동갑내기 절친이

라도 만드는 게 어때? 란 내 말을 끊으며, 이로하가 스마트폰을 꺼냈다.

만화 앱이나 음악, Ytube도 깔려 있지 않은, 전화와 LIME만을 위한 스마트폰이다. 내가 준 오락용 앱이 들어있는 녀석이 아니라, 부모님에게 받은 스마트폰이다.

이로하는 전근대적인 그 스마트폰을, 요즘 여고생다운 매끄러운 손가락 놀림으로 조작하고 있었다.

"네가 남과 연락을 취하다니, 꽤 드문 일이네……. 오즈야?"

"에이, 말도 안 돼요. 오빠는 메시지 같은 걸 거의 안 보내는걸요."

"그럼 스미레 선생님?"

"지옥 마감 스케줄 동안 쌓아둔 애니와 게임을 해치울 거라면서, LIME의 알림을 꺼둔 것 같아요."

"……마시로?"

"마시로 선배와는 요즘 자주 연락을 주고받긴 해요. ─하지만, 유감스럽게도 땡이에요!"

"아니구나. ……그럼 누구와─."

"에이, 그야 물론…… 어? 흐음~. 후후후. 므흐흐흐흐~."

"그, 그 표정은 뭐야?"

스마트폰에서 시선을 뗀 이로하가 내 얼굴을 쳐다보며 히죽거렸다.

……나를 놀릴 때의 표정이다.

"선배, 혹시 질투하는 거예요~? 제가 누구와 연락을 주고받는 건지, 신경 쓰여서 어쩔 줄 모르겠어요~?"

"뭐어?! 그럴 리가 없잖아. 내가 왜 질투 같은 걸—"

"그럼 제가 누구와 연락을 주고받든 상관없잖아요? 안 그래요? 상대의 정보가 신경 쓰인다는 건 그런 의미인걸요~. 부끄러워할 필요 없어요~. 이해하니까요!"

이로하는 머신건 토크를 퍼부으면서, 내 볼을 검지로 16연타했다.

짜, 짜증나……. 되게 짜증나게 구네.

"그냥 별일도 다 있다고 생각했을 뿐이야.《5층 동맹》멤버와 마시로 말고는 너한테 친구라고 할 사람이 없잖아."

"에잇에잇에잇에잇! 어~, 한 백 명쯤 있다고요! 1학년의 인기인이니까요! ……우쭐!"

"우쭐댄다는 걸 대사로 표현하지 말라고."

확 두들겨 패주고 싶어진다.

요즘 들어 이로하의 이 짜증나는 행동이 귀엽다고 느껴질 때가 있지만, 그렇다고 짜증이 나지 않는 건 아니다.

"네가 인기 있다는 건 알지만…… 설마 LIME으로 노닥거리는 친구가 있을 줄이야……."

이 녀석과 같이 있는 시간이 길다고 생각했지만, 모르는 면은 잔뜩 있는 것 같다.

이로하의 치근덕을 받아주는 절친을 만들어주고 싶다고

생각했는데, 어쩌면 그럴 필요가 없을지도 모른다. 하지만 이로하 녀석은 대체 어느새 그런 친구를 만든 걸까. 나한테 가르쳐줘도 될 텐데 말이야. 매정한 녀석이라니깐. ……뭐, 오빠 친구에 불과한 나한테 그런 걸 알려줘야 하는 의무는 없나.

"어~? 선배, 혹시 정말로 감 못 잡은 거예요?"

"……뭘 말이야?"

"아~, 진짜네…… 오 마이 갓!"

"뭐, 뭐야. 나, 이상한 소리 한 거야……?"

"얼추 예상을 하고 캐묻는 건가 싶어서 짜증 카운터를 날린 건데요. 아무래도 리얼로 LIME의 상대가 누구인지 감 못 잡은 것 같네요. 그런 불쌍한 선배한테 이로하 님이 알기 쉽게 트릭을 설명해드릴게요."

자애에 찬 어조로도 사람을 짜증나게 만들다니, 이 정도면 재능 아닐까.

내가 그런 생각을 하고 있을 때, 이로하는 스마트폰 화면을 보여줬다.

그 화면에 표시된 것은…….

"이건 **우리 반 전원의** 그룹 LIME이에요."

"반 전원의…… 그룹 LIME……?"

문명개화기에 갓 익힌 영어를 입에 담는 옛날 사람 같은 어조로, 나는 그렇게 중얼거렸다.

아니, 그런 게 있다는 건 나도 지식으로 알고 있다. 하지만…….

"실존, 했구나……."

"……풉. 푸푸풉. 아하하하하하!"

"어…… 야, 왜 웃는 거야!"

"아니, 어떻게 안 웃어요! 반의 그룹 LIME 같은 건 프로 외톨이인 선배한테 미지의 개념이죠?! 이야, 이로하 님이 실수했네요! 실수로 어른의 세계를 보여주고 말았네요! 쏘리~!"

"큭…… 뭐, 뭐어, 됐어. 불특정 다수가 속한 LIME 그룹은 시도 때도 없이 알림이 와서 짜증날 뿐이거든. 스마트폰의 진동은 사람의 의식을 흐트러뜨려. 작업에 대한 집중을 방해할 뿐이야. 효율을 고려하면 안 들어가는 편이……."

"히죽히죽."

"……윽, 확 죽여— 확 넘어뜨려 버린다!"

"어, 잠깐, 꺄아아앗?!"

부적절한 발언을 입에 담을 뻔한 나는 반사적으로 법령에 저촉되지 않을 표현으로 바꾼 후, 침대 시트를 걷어 올려서 그 위에 앉은 이로하를 넘어뜨렸다.

……물론, 그 행동에 담긴 감정에는 변함이 없거든?

"정말~! 뭐 하는 거예요~!"

"갑자기 시트를 바꾸고 싶어져서 말이지. 내 방이니까 내 자유 아냐?"

"저기, 발작적으로 그딴 짓을 한다면 완전 위험인물이거든요?"

"좀 억지스럽다는 건 알아…… 아, 그건 됐으니까 대답이나 해. 어떤 메시지가 온 건데?"

"아~, 메시지 말인가요? 으음~. 뭐, 됐어요. 딱히 끌리는 제안도 아니니까요."

이로하는 스마트폰 화면을 쳐다보며 의욕 없는 어조로 말했다.

"제안?"

"이달 말에 여름 축제를 하잖아요? 근처 신사에서요."

"아…… 그래. 하천 쪽에서는 불꽃놀이도 하잖아."

"네, 바로 그거예요.『그 축제에 같이 갈 사람, 손~!』이라는 메시지였어요."

"재미있을 것 같네. 가지 그래?"

여름 축제라면 여름 방학을 장식하는 일대 이벤트다. 학생들의 청춘 이벤트로 정석 중의 정석이다. 사랑에 불타고, 우정이 싹트는 고등학생이라면 누구라도 들뜨고 말 주옥같은 시간……. 아니, 그럼 경험을 한 적 없어서 모르지만 말이다.

그래도 이로하에게 절친이 생겼으면 하는 나로선, 그녀가 클래스메이트와 더 가까워지기를 바랐다. 그러니 열렬하게 권하고 싶지만…….

"으음~. 딱히 같은 반 애들을 싫어하는 건 아니지만, 그날은 좀 그래요."

"다른 볼일이 있는 것도 아니잖아?"

"아, 방금 그날에 스케줄을 잡기로 마음먹었거든요. 레코딩 말인데, 그날 하면 좋겠어요."

"뭐? 왜 일부러 그날로 정한 건데?"

"그야 그날 낮에 녹음하면, 마친 후에 놀러 갈 수 있잖아요. 선배, 그리고 오토이 씨와 말이에요!"

"아……."

거기까지는 생각 못 했다.

꼬리를 마구 흔들어대는 강아지 같은 표정으로 이로하가 그렇게 말하자…… 하긴, 하며 납득할 수밖에 없었다. 내 생각을 알 리 없는 이 녀석으로선, 평소 친하게 지내는 나나오토이 씨와 가고 싶어 하는 게 당연했다.

뭐, 이로하에게 절친을 만들어주기 작전은 장기 목표니까, 본인의 의향을 무시하며 밀어붙일 일도 아니지.

"……오케이. 그럼 그날 레코딩을 한 다음, 여름 축제는 평소 멤버로—"

내가 그렇게 일정을 짜던, 바로 그때였다.

딩……동…….

현관 벨이 울렸다.

이로하가 때때로 하는 짜증 연타가 아니라, 조신하게 딱 한 번만 눌렀을 때의 소리다.

하지만, 기분 탓일까?

—불가사의하게도 묵직할 뿐만 아니라, 차분한 중압감이 담긴 소리처럼 들렸다.

"어라, 신기한 일도 다 있네요. 이런 시간에 손님이 다 오고 말이에요."

"……불길한 예감이 들어."

"네?"

"이로하, 이번에는 진짜로 장난 아냐. 절대 목소리 내지 마."

"어, 으음…… 네."

발소리를 죽이고 거실에 가서, 인터폰 모니터를 쳐다보았다.

화면에는 새하얀 머리카락과 새하얀 피부, 그리고 새하얀 얼굴이 표시되어 있었다.

또 한 사람의 이웃사촌— 츠키노모리 마시로였다.

『저, 저기…… 아키. 지금, 괜찮아?』

"뭐, 뭐야. 마시로구나. 무슨 일이야?"

『아…… 으음, 저기 말이야. 오늘은 일요일이지?』

"응? 그렇긴 한데…… 여름 방학이니까 딱히 상관없지 않아?"

『그렇긴 한데, 그렇지 않다고나 할까…….』

"무슨 말인지 모르겠네."

거북한 듯이 고개를 숙인 마시로는 우물쭈물하며 말끝을

흐렸다.

마시로는 원래 애매모호하게 말하는 편이지만, 왠지 위화감이 느껴졌다.

안색도 평소보다 더 나쁜 것 같은데⋯⋯.

마치 누군가에게 권총으로 몰래 위협을 당하는 상황에서 말을 하는 듯한, 그런 어색함이 느껴졌다.

"선배⋯⋯? 대체 누가 찾아온 거예요?"

침실 문을 열고 얼굴을 빼꼼 내민 이로하가 작은 목소리로 물었다. 아까 내가 진지한 목소리로 말을 해뒀기 때문에 평소처럼 짜증나게 굴지 않는 것 같은데, 그럼 평소에도 좀 자중을 해달라고.

"아, 실은 마시로⋯⋯."

왠지 분위기가 이상하니까 잠시만 입 좀 다물고 있어, 하고 내가 말하려던 순간이었다.

『지금, 누구와 이야기를 나누고 있는 거지?』

"끄악─?!"

갑자기 허스키한 느낌의 댄디한 목소리가 들려오더니, 모니터 너머에서 중년 남성이 얼굴을 쑥 내밀었다.

핏발선 눈과 귀신같은 표정 탓에 원형을 알아볼 수 없을 정도의 작화붕괴가 발생했지만, 그런데도 숨겨지지 않는 나이스 미들 분위기를 지닌 저 사람은 바로 내 삼촌이자 마시로의 아버지. 그리고 《5층 동맹》이 인맥으로 취직하려 하는 허니플레이스 워크스의 대표 이사 사장인 츠키노모리 마코토다.

아니, 극초반 호러 연출은 삼가하라고.

"무, 무슨 일이에요?! 왜 갑자기 비명을 지른 건데요?! 선배가 한심한 소리를 내니까, 살짝 귀엽― 우읍?!"

"걱정하는 척하며 은근슬쩍 놀리지 마. 그리고 입 다물어!"

"으으읍~! ……푸핫. 뭐 하는 거예요! 강제로 이런 짓을 하다니, 완전 저질이네요! 합의서를 안 쓰면 체포되거든요?"

"그건 대체 어느 지역의 법령이야? 그리고 실제로 그게 도입된 곳이 있긴 해?"

아, 만담이나 할 때가 아니다.

"큰일났어. 일단 여기서 탈출해!"

"네엣? 하지만―."

"설명은 나중에 해줄게! 지금은 일단 서두르라고!"

"어, 우왓, 미, 밀지 말아줄래요?!"

스모 선수급의 밀치기로 이로하를 창가로 몰아넣은 후, 베란다로 내보냈다.

영문도 모른 채 당황한 이로하에게 자초지종을 설명해주고 싶지만, 나도 평정심을 잃은 상태인지라 솔직히 무리였다.

아니, 그럴 만도 하잖아.

츠키노모리 사장이 제시한 《5층 동맹》의 허니플레 입사 조건. 그것은 마시로의 가짜 남친이 되어 졸업 때까지 그녀를 지키는 것이다. 그 사이에 진짜 여친을 만들거나 마시로와 진짜로 연애를 하면 안 된다.

과거에 무슨 일이 있었던 건지는 모르겠지만 학창 시절에 대해 묘한 반감을 품고 있는 어른을, 나는 현재 최대한 배려해야만 하는 처지다.

이로하와 함께 있는 모습을 츠키노모리 사장이 본다면 큰일난다. 농담이 아니라 진짜로 큰일난다.

그러니 이로하는 서둘러 돌아가야만 한다.

"나중에 다 설명해줄게. 일단 지금은 베란다를 통해 네 방으로 돌아가."

"잘 모르겠지만…… 진짜로 위험한 상황인 건 이해했어요. 나중에 설명해주는 거죠?"

"그래. 좀 이따 봐!"

이로하는 내 강압적인 태도에 약간 불만을 느낀 것 같지만, 비상시에 옆집 베란다로 이동할 때만 이용하는 칸막이(구멍이 뚫려 있다) 앞에 쌓여 있는 종이 상자를 치웠다. 테로테로테론~♪ 하고 녹색 옷을 입은 검사가 퍼즐을 풀었을 때 들리는 효과음이 환청으로 들려올 것만 같다.

사실 저 칸막이는 훼손하면 안 되는 것이지만, 일전에 사고로 구멍을 낸 후로는 의외로 편리해서 그대로 뒀다.

—이런 상황에서 쓰게 될 줄은 꿈에도 몰랐지만 말이야!

"으, 음~, 기다리게 해서 죄송해요!"

"꽤 시간이 걸렸는걸? 그리고 비명도 들린 것 같은데 말이지."

이 방에 이로하의 흔적이 남아 있지 않다는 것을 확인한 후, 현관문을 연 나는 다양한 의미의 땀으로 옷이 흠뻑 젖어 있었다.

"벼, 벌레가, 나와서요. 잡느라 늦었어요. 아하, 아하하하 하하하하."

"그래? 위생 상태를 신경 쓰는 편이 좋겠군"

"저, 저기~, 오늘은 무슨 용건으로 오신 거죠?"

"아, 별건 아냐. 그저—."

표정은 환하지만 눈에 귀신 같은 살의가 어린, 만면이 아니라 반면에 미소를 머금은 츠키노모리 사장이 이렇게 말했다.

"—아키테루 군, 마시로. 두 사람의 가짜 커플에 대한 각오를 시험해볼까 해서 온 거야."

*

『그러고 보니 아키와 츠키노모리 양은 가짜 커플이었지? 까맣게 잊고 있었어.』

『서로가 커플 같은 짓을 안 했거든⋯⋯. 마시로의 성격으론 무리이기도 해.』

　『자, 이제부터 어떻게 되려나.』

　『오즈는 되게 즐거워 보이네……..』

제1화 ····· 내 사촌은 그러고 보니
가짜 여친

우선 변명부터 해두자면, 나는 결코 마시로와의 가짜 커플 관계를 깜빡하지는 않았다.

커플다운 짓은 안 했으며, 러브코미디에서 흔히 볼 수 있는 가짜 커플의 새콤달콤한 이벤트 같은 것도 담쌓은 채 오늘까지 온 데에는 그럴 만한 이유가 있다.

보통은 만나고 몇 달, 단행본 열 권 정도 즈음에 벌어질 진심 고백이 꽤나 빠른 단계(만약 내 체험을 책으로 만든다면 1권 라스트나 2권 즈음의 초고속 타이밍)에 해버린 것이다. 그래서 커플 행세나 꽁냥꽁냥 같은 것을 하기 어려운 분위기가 되고 말았다.

한번 상상을 해봐라.

진심으로 나를 좋아한다고 말한 녀석에게 가짜 연인 행세를 시키다니, 완전 인간쓰레기 같은 짓거리다.

뭐, 그래서, 어영부영, 서류상으로만 가짜 커플 상태를 유지해왔다.

위장 가짜 커플이라, 뭐가 뭔지 모르겠다.

"─아키테루 군, 마시로. 솔직하게 물어보지. 너희들, 제대로 연인 행세를 하고 있는 거냐?"

우리 집 식탁.

나와 마시로가 나란히 앉고, 식탁 건너편에 츠키노모리 사장이 자리했다. 그야말로 취조하는 구도다.

여름 제철 수확 커피(요즘 내가 빠져 있는 녀석을 대접했다)의 향기를 즐기며, 사장은 단도직입적으로 질문을 던졌다.

"적어도 같은 반 애들은 저희를 커플로 착각하고 있어요."

"으, 응. 완전히 속아넘어……갔어."

"호오, 그래. 구체적으로 어떤 연기를 하고 있지?"

"구, 구체적으로…… 그야, 펴, 평범하게……."

"그 평범을 설명하자면?"

"으윽……."

츠키노모리 사장이 날카로운 질문 공세를 펼치자, 마시로는 말을 잇지 못하며 고개를 푹 숙였다.

마시로는 전학과 자취를 허락받는 대가로, 나와 가짜 커플 관계가 되는 것을 승낙했다. 나와 마찬가지로, 마시로에게 있어서도 이 관계는 꼭 지켜야만 하는 아버지와의 약속일 것이다.

나와 같은 조건을 제시받은 거라면, 마시로는 어마어마한 실수 하나를 저지르고 만 게 된다.

진짜로 나를 좋아하게 되어서, 고백했다. 이 사실은 명명백백한 계약 위반이다.

"애매모호한 대답으로 넘어갈 수 있을 거라고 생각하지

마라. 이래 봬도 나는 대기업의 리더로서 전 세계에 이름을 떨치고 있거든. 사람 보는 눈은 정확한 편이지."

"큭······."

대충 얼버무리고 넘어가는 건 무리 같았다.

나는 각오를 다진 후, 옆에 있는 마시로의 옆구리를 팔꿈치로 살며시 찌르며 낮은 목소리로 말했다.

"······마시로."

"······어. 으음. 왜, 왜 그래?"

"할 수밖에 없겠어."

"뭐?"

"어중간한 걸로는 삼촌을 납득시킬 수 없어. 전력을 다하자."

"······아! 으, 응. 알았어. 어쩔 수······ 없네."

나와 마시로는 츠키노모리 사장에게 들키지 않도록, 귓속말과 시선으로 의견 교환을 했다.

미리 작전을 짜두지는 않았지만, 우리는 꽤 오랫동안 함께 지내왔다. 이야기를 나누면서, 서로의 감성이 닮았다는 것도 느꼈다.

커플이 평소에 어떤 짓을 하는가?

나와 마시로가 봐온 세계는······ 똑같다!

기합을 넣으며 눈을 치켜뜬 나는 오른손을 치켜들었다. 마시로 또한 나를 흉내 냈다.

"아키테루예요."

"마, 마시로예요."

"'쇼트 가짜 데이트, 『여름 축제』'"

완전 콩트네. 그래도 마시로가 절묘하게 맞춰주는걸. 대단해.

내가 생각해도 딴죽 걸 데가 넘쳐나는 도입부지만, 이렇게 되면 끝까지 밀어붙일 수밖에 없다.

"마시로, 오늘은 여름 축제 날인데―."

"으, 응. 그래."

"이, 일단, 노점을 둘러보자. 효, 효율적인 루트로……."

"어, 하지만, 사람 많은 건, 싫어."

"아, 그, 그렇구나. 그럼, 돌아갈까?"

"으, 응. 집에서, 느긋하게, 쉬고 싶어."

"자, 커――엇!! 너희들, 의욕이 있긴 한 거야?!"

츠키노모리 사장, 아니, 감독이 화냈다.

생초짜가 리허설 없이 한 거니까, 좀 봐줘도 될 것 같은데…….

"그런 걸로 청춘을 구가하고 있는 진정한 인싸들을 속일 수 있을 것 같아? 두 사람의 관계가 어색하면, 그 즉시 NTR 무개념 대물 양아치들에게 락온 당해서 베드인이거든?!"

"세련되게 들리지만 실은 저질 그 자체인 발언 좀 자제해 주세요."

"우리 아빠가 요 모양 요 꼴이라 미안해, 아키."

"입 다물어라. 너희에게 허락된 발언은 『꽁냥』 혹은 『러브』

뿐이다!"

"정말 저능하고 불합리한 헛소리네……."

너무 어처구니가 없어서 두통이 났다. 하지만 당사자인 츠키노모리 사장은 진지하기 그지없었으며, 나와 마시로가 제대로 하지 않는다면 진짜로 취직 건은 없었던 일로 할지도 모른다.

"혹시나 해서 묻는 건데, 아키테루 군에게 진짜 여친이 있어서 커플 행세를 제대로 못 한다…… 같은 건 아니겠지?"

"……네?!"

"……윽?!"

예상외로 날카로운 그 지적에, 무심코 숨을 삼켰다.

설마 이로하와의 일을 알고 있는 걸까? 뭐, 그 녀석은 내 여친이 아니지만 말이다.

느닷없이 우리 집에 쳐들어온 것을 보면, 의심을 하고 있다 보는 편이 자연스러울 것이다.

우선 냉정하게 대처하자. 표정과 태도에 드러나지 않도록……

"진짜 여친…… 아키에게 진짜 여친……? 진짜…… 여친……!!"

마시로—?! 드러나고 있거든?! 표정에 드러나고 있어!

아니, 대체 왜 화를 내는 거야. 나한테 그런 상대가 없다는 건 너도 알잖아. 혹시 가공의 진짜 여친을 질투하는 거야?!

"아키, 하자. 진정한 꽁냥 러브 말이야."

"잠깐만, 진정해봐. 삼촌의 도발에 넘어갈 필요는—."

"하, 는, 거, 야."

"아, 넵."

마시로가 목소리를 깔며 그렇게 말하자, 나는 순순히 경례를 했다.

교실에서는 내성적이고 남들에게 휘둘리지만, 나한테는 이렇게 세게 나온다니깐.

……뭐, 좋다. 각오는 됐다. 맞춰줄 테니 뭐든 해보라고.

시선만으로 그런 의사를 전달하자, 마시로는 지금 바로 사람을 찌르러 갈 듯한 표정으로 고개를 끄덕였다.

그리고 스읍~ 하고 심호흡을 한 후…….

눈을 치켜떴다.

"아~키♪ 오늘은 축제— 특별한 날이니까, 마시로의 부탁을 전부 들어줄 거지?"

"AHAHA. 물론이지☆ 뭐든 말만 해."

"저기, 신사 안에 사람이 너무 많아서 무서우니까, 전부~ 제노사이드해줘♪"

"에이, 너무 엽기적이잖아."

"그리고 말이지? 노점에서 파는 맛난 걸 잔뜩 먹여줘♪"

"자, 먹어. 행복하게 먹는 너를 보니, 나도 마음이 훈훈해지네."

"먹보 취급하지 마~. 아키를 위해 매일 예뻐지려고 노력하고 있단 말이야~."

"어이어이, 마이 베이비. 볼에 솜사탕이 붙어 있어☆"

"꺄아, 마이 스위트 달링. 네 입술로 닦아줘♡"

—우리는 지금 뭘 하고 있는 걸까…….

분위기에 휩쓸려 폭주하다 보니, 갑자기 현자 타임이 찾아왔다. 처음부터 끝까지 이상한 대사만 늘어놓은 느낌이지만, 솔직히 말해 무슨 말을 했는지 나조차 기억이 나지 않는다.

나와 마시로가 얼어붙은 채, 시간이 멈췄다.

이 촌극을 본, 츠키노모리 사장의 반응은……?

"좋아. 통과."

"끼얏호!!"

"나이스, 아키."

우리는 팔꿈치를 서로 맞부딪치며, 승리의 기쁨에 빠져들었다.

그건 그렇고 겨우 이딴 짓에 속아 넘어가다니, 사장도 별것 아닌—

"—그런데 이 방에서 여자 체취가 감도는걸."

"……윽?!"

빈틈을 만들지 않는 2단 구성. 승리로 해이해진 의식의 허를 꿰뚫는 듯한 일격.

이것이 사장의 스킬인가! 아니, 감탄할 때가 아니다.

"그, 그야 마시로가 여기 있으니까요. 여자애의 체취가 감도는 게 다, 당연하잖아요."

"아니, 그렇지 않아. 이건 마시로가 아니라 다른 여자의 체취야. 내가 사랑해 마지않는 딸의 체취를 착각할 리가 없다고."

"어, 왠지 기분 나빠. 역겨운 게 아니라, 기분 나빠."

"마시로……. 그 단어는 중년 남성 특화형 살상 무기니까 사용할 때는 충분히 주의를……."

딸에게 기분 나쁘다는 말을 듣고 상처 입을 정도의 섬세함은 가지고 있는 것 같았다.

매우 적절한 상황에서 쓰이기는 했지만, 첨언은 하지 않기로 했다.

"아, 아무튼! 이 집에 마시로 이외의 여자 체위가 감돌고 있어! 아키테루 군, 딴 여자를 이 집에 들인 건 아니겠지?!"

"그, 그, 그럴 리가 없잖아요. 저는 비인기 속성 평범남 대표거든요?"

"으음…… 그건 그렇지. 자신감 결여 동정 특유의 스멜은 지금도 건재한데…….”

“저기, 말이 너무 심한 거 아니에요?”

츠키노모리 사장은 폭주하면 폭언의 수위가 급상승한다.

그런 점 때문에 딸한테 사랑받지 못하는 거라고.

“으으으…… 음? 잠깐만. 아키테루 군, 이상한 점이 하나
더 있는걸.”

“이, 이번에는 또 뭔가요? 트집 좀 그만—.”

“기른다던 고양이는 어디 있지? **먼치킨**의 모습이 안 보이
잖아.”

—맞아, 그런 설정이 있었지!

예전에 츠키노모리 사장과 통화 도중에 이로하가 장난을
쳐서 의심을 사게 됐을 때에 반사적으로 내뱉은 거짓말이
이런 최악의 복선 회수에 이르다니, 말도 안 돼! 그것보다
집에 들이기만 해도 바로 들통나는 거짓말을 늘어놓지 말라
고, 석 달 전의 나!!

“고…… 고양이 알레르기에 걸려서요. 어쩔 수 없이 다른
사람에게 맡겼어요.”

“호오. 이 단기간에 말이야?”

“석 달이면 여러모로 상황이 변하고도 남을 기간이거든
요…….”

뭐, 실제로 마시로에게 고백도 받았고…….

이로하의 치근덕을 귀엽게 느끼게도 됐고……

상황 참…… 여러모로 변했네.

"궁색한 변명처럼 들리지만……. 뭐, 좋아."

납득이 되지 않는다는 표정으로 멋들어지게 기른 수염을 만지작거리던 츠키노모리 사장은 나와 마시로의 열띤 연기에 속은 건지, 혹은 어설픈 연기를 불쌍하게 여긴 건지, 더는 캐묻지 않았다.

그저 머나먼 곳을 응시하는 듯한 아련한 표정으로…….

"나는 말이지. 마시로가 학교에서 괴로운 일을 겪지 말았으면 하는 것뿐이야. 그렇게만 된다면 충분해."

"아빠……."

"만약 마시로 이외의 여자애와 아키테루 군이 밀접한 관계가 된다면……. 그게 다른 클래스메이트에게 알려진다면……. 덤으로 마시로와 가까운 사이라는 걸 어필하지 않는다면……. 마시로는 다른 여자에게 남친을 빼앗긴 불쌍한 여자 취급을 받겠지! 그리고 남친에게 무시당해 마음에 상처를 입은 여자애에게는 건장한 NTR 무개념 양아치들이 꼬이는 게 세상의 진리!!"

"아니, 현실에서 그런 일이 벌어질 리……."

……없, 지? 현실에서의 그런 쪽 이야기에는 해박하지 않아서, 자신이 없네.

"확실히, 일리 있어. NTR 양아치는, 악질."

"마시로…… 네가 왜 동의하는 거야."

"경박남, 파티피플, 무개념 양아치. 그런 녀석들은 현실에서도 대부분 쓰레기야. ……현실에서는 말도 섞어본 적 없지만 말이야."

"없으면 그렇게 단정 짓지 마……."

헌팅에 성공하기 위해 매일 두 시간씩 헬스장에 다니고, 부단한 노력으로 몸을 단련하며, 패션에 신경 쓸 뿐만 아니라, 데이트 장소와 맛있는 요리점을 조사하는 등, 여자애를 에스코트할 준비를 거르지 않는 금욕적인 운동선수 기질일지도 모르잖아.

—그렇게 노력을 하더라도, 타인의 연인을 건드린다면 영락없는 쓰레기이긴 해.

츠키노모리 사장의 주장에는 과격한 망상이 좀 섞여 있기는 하지만, 딸인 마시로를 아끼는 마음만큼은 진짜배기다. 그것만은 이해했다. 그리고 원래 목적을 생각하면, 우리 둘은 가짜 커플 관계를 너무 의식하지 않기도 했다.

"가짜 커플 관계의 중요성은 이해했으려나?"

"……네."

"이해했다니 다행이군. ……음, 좋은 커피야. 잘 마시지."

츠키노모리 사장은 만족한 것처럼 웃은 후, 자리에서 일어났다.

"어라, 벌써 돌아가는 거예요?"

"그래. 좀 신경 쓰이는 일이 있어서 취조를 하러 온 건데,

꼬리를 내밀 기색이 없어서 말이지."

"하, 하하하. 에이, 찔리는 구석이 있을 거란 전제로 이야기하지 마세요."

"하하하, 이거 실례했는걸. 어른이 되면 무조건 의심하고 보게 되거든. 아, 맞다―."

사장은 웃으면서 현관에서 신발을 신더니, 현관문 손잡이에 손을 얹은 채 돌아보았다.

"―코히나타 씨에게, 안부를 전해줘."

"네?"

눈앞이 새하얗게 변했다.

왜, 지금, 그 이름을 입에 담은 걸까?

"음? 아키테루 군, 왜 그러지? 일전에 셋이서 함께 샤브샤브를 먹은 사이잖아. 이웃사촌이라면서? 코히나타 씨― 아니지, 아마치 사장이라고 부르는 편이 이해하기 쉬우려나?"

"어…… 아, 아마치 사장님. 텐치도의, 아마치 사장님 말이군요! 아, 네! 대신 안부 전할게요!"

"잘 부탁하지. ……그럼, 아디오스."

무게 잡듯이 손을 흔든 후, 츠키노모리 사장님은 진짜로 문을 열고 밖으로 나갔다.

나는 망연자실한 채 배웅했다. 덜컹하고 문이 닫히는 소리가 들린 순간, 멎어 있던 심장(비유)이 갑자기 정신없이 뛰기 시작했다.

방금 그 말은 뭐야. 별것 아닌 대화 같지만, 혹시 은근슬쩍 떠본 걸까?

"성가시게 됐는걸……."

뒤편에 있던 마시로가 한숨 섞인 어조로 말했다.

"……이로하 양이 방금까지 여기 있었던 거야?"

"어. 뭐, 그래. 우리 집에 눌러앉는 게 그 녀석의 루틴 활동이나 다름없거든."

"흐음, 그렇구나."

"……화난 거야? 딱히 이상한 짓은 안 했어."

"화 안 났거든?"

그럼 목소리에 억양이라는 걸 조금만 더 넣어 주시면 안 되겠습니까, 마시로 양.

"하지만, 매일같이 여기 와서 뭘 하는 걸까…… 싶기는, 해."

"아…… 뭐, 만화를 보거나, 애니를 보거나, 음악을 듣거나……."

"그런 건 집에서 하면 되잖아."

할 수가 없거든. 남의 집 사정이라 함부로 말할 수 없으니 답답했다.

하지만 마시로의 시점에서 보면 미심쩍기는 할 거야. 아무리 오빠 친구라고는 해도, 이렇게 경솔하게 남자 방에 들락거린다면 특별한 관계라 여겨져도 이상하지 않다.

게다가 마시로는 나를 좋아하는 것 같다. 마음이 좋을 리가 없는 게 당연했다.

"그 녀석의 성격, 알잖아? 거리감 같은 게 없거든."

"흐음. ……《5층 동맹》과 무관계한데도 귀찮게 구는 것을 허락해주는구나. 아키답지 않게 효율을 도외시하네."

마시로가 내 안색을 살피는 듯한 시선을 보내며, 천천히 말했다.

—이, 이 녀석까지 왜 이러는 거지. 오늘은 내 속을 떠보려는 사람이 참 많은걸.

"오즈의 동생이잖아?《5층 동맹》의 효율적 운동을 위해서도, 그런 부분을 신경 써주는 게 중요하거든. 그렇게 치면 마시로도 마찬가지 아냐?"

"……윽! 그, 그건, 그래. 아키가 보기엔, 그렇겠지만……."

"응? 내가 보기엔?"

"사, 사소한 걸 물고 늘어지지 마. 아, 아무튼…… 아키가 이로하 양을 좋아해서, 멋대로 하게 두는 게 아니라는, 걸로…… 알면, 돼?"

마시로는 불안 섞인 어조로 물었다.

그 질문에 대한 내 대답은 물론 정해져 있다. 마시로가 묻든, 이로하가 묻든, 그 대답은 일관됐다.

"당연하지. 지금은《5층 동맹》이 최우선이야. 그래도—"

연애 및 청춘과 마주하는 것이 결과적으로 동료들의 크리에이티브에 공헌하게 된다면.

비효율의 끝에 효율적인 성장이 있다면.

"—경험으로서. 연애 감정과 청춘의 한때를 부정할 생각은, 없어졌어. 물론 이로하를 그런 대상으로 여기는 건 아냐."

"마시로와 커플 행세를 할 시간 정도는, 내줄 수 있다……는 거야?"

"뭐? ……아. 뭐, 그렇다고도 할 수 있겠네."

"그렇구나……. 으음, 더는 숨기는 게, 없지?"

"……윽! 그, 그래. 어, 없거든?"

"…………."

"마시로?"

"……으, 으음. 아무것도 아냐."

한순간, 마시로의 눈썹 모양이 바뀐 듯한 느낌이 든 건 기분 탓일까?

숨기는 게 있는지라 식은땀 흘리며 마시로의 반응을 최대한 경계하고 있을 때, 마시로의 조그마한 입에서 뜻밖의 말이 흘러나왔다.

"이로하 양을, 배려하지 않아도 된다면……. 위장 데이트 같은 걸, 해볼래?"

"위장 데이트……."

일전에 UZA문고의 슈퍼 편집자인 키라보시 카나리아의 별장을 방문했을 때의 일이다. 누군가를 귀엽다고 여기는 감정이나 연애 및 청춘의 비효율적 욕구, 때로는 더럽기도 한 욕망마저도 프로듀서에게는 필요한 자원이라는 점을 초특급 선구자 선배에게 배웠다.

그래서 앞으로는 예전처럼 의식적으로 멀리하지 말자고 생각하게 됐다. 그렇다고 이로하에게 연애 감정을 품고 있는 것은 아니며, 마시로를 어떻게 생각하는지도 솔직히 모르는지라…….

결국 경험이 너무 없어서 연애 감정이란 걸 잘 모른다고 하는…… 동정이라 미안해. 정말, 미안해.

일단 그런 점들은 전부 제쳐두더라도, 마시로와 연애 놀이는 해야만 한다고 생각한다.

"삼촌이 우리를 의심하는 것 같거든."

"감시하고도 남아. 어쩌면 학교에 스파이를 보낼 가능성도 있어."

"그래……. 이 상황에서 나와 마시로가 커플다운 행동을 하지 않는다면—."

"응. 아키 주위에는 귀여운 여자애가 많잖아. 그중 누군가와 마시로보다 더 친밀하게 지낸다면, 바로 들통날 거야."

"……일리 있네."

"마시로가 진짜로 아키를…… 조, 좋아한다는 것도…… 들키면 큰일이지만……. 뭐, 마시로로서는 오케이지만 말이야."

"일리 있……나?"

나는 상대방의 마음을 알면서도 고백을 보류한 상태에서

그 상대와 데이트를 즐기는 쓰레기 자식이 되는 것 같아서, 그다지 바람직한 것 같지 않은데 말이다. 그래도 츠키노모리 사장의 눈은 속여야만 한다.

"아키는 아무것도 안 해도 돼."

"뭐?"

"직접 계획하긴 힘든 거지? 제안을 해봤자 마시로를 농락하는 것 같을 거야. 이 위장 데이트는 마시로가 진두지휘를 할게. 그러니 괜히 죄책감을 가지지 않아도 돼."

"아니, 그렇다고 손 놓고 있을 수는……."

"시끄러워. 말대꾸하지 마."

"……넵."

오래간만에 매몰찬 대답을 들었다. 가슴 깊숙이 박히는 듯한 이 느낌이 참 반갑다.

"걱정하지 마, 아키."

마시로는 옅은 미소를 머금더니, 엄지를 치켜들었다.

"성공률 100%의 완벽한 데이트 플랜을 만들고 말겠어."

                              ✱

『이미 폭망하는 플래그가 선 것 같은데, 괜찮겠어?』

『동감이야……. 당사자인 나도 불길한 예감이 엄습해."

마키가이 나마코
저기, 이건 친구의 친구의 친구의 이야기인데 말이야.

 OZ
마키가이 선생님의 일이야?

 마키가이 나마코
너…… 이럴 땐 모르는 척 속아주는 게 정석이라고…….

AKI
OZ한테 하이콘텍스트한 분위기 파악 성능을 기대하지 말아 주세요.

무라사키 시키부 선생님
어? 친구와 친구와 친구가 삼각관계 BL이라고 했어?

마키가이 나마코
그런 소리 안했다고.

AKI
시키부의 하이콘텍스트한 환청은 무시해도 돼요.

OZ
상의할 게 있나 보네. 마키가이 나마코 선생님이 사적으로 말이지.

 마키가이 나마코
강조하지 마.

 마키가이 나마코
뭐, 됐어. 이 계절에 걸맞은 나이스한 데이트 장소를 알고 싶어서 말이지.

 OZ
맙소사, 애인이라도 생긴 거예요?

© tomari

마키가이 나마코
뭐, 뭐어, 그래.

AKI
오오, 역시 베스트셀러 작가 겸 잘 나가는 대학생은 다르네요.

마키가이 나마코
칭찬해봤자 아무것도 안 나와.

OZ
미소녀 게임을 보면 이 계절엔 여름 축제가 정석 이벤트이긴 해.

AKI
아, 맞아. 『검은 염소』의 세계관에서는 넣기 힘들어서 안 써먹었지만 말이야.

AKI
일반적인 스마트폰 게임이면 여름 축제 이벤트를 할 시기네.

마키가이 나마코
여름 축제…… 그래.

OZ
커플끼리 보는 불꽃놀이, 같은 걸 로맨틱하다고 하지?

OZ
폭발역학의 관점 운운, 같은 걸 즐기는 게 아니라.

AKI
그런 식으로 즐기는 커플이 있다면 질색일 거야…….

무라사키 시키부 선생님
학창 시절의 불꽃축제라, 그립네. 집 베란다에서 혼자 봤어.

AKI
애절한 커밍아웃 좀 자제해 주세요.

© tomari

AKI
그래도 여름 축제는 꽤 괜찮을 것 같네요.

마키가이 나마코
AKI도 그렇게 생각해?

AKI
요즘엔 안 갔거든요.

AKI
어릴 적에는 매년 여름이 되면, 사촌들과 자주 갔어요.

무라사키 시키부 선생님
흐음…… 어릴 적 일인데, 용케 기억하네.

AKI
뭐, 지금은 비효율적인 이벤트라고 생각하지만요.

AKI
때로는 동심으로 돌아가서, 그런 걸 즐기는 것도 괜찮지 않을까 싶어요.

마키가이 나마코
바다에 다녀온 후로, AKI는 좀 변했는걸.

마키가이 나마코
그래. 지금이라면…… 괜찮을지도 몰라.

AKI
네. 이 계절에 딱 맞죠.

마키가이 나마코
땡스. 참고가 됐어.

AKI
데이트, 힘내세요!

마키가이 나마코
응!

© tomari

《AKI》레코딩 일정 말인데, 다음 주 일요일은 어떨까요?

《오토이》완전 월말이네〜. 뭐, 괜찮아〜.

《AKI》여름 축제가 있는 날이거든요. 신사 경내에서 하는 거요. 불꽃놀이도 하는 거요.

《오토이》아〜, 맞아〜.

《AKI》그날 낮에 레코딩을 마쳐버릴까 해서요.

《오토이》레코딩 끝내고 여름 축제 데이트야〜? 너희 참 사이가 좋네〜.

《AKI》아, 아뇨. 그거 관련으로 상의할 게 있는데요.

《오토이》응?

《AKI》오토이 씨는 이미 여기로 돌아왔어요?

《오토이》오늘 심야 고속버스로 돌아갈 거야〜.

《AKI》아, 그런가요. 그럼 모레 이후에 다시 연락드릴게요.

《오토이》으음〜〜. 일단 내일 보자〜.

《AKI》내일? 여행의 피로가 남아 있지 않을까요?

《오토이》버스 안에서 잘 거니까 괜찮아〜. 그것보다 버스에서 집까지 짐 옮기는 걸 도와줘〜.

《AKI》짐꾼인가요……. 뭐, 할게요. 신세 많이 지고 있으니까요.

《오토이》잘 부탁해~.

《AKI》몇 시에 역으로 가면 돼요?

《오토이》으음~. 새벽 네 시 정도?

《AKI》악마인가요.

*

……이런 LIME을 주고받은 게 어제, 사장 습격 당일 밤
이었다.

그 후로 서둘러 침대에 들어가서 수면 시간을 조정했다.

이른 아침. 아직 해도 완전히 뜨지 않았고, 사람들이 아
침 체조를 시작하기도 전에 깨어났다.

과연 이 시간에는 이로하가 아직 가동되지 않는 건지, 막
깬 나한테 치근덕! 같은 사태는 벌어지지 않았다. 그래서 나
는 마음 놓고 추리닝으로 갈아입은 후에 가볍게 스트레칭을
했다.

조깅 준비는 완벽하게 마쳤다.

이제부터 사람을 만날 건데 웬 조깅? 하고 생각할지도 모
르지만, 일과인 체력 단련을 하고 그대로 오토이 씨를 마중
을 가자는 매우 효율적인 스케줄을 짰다.

이른 아침의 조깅은 여름 방학이 시작되고 주 3회 정도

하고 있다.

오토이 씨와의 대화에 쓰일 시간을 계산하면, 겸사겸사 조깅이라도 해야 시간 낭비를 줄일 수 있을 것 같거든…….

참고로 추리닝 차림에 땀을 뻘뻘 흘리는 상태로 여자애를 만나러 간다니 제정신이냐? 같은 의문을 느낄지도 모르지만, 그 점은 안심해줬으면 한다. 그 사람은 내 복장 같은 것에는 전혀 관심이 없다.

중학생 때, 어쩔 수 없이 코스프레 복장으로 만날 수밖에 없었을 때도 완전히 무반응이었다.

어쩌면 내가 알몸이라도 개의치 않을 듯한 느낌이 들었다. ……아, 말이 좀 심했나.

맨션을 나서자, 하늘은 군청색과 노란색 사이의 색깔을 띠고 있었다.

공기에는 열기가 남아 있었지만, 서늘한 바람이 피부에 닿고 있어서 불쾌하지는 않았다.

여름에 운동할 거라면 이런 과감한 시간에 하는 게 딱 좋을까 같은 생각을 하면서, 나는 일정한 리듬으로 달리기 시작했다.

그건 그렇고, 피서지에서의 여행을 마치고 돌아온 동급생 여자애를 이런 시간에 맞이하러 간다니…….

예전에는 의식하지 않았지만, 오해를 살 만한 관계이긴 하네.

뭐, 나와 오토이 씨 사이에서 그렇고 그런 플래그가 설 리 없지만 말이다.

일단 츠키노모리 사장에게 감시당하고 있는 건 아닌지 경계하면서 달렸다.

약 10분 후, 역에 도착했다.

이 마을은 지방 도시 수준으로 번성했지만, 아직 전철도 다니지 않는 이 시간에는 인기척이 없었다. 사막에서 오아시스를 찾는 게 더 간단할 정도였으며, 몇 분 전에 「도착~」하고 건성으로 메시지를 보내온 오토이 씨도 금방 찾았다.

"기다리게 해서 죄송해요."

"응~? ……오, 간만이야~."

특대 캐리어 가방에 걸터앉아서 멍하니 허공을 응시하던 오토이 씨는 나를 보더니, 나른한 듯이 손을 흔들었다.

"오래간만이에요……. 어라, 복장이 왜 그래요?"

"이상한 데라도 있어~?"

"이상한 데가 아니라…… 계절감 제로잖아요."

"아~, 그게 말이지~."

오토이 씨는 옷 앞섶을 잡아당기며 말했다. 러프한 반소매 티와 같이 걸치기에는 너무 어울리지 않는 숄. 이른 아침이라고는 해도 한여름인 이 시기에 방한구를 걸치고 있는 것도 이상하지만, 옷의 단추를 끌러서 가슴을 대담하게 드러내고 있는 것도 이해가 안 됐다.

더운 건지 추운 건지 감이 오지 않았다.

© tomari

여전히 언밸런스하달까, 대충대충이랄까, 얼렁뚱땅이랄까……

"여행지가 꽤 추웠거든~."

"이 계절에 추웠다고요? 대체 어디 갔는데요?"

"오소레산."
"왜 요즘 제 주위에서는 호러 요소가 많은 걸까요."

카게이시 마을의 연출도 그렇고 말이다. 아무리 계절이 여름이라도, 너무 안이하지 않을까.

오소레산은 아오모리 현에 있는, 그 영험하기로 소문난 그곳 맞지?

삼도천이란 이름의 강이 진짜로 있다던가……. 작곡의 감성을 갈고닦기 위해 피서지에 간다고 들었는데, 왜 그런 장소에……. 그것보다, 피서지? 아니, 시원하긴 하겠지만, 일반적인 피서지는 아닌데다, 그런 데서 갈고 닦을 수 있는 건 영감(靈感)뿐일 거라고…….

내가 그런 생각을 하고 있을 때, 오토이 씨는 호주머니에서 꺼낸 막대 사탕─ 츄파드롭의 포장지를 벗겨서 입에 넣으면서 약간 생각에 잠기듯 대각선 70도 방향을 응시하더니…….

"『검은 염소』는 호러니까?"

—매우 그럴듯한 가설을 입에 담았다.

"스탠● 유저끼리는 끌리는 법이라잖아~. 호러 게임을 만들던 팀의 멤버가 차례차례 불행해지는 것도 흔한 일이야~."

"불길한 소리 좀 하지 마세요……."

미신이라는 건 안다. 딱히 무섭지도 않다. 그래도 일단 근처 신사에서 부적을 열 개 정도 사둬야겠다고 마음속으로 맹세했다.

"하지만 아무리 오소레산이 추워도, 숄까지 걸친 채로 돌아온 거예요?"

"한 번 걸쳤더니, 벗기 귀찮지 뭐야~."

"역시 센스 제로네요. 패션 의식 제로의 저연비 게으름쟁이 체질."

"그 표현 재미있네~. 웃겨~."

무관심. 태연자약. 즉, 오토이 씨는 정상 영업 중이다.

예상대로. 오토이 씨는 내 추리닝 차림을 딱히 개의치 않았다. 그것은 그녀가 내 복장에 흥미가 없기 때문이겠지만, 보충 정보가 있으니 언급해두겠다.

이 사람은 자기 복장에도 그다지 흥미가 없거든…….

"뭐, 다행히 지금은 사람이 없는 시간이니까, 괜히 눈에 띄지도 않겠지만요."

"오케이~. 일단 쇠고기 덮밥집에라도 들어가자~."

"……아, 패밀리 레스토랑이나 노래방이 아니네요."

24시간 영업하는 가게 후보에는 그런 곳도 들어갈 거라고 생각해서 말해봤지만, 오토이 씨는 미묘하게 인상을 찡그렸다. 아, 인상을 찡그렸다는 건 어디까지나 내 시점에서 그렇게 보인다는 의미다. 일반적으로는 무표정으로 정의될 수준의 표정 변화에 지나지 않지만, 오랫동안 알고 지낸 나는 그런 미세한 변화를 알아볼 수 있었다.

"노래방은 잡음이 심하거든~. 특히 주정뱅이들의 열창 같은 건 듣고 싶지 않아~."

"아~. 그런 녀석들이 대뜸 남의 방에 돌격하기도 하니까요."

"중학생 때, 그런 일이 있었잖아~."

"아…… 그건 우리에게 있어서도 흑역사인데요……."

"불량 학생이었지~."

"에이, 그렇지도……. 아, 뭐, 한밤중에 중학생끼리 노래방에 갔으니까, 불량 학생이겠네요."

"피치 못할 사정이 있었으니 정상 참작의 여지는 있겠지만 말이야~. 뭐, 이제 와서 옛날이야기를 해봤자 소용없나~."

그렇다. 과거를 돌이켜보는 건 비효율의 극치다.

이제 와서 과거의 시리어스한 이야기를 들먹이지 않는다는 나와의 약속을 지키기 위해, 오토이 씨는 이 이야기를 끝냈다. 이참에 나는 신경 쓰이는 점에 관해 물어봤다.

"노래방에 안 가려는 건 이해했어요. 그런데 왜 패밀리 레스토랑이 아닌가요? 디저트도 있잖아요."

"이 근처 패밀리 레스토랑에서 파는 건 대부분 먹어봤거든~. 그래서 질렸어~."

"정말 사치스러운 혀네……."

"게다가, 아오모리에서 꽤 괜찮은 걸 조달해왔거든~. 디저트는 집에 돌아가서 그걸 먹으면 되니까, 일단 덮밥으로 배를 채우고 싶네~."

"신규 메뉴 개척에 여념이 없군요……. 뭐, 알았어요. 그럼 덮밥집에 가죠. 짐은 제가 들게요."

"고마워~."

"……우와, 이걸 전부……. 허리 휘겠는걸……."

오토이 씨가 나른한 목소리로 고맙다고 말하면서 손가락으로 가리킨 곳.

거기에 대충 놓여 있는 건, 관광 마치고 왔다는 걸 과시하듯 자리하고 있는 선물용 종이가방의 산이었다.

"미안해~. 뭐, 보수도 있으니까~ 잘 부탁해~."

"보수……라고요?"

선물이라도 주는 걸까?

그런 가벼운 마음으로 내가 건넨 대화의 공은, 엄청난 탄력으로 되돌아왔다.

"내『**타와와**』를 나눠주겠어~."

"……네?"

말 그대로, 엄청 **탄력적인** 단어가 되돌아왔다.

왠지 굵은 활자체인 괴상한 워드가 섞여 있었던 것 같은…… 타와와? 타와와…….

내 시선은 자연스레 한 장소로 쏠렸다. 어디인지는 말 안 해도 감이 오지?

그 단어를 들은 후에 오토이 씨의 얇은 복장을 다시 쳐다 보니, 대충 입은 탓에 꽤 흐트러져 있는 가슴 쪽이라거나, 겉옷 너머로 희미하게 보이는 속옷의 색깔이라거나, 전체적 으로 되게 거대하네…… 하고 탄식하고 싶어지는 것들이 갑 자기 신경 쓰이기 시작했다.

"『타와와』를 나눠준다는 게, 대체……."

"『타와와』는 『타와와』야~. 그 이상도, 그 이하도 아냐~. 지금 바로 먹어볼래~?"

"여기서요?!"

"아~, 양손에 짐을 들었구나. 뭐~ 좋아. 내가 먹여줄게~."

"예상치 못한 상대방의 공세?!"

서슴없이, 무방비하게, 거리가 언제 사라졌지? 싶을 정도 의 기세로 오토이 씨가 몸을 쑥 내밀었다.

게다가 방금 『타와와』에 시선 유도를 당했던 것이다. 화끈 한 큰 기술을 선보인 직후에 화려한 실드 브레이크 기술에 서 이어지는 스매시를 맞았으니, KO를 피하는 건 무리다.

텐치도가 세계에 자랑하는 초인기 대전 게임으로 완전히 당해버린 광경을 뇌리에 떠올리면서도, 나는 하다못해 강철 같은 정신을 유지하기 위해 눈을 감으며 거리를 벌리려 했다. 간격 관리. 지금의 나에겐 간격을 관리할 필요가 있다.

"도망치지 마~. 그렇게 움직이면, 물려줄 수가 없잖아~."

"지, 잠깐만요. 물려준다니, 뭘. 오토이 씨, 아까부터 뭔가, 이상—."

이상해요, 하고 말을 하려던 바로 그때였다.

뭔가가 입술 사이로 밀려 들어왔다.

폭신할 정도로 부드럽고, 곳곳에 살짝 딱딱한 부분이 있으며, 혀 위에서 녹아내리는 감촉, 달콤하고, 약간 새콤한 느낌도 감도는 그것은, 마치 과일……

"응~, 과자야~. 정확하게는 화과자지~."

"……맛있네요."

마치 과일 같은 게 아니라, 과일 그 자체의 맛이었다.

눈을 뜨자, 여전히 무표정~한 오토이 씨의 얼굴, 그리고 하얗고 섬세한 손가락에 끼워져 있는 절반쯤 먹은 과자가 눈에 들어왔다.

버터가 들어간 파이 생지 사이에 애플 글라세를 끼운, 일본풍 애플파이다.

"그렇지~? 아오모리에서 여행 선물로 유명한 거야~."

"흐음…… 어, 이게 『타와와』?"

"맞아. 여기 적혀 있잖아~."

과자를 포장한 비닐에는 심플하면서도 화려한 글씨체로

타와와, 라고 적혀 있었다.

"상품명이었구나……."

"그럼 뭐라고 생각했는데~?"

"아, 아, 그게……."

대답할 수 있을 리가 없다. 설마 오토이 씨의 타와와하게 맺힌 타와와가 입안으로 들어올 거라고 한순간이나마 생각했다고는 말이다. ……뭐, 말해봤자 오토이 씨는 「흐음~ 아키는 재미있는 소리를 하네~」하며 그냥 넘겨버릴 것이다.

하지만 아무리 거리감이 이상한 여자애라고 해도, 역시 EAT-IN 타와와는 아니지. 내가 대체 무슨 생각을 한 거야.

"아키는 때때로 이해가 안 되는 소리를 하네~. ……냐암."

"……읔?!"

낯빛 하나 바꾸지 않으며, 일상 회화를 이어가듯 오토이 씨가 한 행동을 본 나는 말문이 막혔다.

내가 반쯤 먹은 『타와와』를, 주저 없이 자기 입에 집어넣었……어……?

―아까 한 말은 취소하겠다. 역시 오토이 씨의 거리감은 리얼로 위험하다.

EAT-IN 타와와를 경계하는 게 적절한 마음가짐일 거란 우려를 확신으로 바꾸며, 나는 방비를 철저히 하자는 결의를 다졌다.

쇠고기 덮밥집으로 이동한 나와 오토이 씨는 4인용 테이블을 점거했다.

이른 아침이라 우리 말고는 손님이 없기에 가능한 방약무인한 짓거리다.

그리고 덮밥 보통만 주문한 나는 본론에 들어갔다.

"―이로하한테, 동갑내기 절친을 만들어주고 싶**어**."

어요, 가 아니라, 어.

그것은 항상 신세를 지고 있는 믿음직한 외부 스태프가 아니라, 함께 이로하를 지켜봐 온 중학생 때부터의 친구로서 이야기를 나눌 때의 말투다.

"코히나타라면 친구가 많을걸~?"

"그건 우등생 모드인 그 녀석에게 생긴 친구잖아. 그게 아니라, 나한테처럼 치근덕댈 수 있는 절친을 만들어주고 싶어."

"더는 버틸 수가 없게 되어서, 새로운 치근덕의 희생양을 만들기로 한 거야~?"

"아니, 오히려 반대야."

흐음~ 하고 흥미 없다는 표정으로 흥미 있는 듯한 뉘앙스를 풍기며 눈을 깜빡인다……. 모순된 표현이지만, 오토이 씨는 진짜로 그런 느낌이니 어쩔 수가 없다.

나는 바다 여행 때 느낀 뜨겁게 활활 타오르는 격정에 몸을 맡긴 채, USA 만세 영화의 마지막에 나오는 대통령 연설 느낌으로 주먹을 힘차게 말아쥐었다.

"눈치채고 말았어."

"호오~."

"그 짜증나는 태도도, 아니, 그 짜증나는 태도가, 짜증스럽기 때문에, 매력적이라는…… 것을!"

"덮밥 맛있네~."

"내 말 좀 들어달라고."

"듣고 있어~. 아, 맛있다~."

오토이 씨는 어느새 나온 덮밥 보통을 마이페이스하게 먹고 있었다.

"……단것 말고도 맛있게 먹네."

"건강을 신경 쓰거든~."

"덮밥으로…… 건강……?"

"단백질이라거나~. 그리고 눈에 안 보이는 영양분을 섭취하고 있는 느낌이 들어~."

100% 플라세보 효과네.

반쯤 먹고 약간 질린 건지, 젓가락질을 멈춘 오토이 씨는 찬물을 한 모금 들이킨 후에 입을 열었다.

"그런데, 나는 왜 이런 자랑질을 들어줘야만 하는 건데~?"

"자랑질 아냐. 프로듀스 시점에서의 이야기라고."

이제까지는 이로하의 짜증나는 태도가 결점이라고 여겼다.

입만 다물고 있으면 청초하고 귀여운 인기녀. 저 짜증을 유발하는 본성을 드러낸다면 이로하에게 호의를 품고 있는 같은 학교 남학생들도 환멸을 느낄 게 틀림없다. 그렇게, 여겼다.

그러니 그것은 이로하 나름의 처세술이기에 딱히 부정할 마음은 없었고, 얼마든지 청순한 척을 하면 된다 싶어 내버려뒀지만……

"─매력을 눈치채니, 널리 알리고 싶어졌어. 대다수에게 알릴 필요는 없지만, 혹시 그 녀석이 집 밖에서는 가면을 쓸 수밖에 없는 거라면, 그러지 않아도 되는 상대가 한 명쯤은 생겼으면 좋겠어…… 싶은 거야."

"아하~. 그래서 나와 상의하는 거구나~."

"응. 이로하의 공동 프로듀서로서, 같이 작전을 짜줬으면 해."

"그런 이상한 직책에 취임한 기억은 없는데~. 뭐, 좋아~. 협력해줄게~."

"오오, 고마워!"

"나도 실은 우리가 졸업한 후를 생각하고 있었거든~. 『오토이 씨가 항상 곁에 있을 거라 생각 마라』라는 속담도 있는걸~."

물론 그런 속담은 없다.

"그런데, 오토이 씨도 그 생각을 했구나. 왜 앞날을 생각한 거야?"

"삼도천을 보다 보니, 인생의 끝을 상상하게 되지 뭐야~."

"오소레산 효과냐."

평소에는 동년배 중에서도 특히 얌전하고 차분한 여자애라고 생각했지만, 이런 발상은 어른스러운 정도를 넘어 노인스럽다.

뭐, 작곡의 감성을 갈고닦는 것이 여행의 목적이었으니, 센서티브한 감정에 젖는 게 정답······일까?

"코히나타의 절친 만들기, 라~. 문제는 본인이 딱히 원하지 않는다는 거네~."

"현재는 내 자기만족에 지나지 않거든······."

"하지만 그건 나와 츠키노모리, 《5층 동맹》과 함께하는 시간이 너무 너무 아늑해서 자각 못 하는 것뿐이야. 사라진 후에 쓸쓸함을 느끼는 것보단, 미리 절친을 만들어주는 편이 나도 마음 놓고 미래 세계로 돌아갈 수 있겠지~."

"자연스러운 대화의 흐름 속에 대뜸 SF 설정을 집어넣지 마, 오토이 씨."

"역시 아키는 이런 걸 놓치지 않으니 포인트가 높아~. 뭐~, 딱히 상관은 없지만."

0점이든 100점이든 평등하게 관심이 없는 이가 바로 오토이 씨다.

인간관계 구축이 쉽다는 의미에서 본다면, 이렇게 효율적인 인간은 없다.

"암튼, 코히나타가 속한 반의 인간관계를 살펴보는 게 좋지 않을까?"

"이로하의?"

"그래. 우리가 아니라, 학교 말이야."

"아…… 그러고 보니, 교실에서 인기 있다는 정보 말고는 아는 게 없네."

구체적으로 어떤 애들과 친하게 지내는 걸까.

어떤 이름의 여자애와 대화를 나누고, 어떤 이름의 남자애에게 고백을 받았으며, 어떤 이름의 클래스메이트에게 같이 놀자는 제안을 받았을까. 잘 생각해보니, 이로하가 교실에서 어떻게 지내는지 전혀 알지 못했다.

뭐, 이웃사촌에 오빠 친구에 지나지 않는 내가 이로하의 사생활에 대해 해박한 것도 말이 안 되지만 말이다.

"『장수만 쏘는 건 대박 귀찮으니 말째로 쏴버려라』라는 속담도 있잖아~."

이런 속담도 물론 없다.

대박 귀찮으니 지적은 안 하겠지만 말이다.

"반의 인간관계……. 그러고 보니 이로하 녀석은 반의 그룹 LIME으로 여름 축제에 같이 가잔 말을 들었나 봐."

"흐음~."

"…………."

무관심한 표정으로 남은 덮밥을 먹는 오토이 씨를, 지그시 응시했다.

그리고 나는 작은 목소리로 물었다.

"오토이 씨는, 반의 그룹 LIME에 들어가…… 있어……?"

"아니~. 그런 건 귀찮거든~. 클래스메이트한테는 스마트 폰이 없다고 해뒀어~."

"역시 오토이 씨! 동지여!"

"완전 영문을 모르겠네~."

반 LIME을 모른다는 사실을 가지고 이로하에게 놀림을 받았던 나는, 동지가 존재한단 사실에 감격하며 눈물을 흘렸다.

—거 봐, 이로하. 나만 그런 쪽으로 어두운 게 아니라고.

그게 면죄부가 되어주지 않는다는 것을 자각하면서도 그 것을 구원처럼 여기는 것이, 인간이란 종족의 약점이다.

아무튼…….

"어찌 보면 여기서부터가 본론인데 말이야. 레코딩 후에 이로하가 클래스메이트들과 여름 축제에 가도록 설득할 수 없을까?"

"꽤 어렵겠는걸~. 코히나타라면 아키와 가겠다고 말했을 것 같은데 말이지~."

"정확하게는 나와 오토이 씨와, 말이지."

"그게 그 애의 솔직한 마음일 텐데~. 다른 애들과 가라고 하는 건 좀 불쌍하지 않아?"

"그건 그래. ……하지만, 같이 갈 수 없는 이유가 생겨버렸 거든."

"응~?"

젓가락을 입에 문 채 별 관심 없는 느낌으로 고개를 갸웃거리는 오토이 씨에게, 나는 자초지종을 설명했다.

츠키노모리 사장에게 압박을 받았다. 《5층 동맹》의 취직우대를 조건으로 마시로와 가짜 커플 행세를 해야만 하며, 만약 진짜로 마시로와 커플이 되거나 다른 여자애와 사귄다면, 혹은 그런 오해를 살 수 있는 행동을 취한다면 계약이 파기된다.

설명을 끝까지 들은 오토이 씨가 아하~ 하며 멍한 목소리로 맞장구를 친 후, 문뜩 깨달은 듯한 투로 말했다.

"저기, 아키. 그럼 이 자리는 괜찮은 거야~?"

"이 자리…… 라니?"

"나도 일단은 여자거든? 단둘이서 덮밥 데이트 중이잖아."

"아직 해도 안 뜬 이른 아침부터 감시할 리가 없거든."

"뭐, 나는 그 사장의 눈에 찰 정도의 미소녀가 아니고 말이야~."

"……그렇지는 않을 것 같은데?"

"맞을걸~. 머리카락도 퍼석퍼석하고~, 옷도 대충 입잖아~."

확실히 패션에 무관심한 오토이 씨는 농담으로도 학급의 『인싸』에 속하는 인간처럼 보이지 않는다.

하지만 거꾸로 말하자면 저렇게 신경을 안 쓰는데도 이렇게 아름다우니, 소질은 그야말로 압도적인 게 아닐까.

"같은『아싸』쪽 인간이라도, 츠키노모리처럼 신경을 쓴다면 그나마 나을 텐데 말이지~."

"아…… 역시, 마시로는 꽤 신경을 쓰는 편이구나. 오토이 씨가 보기에도 말이야."

"당연하지~. 고등학생이면서 귀걸이를 하는 것만 봐도 장난이 아니잖아~."

"그건 그래!"

피어싱이 아니라 귀걸이를 하는 것을 보면, 귀에 구멍을 뚫을 용기는 없는 걸까. 그런 부분이 마시로답다고 느껴졌다.

"헤어스타일과 화장도 그래. 아키 주변에 있는 사람들 중에서 가장 신경을 쓰는 편일걸~?"

"굳이 따지자면 우리와 같은 과에 가까운데 말이야. 학교에서는 다른 사람과 거의 이야기를 나누지 않고, 휴일에는 집에 틀어박혀 지내는 아싸니까……."

"그래서 더 신경 쓰는 것 아닐까?"

"……그 심경은?"

"무장, 같은 거지. 그렇게 철저하게 무장을 해야 겨우 밖에 나갈 수 있을 정도로 내성적이니까, 남들보다 더 신경을 쓰는 거야."

"아하, 그렇게 볼 수도 있구나."

여자란 생물은 어렵다. 내 안이한 상상과는 확연하게 궤를 달리하는 이념으로 행동하기도 한다.

오즈에게 인간의 커뮤니케이션을 가르쳐주는 게 어려운 게 당연했다. 나 또한 습득하지 못했으니 말이다.

"그러니까~, 나처럼 색기 없는 애와 같이 있어봤자 오해 살 어지는 없을 기야."

"그건 납득하기 어려운데…… 뭐, 반박한다고 달라질 것도 없으니 일단 넘어갈게."

"오케이~."

"—그럼 하던 이야기를 계속하자면, 이로하와 여름 축제에 갔다가 사장의 감시망에 걸렸다간 전부 부질없어져. 그리고, 이로하의 치근덕이 매력적이라는 걸 이해해주는 절친을 만들어주고 싶어. 이 두 문제를 동시에 해결하려면……."

"코히나타가 클래스메이트들과 여름 축제에 갔으면 하는 거구나~. 그리고, 어떻게 해야 그런 방향으로 유도할 수 있을지 모르겠다는 거지?"

"맞아. 그리고 그 녀석의 마음도 존중해주고 싶거든. 따돌리거나 멀리하려는 게 아니라는 것을 전하면서, 어떻게 해야 이로하를 납득시킬 수 있을지……. 혼자서는 답이 안 나오니까, 오토이 씨에게 의견을 구하는 거야."

"아하~."

텅 빈 그릇의 바닥을 젓가락 끝으로 긁으면서, 오토이 씨는 졸린 듯한 눈길로 생각에 잠겼다. 그리고 체감적으로 10분 정도 되는 듯한 몇 초가 흐른 후에 이렇게 말했다.

"미행하는 건 어때~?"

"또 요상한 방향으로 이야기가 나아가네."

"그게 말이지~. 우선 코히나타의 교우 관계를 알아야 시작을 할 거 아니야~. 실은 클래스메이트들을 좋아하지 않는 걸지도 모르거든~. 오지랖을 부린 결과, 코히나타가 바라지 않는 결과를 강요하는 것이 아키의 본의는 아니지~?"

"그건 그래. 하지만……."

어디까지나 이로하에게 더 나은 환경을 만들어주는 것이 전제 조건이다.

안 그래도 오지랖을 부리고 있는데, 자칫 잘못해서 그 녀석을 불행하게 만든다면 최악이다.

하지만…….

"……스토킹은 좋지 않을 것 같은 생각이 드는데 말이야."

"부모 같은 마음으로 지켜보는 거라면 괜찮을걸~? 코히나타도 평소에 불법 침입을 해대니까, 그 정도 얌체 짓은 해도 돼~."

"듣고 보니 괜찮을 것 같기도 하네. ……어, 그래도 안 돼."

강철 같은 의지로 고개를 저었다.

친한 사이일수록 예의를 지켜야 하는 법이다.

"되게 고지식한 녀석이네~. 뭐~, 내가 해줄 수 있는 말은 이게 다야~. 앞으로는 아키 마음대로 하면 돼~."

"오케이. ……상담 상대가 되어줘서 고마워."

"괜찮아~ 괜찮아~. 짐을 옮겨주기로 했잖아~."

"쳇. 기억하고 있었냐."

멍해 보이지만, 오토이 씨는 거래를 잊지 않는 타입이었다.

그 후, 나는 오토이 씨의 집까지 산더미 같은 여행 짐을 옮겨준 후에 선물인『타와와』를 받아들고 집으로 향했다.

맨션에 도착할 즈음에는 해가 완전히 떴고, 시간을 확인해보니 오전 일곱 시였다.

개학하고 나면 이로하가 돌격을 감행할 시간대라고 생각하며 엘리베이터에 올라타고, 자택 문을 열었을 때의 나는 약 100초 후에 이런 말을 듣게 될 거라고는 예상조차 못했다.

"선배에게…… 저를 스토킹할 권리를 줄게요!"

이 순간, 100분 후에 내가 사회적으로 사망하는 플래그가 서고 말았다.

*

『맥락이 너무 없는데, 중요한 부분을 건너뛴 거 아냐?』

『너무 충격을 받아서 기억력에 문제가 생겼거든……. 그래도 괜찮아. 다음에 보충 설명할 예정이야…….』

나한테 일어난 일을 좀 더 세세하게 이야기하겠다.

집에 돌아온 나를 기다리고 있었던 것은, 고막을 유린하는 듯한 고함이었다.

"앗—!! 선배 발견—!! 아침 귀가라니, 뭐가 어떻게 된 거예요?!"

목소리만으로 여유롭게 누구인지 알 수 있었다. 코히나타 이로하다.

학교 교복 차림인 이로하는 볼을 한껏 부풀린 상태였다.

내가 없는 사이에 당연한 듯이 우리 집에 들어온 것에는 이제 잔소리할 마음도 생기지 않았다.

"아침부터 되게 시끄럽네. 이웃들에게 폐가 된다고."

"이웃 이쿼리 우리 집과 마시로 선배 집과 스미레 쌤 집이니 괜찮아요!"

"괜찮지 않거든? 아는 사이라도 폐는 끼치면 안 되는 거야. ······특히 마시로는 수면을 방해받으면 무시무시해져. 일전에 교실에서 조는 모습을 목격한 적이 있는데, 그때는 진짜 위험했다고."

수면 부족으로 언짢은 상태인 마시로의 눈빛을 떠올리기

만 해도 소름이 돋았다.

그리고 아래층 사람도 때로는 신경 써줬으면 한다.

"이야기를 돌리지 마세요. 아침 귀가…… 어, 어라, 그 종이 가방은……?"

"오토이 씨한테 받은 여행 선물이야."

"어."

놀란 표정인 이로하에게 종이 가방을 떠넘긴 후, 신발을 벗고 집 안에 들어갔다.

"오토이 씨를 만난 거예요?"

"그래."

"어. 어. 두 사람은 그런 사이예요? ……확실히 그 사람한테는 불륜녀 아우라가 감돌긴 하지만요."

"묘한 상상 하지 마. 레코딩 일정 이야기를 할 겸, 여행 짐을 옮기는 것을 도와줬을 뿐이야."

"아~. 짐셔틀이 된 거군요. ─아핫☆ 뭐, 선배한테 그렇게 그런 일이 생길 리가 없지만요! 영원한 동정 9단인걸요!"

"또 이상한 칭호를…… 하아. 멋대로 떠들어."

이로하에게 절친 만들어주기 작전을 상의했다는 것은 숨겼다.

……응, 거짓말은 안 했으니 괜찮을 거야.

그것보다 딴죽을 날릴 곳이 하나 더 있었기에, 그 부분도 빼먹지 않고 언급하기로 했다.

"그런데 너는 왜 교복 차림인 거야?"

"아! 맞아요. 그 건 때문에 찾아왔는데 선배가 없으니까, 뒤통수 맞은 느낌 맥스 커피였어요!"

등교일도 아닌데, 라는 내 의문에 여고생 특유의 정체불명 조어로 절묘하게 답한 이로하가 주저 없이 이렇게 말했다.

"선배에게…… 저를 스토킹할 권리를 줄게요!"

…………

……뭐?

잠깐, 내가 잘못 들은 걸까. 그래. 너무 지리멸렬해서 의미 불명이잖아.

"자, 아침밥은 어떻게 할까……."

"저기, 무시 스킬이 너무 고레벨 아니에요?! 왜 내추럴하게 일상으로 돌아가려고 하는 건데요!"

"인간에게는 정상성 바이어스라는 게 있거든."

"호오~! 선배는 저한테 스토킹을 허락받은 것만으로 그런 게 발동되는 건가요! 즉, 이로하 양의 귀여움은 사회심리학적 견지에서도 명백하다, 라는 거네요!"

"아침부터 텐션이 하늘을 찌르네……. 그리고 교복을 입은 이유는 아직 말 안 했어."

"아, 그랬죠. 실은 오늘 학교에 가야만 해요."

"전교생의 등교일도 아니고, 방과 후 활동을 하는 것도 아니잖아. 이로하의 성적이면 보충 수업을 받으러 간다는 것도 말이 안 돼."

"문화제 준비를 하러 가는 거예요~. 당번제인데 전반기는 바다 여행 때문에 빼먹어서, 후반기에는 갈 수밖에 없게 됐거든요. 이야~ 우등생은 힘드네요☆"

"아~, 개학하고 얼마 후에 문화제였지. 준비하는 프로그램에 따라선, 여름 방학 때부터 준비해야겠는걸."

"선배는 참가 안 해요?"

"안 해. 파티피플들이 귀중한 시간을 투자해서 미래지향적이지 않은 한때의 즐거움을 누릴 뿐인, 비생산적인 행사에 협력할 짬이 없거든."

"어어…… 청춘 거부 성능이 너무 뛰어난 거 아니에요?"

"……실은 내 의견을 구하지도 않고, 다른 녀석들끼리 알아서 진행할 뿐이지만 말이야."

내가 빠지고 싶다는 어필을 하지도 않았는데, 아무 역할도 맡지 않았다. 나처럼 존재감이 공기 같은 자에게는 이런 혜택이 주어지기 마련이다. ……그야말로, 효율적이다.

마시로의 연인 선언으로 한때 주목을 모으기도 했지만, 어느새 그 이야기도 풍화되면서 원래의 공기 생활로 되돌아간 것을 보면 뭔가 묘한 역장이 작용하고 있는 걸지도 모른다.

뭐, 존재감이 공기인 내가 가짜 연인으로서 마시로의 방패가 되어줄 수 있을지 의문이기는 했다. 그런 의미에서 본다면 츠키노모리 사장의 우려는 옳을지도 모른다.

"그런데, 결국 선배 반은 뭘 하기로 했나요?"

"근육 카페."

"어. 매우 후덥지근할 것 같은 그 카페는 대체 뭔가요?"

"전 좌석에 트레이닝 기기를 설치하고, 특제 프로틴 커피를 대접하나 봐."

"어. 의외로 본격적이라 우습네요. ……어쩌다 그렇게 된 거예요?"

"우리 반 최상위의 인싸 자식이 요즘 운동에 빠졌거든. 어느새 같이하는 녀석들이 늘어나더니, 강행 채결이 가능할 정도로 세력을 확대했나 봐."

꽤 예전에 스미레가 좋아하는 타입이 근육남을 좋아하는 남자다, 라고 내가 말해줬던 클래스메이트다. 만약 내 인생을 책으로 만든다면 몇 줄 나올까 말까 하는 관계라 얼굴도 잘 기억하지 못한다. 그래도 근육남을 알려고 헬스장에 다니기 시작하면서 자기도 몸을 단련하다 보니, 카게이시 선생님과 잘 되어 보고 싶다! 라는 당초의 목적을 완전히 잊고 근육 단련에 매료되어 버린 불쌍한 남자이기도 했다.

건강미 넘치는 육체를 획득해서 행복해 보이니, 결과적으로 잘 된…… 거겠지?

"하암~. 세상에는 별의별 취미가 다 있네요. 저희 반도 마니악하다고 생각했는데, 아직 귀여운 수준 같아요.”

“어. 이로하네는 뭘 하는데?”

“메이드 카페예요~. 모에~, 모에~, 큥~☆”

“으, 으음.”

그거, 한물간 거 아냐? ……그래도 현대 메이드 카페 상황을 모르니, 지금도 옛날과 변함없는 맛을 제공해주고 있을지도 모르지만 말이야.

“청초한 영국식 메이드가 맞이해주는 게 콘셉트! 의상도 본격적이라서, 진짜처럼 고급 천으로 만든 메이드복을 준비할 거예요!”

“옷은 진짜라도 청초함은 가짜인데, 그걸로 괜찮은 거야?”

“물론이죠~. 가짜일지라도 완벽하게 연기한다면 그건 진짜와 다름없거든요! 이미지하는 건 항상 최강의 청초!”

“뭐, 연기할 동안에는 진짜로…… 같은 건 가능할지도 모르겠네.”

예의 유명한 스탠퍼드 감옥 실험에서 검증된 것처럼, 주어진 상황과 연기하는 역할에 따라 인간의 행동은 변한다고 한다. 연기하다 보니, 진짜처럼 되어 간다고 하는 무시무시한 현상이다.

하지만 이 녀석이 청초 그 자체가 될 수 있을까? 하고 누가 묻는다면, 내 시점에서는 NO라고 말할 수밖에 없지만…….

내가 졸업한 후에 교류할 기회가 줄어든다면, 어떻게 될지 알 수 없다.

　이로하의 짜증스러움과 귀여움의 마리아주. 그 매력을 후세에서도 보존하기 위해선, 역시 짜증스러움을 드러낼 수 있는 절친을 만들어주는 것이 이로하의 짜증 프로듀시인 나로서 시급한 일이며…….

　아니, 뭐, 일단 그건 제쳐두기로 하고…….

　"……그래서? 그 메이드 카페의 준비와 스토킹할 권리가 무슨 상관인데? 전혀 이해가 안 된다고."

　"이그젝틀리!"

　따악! 이로하는 내 코끝을 향해 손가락을 쑥 내밀었다.

　─짜, 짜증나…….

　"그게 말이죠. 제가 등교해야만 하는데, 선배만 방에서 편하게 있는 건 열받잖아요? 제가 땀을 줄줄 흘리며 일하는데, 선배는 에어컨 빵빵한 방에서 만화나 보고 있는 건 솔직히 좀 그렇다고 생각해요."

　"그건 평소의 너잖아. 일하는 사람 뒤편에서, 매일같이, 매일같이……."

　"그~러~니~까~. 고지식한 교육위원회 탓에 에어컨도 설치되지 않은 교실에서 땀을 뻘뻘 흘린다는 멋진 체험을, 선배와 함께하고 싶어요! 이로하 님도 작업을 도우라고 시킬 정도로 악랄하지는 않으니까, 특별히 스토킹할 권리를 줄게요!"

　"전혀 납득이 안 되는 논리네……. 그래도, 뭐……."

나이스 타이밍, 이기는 했다.

오토이 씨도 이로하의 교우 관계를 알기 위해 미행하는 게 어떠냐고 말했던 것이다.

내키지는 않았지만 본인이 허락했으니 괜찮지 않을까? 같은 생각이 들지 않는 것도 아니다.

"―좋아."

"어."

"네가 반에서 어떻게 지내는지, 의외로 볼 기회가 없었잖아. 그, 그런 것을 통해 성우로서의 프로듀스 방침을 정할 수 있을지도 몰라. 응."

"흐――음?"

"왜 그래?"

내가 억지로 자신을 납득시키려 하자, 이로하는 나에게 의미심장한 눈길을 보냈다.

사람을 울컥하게 만드는 저 능글맞은 히죽거림은 왠지 예술적이란 느낌마저 들었다.

"어쩔 수 없네요~! 그렇게 이로하와 함께 시간을 보내고 싶은 건가요~!"

"윽……?!"

"하긴, 여름 방학에는 거의 매일 함께 있었으니까요. 갑자기 못 만나는 날이 생긴다면, 상실감이 어마어마할 거예요! 이로하 님 상실을 견디지 못하겠죠? 이해해요!"

"기어오르지 마, 멍청아! 그런 게 아니라고!"

"발끈하니 더 미심쩍네요~. 므흐흐♪"

"바, 밥이나 먹자! 너도 짐 챙겨와. 배 채우고 나서 같이 학교에 가자!"

"알겠사옵니다, 주인님♪"

치맛자락을 살며시 잡더니, 약간 요상한 메이드 말투로 인사를 한 이로하는 발소리를 내며 이 집에서 나갔다.

그 등을 쳐다보며 땅이 꺼지도록 한숨을 내쉰 나는 스토킹이 구체적으로 어떤 걸 말하는지 생각하며 부엌으로 향했다.

*

휴일의 학교는 독특한 분위기가 감돌았다.

평소 수많은 학생들의 시끌벅적한 목소리로 가득 차 있던 교내에 정적이 감돌고 있었으며, 귀를 찢는 듯한 매미 소리와 태양의 열기에 데워진 아스팔트가 기묘한 분위기를 연출하고 있었다. 마치 예산이 적어서 NPC를 다양하게 만들지 못한 점을 거꾸로 이용해, 리얼한 시골 마을 재현에 특화한 3D 게임 같았다.

문화제 준비를 하러 온 학생들이 드문드문 보였으며, 교문에는 『금륜제(金輪祭)#1』라고 적혀 있는 제작 도중의 간판이

#1 금륜제(金輪祭) 일본어로 '결단코, 끝까지' 등의 의미를 지닌 '金輪際'를 이용한 언어유희.

세워져 있었다. 『금륜제』란 우리가 다니는 학교 문화제의 명칭이지만 학교 이름과는 전혀 상관이 없고, 처음으로 문화제를 시작한 인간의 「이딴 고생스러운 행사는 결단코 두 번 다시 하고 싶지 않다」라는 메시지가 담겨져 있다. ……진짜로 그런지는 모르겠지만 말이다.

그렇게 조용하면서도 약간 들뜬 느낌이기도 한, 텐션이 상승한 아싸(나처럼) 같은 학교의 교문 안으로, 나와 이로하가 나란히 들어서……는 일은 벌어지지 않았다.

아니, 여기까지 오면서도 우리는 나란히 걷지 않았다.

《이로하》 저기, 이제 그만 관두면 안 돼요? 같이 가는 의미가 제로인데요!

《AKI》 어이, 뒤를 돌아보지 마. 빨리 걷기나 하라고.

《이로하》 스토커 짓거리를 하면서 되게 거들먹거리네요!

그렇다. 우리는 등교하는 동안, 10미터 이상 거리를 두고 걸었다.

이로하가 앞장을 서고, 내가 그 뒤를 따랐다.

대화는 기본적으로 LIME으로 했다.

왜 이런 영문 모를 짓을 하는 건데요?! 하고 이로하가 지극히 타당한 질문을 하자, 나는 이렇게 답했다.

『여자애와 스토커가 나란히 걸을 리가 없잖아.』

자, 논파 완료.

스토커를 할 거면 철저하게. 다.

……실은 츠키노모리 사장의 감시를 우려해서, 이로하와 단둘이 밖을 돌아다니는 걸 이 시기에는 가능한 한 피하자는 게 가장 큰 이유다.

《이로하》 정말! 이래선 여름 방학의 두근두근 등교 체험을 못 하잖아요~!

《AKI》 그딴 건 됐어. 빨리 건물로 들어가기나 해.

《이로하》 으으으~. 선배는 약았어요~. 바보~ 바보~!

입구 앞에서 짜증을 내는 이로하의 모습이 멀찍이서 보였다. 저 녀석, 지금 메롱~했지?

《AKI》 자, 곧 약속 시간인 아홉 시야. 우등생이 지각해도 돼?

《이로하》 큭. 제 청초함을 이용해 협박하다니, 저질이에요!

《AKI》 도서실에서 스토킹하며 일할 테니까, 나중에 봐.

《이로하》 으으~. ……네~.

불만은 전혀 해소되지 않았지만, 이로하는 의외로 순순히 건물 안으로 들어갔다.

자……. 나는 나중에 안으로 들어간 후, 실내화로 갈아신고 도서실로 향했다.

우리 학교는 여름 방학에도 도서실을 운영한다. 도서실에는 창가에 카운터석 같은 자리가 있으며, 거기에 앉으면 정면 창문을 통해 반대편 교실관이 잘 보인다.

참고로 1학년 교실은 도서실과 같은 층인 3층…… 즉, 이로하를 스토킹하는데 있어 최적의 장소다.

여름 방학에 독서를 하기 위해 도서실 등교를 하는 기특한 학생은 없는지 인적이 느껴지지 않았다. 있는 이라고는 얼굴도, 이름도 모르는 도서 위원 여자애 한 명뿐이다. 가볍게 인사를 하며 들어온 나를 약간 미심쩍은 듯이 쳐다봤다.

한순간 츠키노모리 사장이 보낸 스파이 아닐까? 하는 의혹이 고개를 쳐들었지만, 곧 고개를 저으며 그 가능성을 부정했다.

여름 방학에 위원회 활동의 당번 일정은, 당연히 여름 방학이 시작되기 전에 정해진다.

츠키노모리 사장이 언제부터 내 주위에 마시로 이외의 여자가 존재한다고 의심하기 시작했는지는 모른다. 하지만 나를 찾아온 게 여름 방학 중반쯤이었던 것으로 볼 때, 여름 방학 이후일 가능성이 크다.

그렇다면, 여기서 이 도서 위원을 의심하는 건 과도한 경계일 것이다. ……수상한 행동을 취한다면, 그때부터 의심하기 시작하면 된다.

노트북 컴퓨터를 켜고, 작업 준비를 시작했다.

오늘 목적은 이로하의 신변 조사다. ……하지만, 그것만으로는 낭비하게 되는 공백 시간이 너무 많다.

그 시간을 효율적으로 활용하기 위해, 작업 환경이 갖춰지지 않은 집밖에서도 할 수 있는 일거리를 가지고 왔다.

이로하에게 방해를 받지 않는 만큼 능률은 오히려 높을지도 모른다.

카나리아장에서의 바다 합숙 때 탄생한 신캐릭터『코쿠류인 쿠게츠』의 업데이트 공지용 이미지를 만들기 위해, 나는 이미지 편집 소프트를 켰다.

칠흑의 의상을 걸친, THE 중2병! 이란 호칭이 어울리는 캐릭터.

하지만 그 표정에는 짜증스러움을 감돌고 있어서…….

"으음. 귀엽네. ……앗."

"…………"

무라사키 시키부 선생님이 그린 고지용 이미지를 본 순간, 무심코 혼잣말을 중얼거렸다. 화들짝 놀랐을 때는 이미 늦었다. 뒤를 돌아보니 도서 위원이 미심쩍은 눈길로 나를 쳐다보고 있었다.

여름 방학에 갑자기 도서실에 와서, 책이 아니라 노트북 컴퓨터를 꺼내더니, 미소녀 캐릭터의 이미지를 보며 「귀엽네」 하고 중얼거리는 위험한 녀석. 수상하기 그지없다.

아, 아냐. 나는 그저 이로하를 스토킹해야만 해서 여기 있을 뿐, 사람들 앞에서 대놓고 2차원 콘텐츠를 시청하며 히죽거리는 타입의 오타쿠가…… 응. 따지고 보니 수상하긴 하네. 나도 알아.

하다못해 아무 말 없이 작업을 하자. 그렇게 생각하며 정면을 쳐다보니, 교실— 1학년 특별진학반 교실의 베란다에 이로하가 나와 있었다. 평소와 달리 헤드폰을 착용하지 않은 이로하는 청초한 분위기를 두른 채 손을 흔들고 있었다.

"……응?"

그 손에는 스마트폰이 쥐어져 있었다. 그리고 뭔가를 전하려는 듯이 스마트폰을 손가락으로 가리켰다.

문뜩, 호주머니에 넣어둔 내 스마트폰이 진동하고 있다는 걸 눈치챘다.

전화가 왔어……? 이로하한테서 온 건가?

"무슨 일이야?"

『선배가 밀착 스토킹을 할 수 있도록, 우리 반의 음성을 실시간으로 전해줄까 해서요☆』

"뭐어?!"

『이대로 통화를 끊지 마세요!』

—어이어이, 진심으로 하는 말이냐. 뭐, 이로하의 교우 관계 파악에는 도움이 되겠지만 말이야.

바로 그때, 클래스메이트로 보이는 여자애가 장난치듯 이로하의 어깨를 톡 두드렸다.

『농땡이 부리지 마~.』

『남친이라도 생겼어?』

그런 대화가 스마트폰 너머에서 어렴풋이 들려왔다.

『아냐~. 베란다에서 호객을 하면 눈에 띄지 않을까~ 하고 생각했어.』

『아하! 3층에 있으면 입지적으로 불리하긴 해.』

『응. 하지만 여기에 눈길을 끌 간판을 세워서, 아래편 공간으로 시선을 유도하는 거야. 그리고 거기에 이 교실까지의 지도를 프린트해서 두면 사람들이 와줄 확률이 오르지 않을까?』

『역시 코히나타 양, 머리 좋네~!』

—너, 그거 방금 생각한 거지.

용케도 그럴듯한 거짓말을 즉석에서 만들어내는걸.

『선배…… 지인 중에, 이런 식의 선전을 매일 같이 생각하는 사람이 있거든. 사고방식 같은 게 나한테도 옮았을 뿐이야~. 잘 될지는 해봐야 알 수 있어.』

『그래도 정말 대단해~. 공부만이 아니라 그런 쪽으로도 머리가 좋구나~.』

『맞아. 코히나타 양은 당해낼 수가 없다니깐.』

『에이, 너무 추켜세우지 마~. 나는 너희처럼 부활동을 하지도 않으니까, 공부에만 시간을 쏟을 수 있는걸. 문무를 겸비한 사람이 몇 배는 더 존경스러워~.』

"너는 대체 누구냐! ……앗."

내 앞에 있을 때의 이로하와 너무 갭이 커서 무심코 불평이 튀어나오고 말았고, 퍼뜩 정신을 차렸을 때는 이미 늦었다. 뒤를 돌아보니, 도서 위원이 겁먹은 눈길로 나를 쳐다보고 있었다.

맞은편 베란다에서 시끄럽게 수다를 떨고 있는 여자애들에게 딴죽을 거는 위험한 녀석. 큰일났다. 한 번만 더 아웃을 당했다간 바로 신고할 게 틀림없다.

―하지만 이로하 녀석은 클래스메이트에게 나를 『지인』이라고만 소개하는 건가.

뭐, 그 녀석한테 나는 오빠 친구니까 당연하려나.

믿음직한 선배라고 소개해줬으면 좋겠다거나, 섭섭하다거나, 그런 감정은 눈곱만큼도 없거든?

하지만, 도서실과 저 교실 사이의 거리가 멀게 느껴질 정도로는…….

다른 세계 같을 정도로는, 보이지 않는 벽을 의식할 수밖에 없었다.

"……일이나 할까."

이번에는 작은 목소리로 말하는 데 성공한 건지, 도서 위원이 노려보지 않았다.

그 후로 약 두 시간 동안 일을 하면서 이로하의 문화제 준비 모습과 클래스메이트와의 교우 관계를 살펴본 나는 눈치챈 것이 몇 가지 있었다.

첫 번째로, 많은 이들이 이로하에게 의지하고 있었다.

교실 안에서는 몇몇 여자애가 메이드 의상을 만들거나 미술부원으로 보이는 학생이 간판을 만들고 있었는데, 그녀들은 문제가 생기면 일단 이로하에게 의지했다.

그때마다 이로하는 적절한 조언을 해줘서 사람들을 놀라게 하거나 탄성을 터뜨리게 했다. 「정말, 못하는 게 없네!」하며 칭찬을 받을 때마다, 이로하는 「에이, 전부 수박 겉핥기에 불과한걸. 제대로 할 줄 아는 건 없어~」하며 겸손한 척했다.

두 번째로, 의외로 남들을 잘 챙겨줬다.

이로하는 남들이 말을 걸어오기 전에 문제가 발생했다는 것을 눈치챘다. 곤란해하는 학생이 있으면 먼저 말을 걸며 조언을 해줬다. 반 안에 녹아들지 못하는 학생이 있다면, 자연스럽게 대화가 발생하도록 유도하기도 했다.

세 번째로, 어른에게 신뢰받고 있었다.

담임인 여성 교사가 감시와 협력을 위해 얼굴을 비추며

이로하와 이야기를 나눴는데, 어른 상대로도 척척 대답하며 같은 눈높이에서 이야기를 주고받는 분위기를 자아냈다. 교사도 신용하고 있다는 것은 표정만 봐도 명백했다.

"알고는 있었지만…… 진짜로 우등생, 이구나."

정보로는 알고 있었다.

하지만 우등생 이로하를 이렇게 생생하게 관찰한 것은 처음이었다.

이렇게 보니, 감탄할 수밖에 없었다. ……왠지 데자뷔 같은 것이 느껴지는데, 이 감각은 대체 뭘까……. 저 녀석의 환경이 뭔가와 비슷한 느낌이 들어. ……으음, 기분 탓일까?

아, 맞다. 하나 더. 엄청 신경 쓰이는 점이 하나 더 있었다.

내가 스토킹…… 아니, 도서실에서 일을 시작하고 한 시간 후쯤, 그러니까 약 한 시간 전부터 내가 앉아 있는 창가 카운터석의 옆자리에 다른 손님이 앉아 있었다.

아마 1학년 여학생일 것이다.

갈색 머리카락 끝을 멋들어지게 말아 올린 인싸 느낌의 이 여자애는 아까부터 책도 펼치지 않은 채 한곳을 뚫어지게 노려보며 중얼거리고 있었다.

"코히나타 이로하…… 코히나타 이로하…… 코히나타 이로하…… 오늘이야말로 파헤치고 말겠어……!"

어라. 이거, 어떻게 하지. 이건, 그거 아냐?

허락받고 스토킹을 하는 나도 수상하기 그지없는 만큼,

남 말 할 자격은 없지만 말이야. 아니, 그런 내가 보기에도 뭐랄까, 이 사람은…….

진짜배기 아냐?

"저딴 애, 하나도 귀엽지 않…… 아니지, 나한테 버금갈 정도로 귀엽─ 쬐끔, 나보다 귀여……운 건 맞지만, 심정적으로는 마음에 안 들어~!"

이 사람, 엄청 성가신 스타일의 질투를 해대고 있네.

혹시 츠키노모리 사장이 보낸(이하 생략)…… 아니, 그렇다 쳐도 분위기가 이상해.

이 녀석은 대체 뭐지 하고 생각하며 쳐다보았더니 대낮에 당당히 스토킹하던 여자애가 내 시선을 눈치챘다.

"응? 너, 뭐야? 스토커?"

"스토커는 너잖아?!"

무심코 그대로 딴죽을 날렸다.

"뭐……."

그러자 여자애의 안면이 시뻘겋게 달아오르더니, 눈썹을 부르르 떨며……

"헛소리하지 마! 내 어디가 스토커 같다는 거야?!"

"아까부터 계속 이로하─ 아니지, 저 교실에 있는 여자애를 응시했잖아."

"뭐―? 영문을 모르겠네! 코히나타 이로하 따위는 쳐다본 적…… 처, 쳐다보긴, 했거든? 하지만 스토커가 아…… 어라, 일반적으로 보면 스토커 맞네……?"

위세 좋게 부정하려던 직후, 대사가 이어지면 진수록 자신감을 잃어가던 이 여자애는 결국 자백했다.

하다못해 1워드 분량의 대사는 감정과 주장을 통일시켜줬으면 한다. 대사 하나 안에서 몇 번이나 감정을 변화시키면, 표정 변화와 모션이 맞지 않게 되어서 후속 작업이 어려워진다고. ……뭐, 현실에선 딱히 상관없지만 말이야.

"그런데 너는 뭐야? 기척 없이 남의 옆자리에 앉아서 뭐 하는 건데?"

"내가 먼저 왔거든? 네가 나중에 왔거든?"

"뭐어―? 영문을 모르겠네. 아까까지 여기에는 아무도 없었단 말이야."

"……아~, 그래. 요즘 들어 깜빡했는데, 나는 원래 존재감이 옅었지……."

오래간만에 인싸 특유의 무자각적인 칼날이 나에게 겨눠진 느낌이 엄습했다.

이로하를 제외하고 기본적으로 아싸 모임인 《5층 동맹》 안에서는 상대적으로 커뮤니케이션 능력이 있는 편이라 깜빡하기 마련이지만, 굳이 따지자면 나도 아싸에 속하는 인간이다.

"어? 아, 미안해. 상처입히려던 건⋯⋯."

"그래⋯⋯. 진실을 말했을 뿐, 악의 같은 건 없었을 거야⋯⋯."

"되게 성가신 사람이네~!"

갈색 머리의 여자애가 머리를 감싸 쥐며 고함을 질렀다.

—어이쿠, 이러면 안 되지. 마치 내가 코미디언 듀오의 바보 담당 같잖아. 지금은 이 스토커에게 죄를 물어야만 할 때야. 상대가 진짜 인싸라서 영 페이스를 잡기 어렵네.

"—그럼 너는 코히나타 이로하란 애를 왜 스토킹하는 건데?"

"스토킹으로 단정 짓지 말아줄래? 크, 클래스메이트니까 쪼끔 신경이 쓰였을 뿐이거든?!"

"클래스메이트면 왜 여기서 농땡이를 피우는 건데? 너희 반 작업이나 도우라고."

"당, 번, 제, 야! 코히나타 이로하가 쉬는 동안, 쭈——욱 일했거든?!"

"그럼 당번도 아닌데 스토킹을 하러 일부러 학교에 온 거야? 그러면서 『쪼끔』이라고 우기는 건 무리 같은데⋯⋯."

"시끄러워! 너야말로 여름 방학에 도서실에서 컴퓨터 펼쳐 놓고 카공족 기분 내는 거야?! 거동 수상자 레벨로는 나한테 버금갈 것 같거든?"!

아무래도 자기가 거동 수상자란 사실을 인정하는 것 같다.

그보다, 참 솔직한 스토커다. 거짓말을 못 하는 타입인 걸까.

그렇다면 츠키노모리 사장이 보낸 자객일 가능성은 낮을

것 같은데…….

"저 반이라는 걸 보면, 1학년 같네."

"윽. 뭐야. 선배 행세라도 하려는 거야?"

"아, 그런 건 아냐. ……흐음."

나는 그 여자애를 뚫어지게 쳐다보았다. 바쁘게 움직이는 눈도 그렇고, 절묘하게 흐트러지게 입은 교복도 그렇고, 세세한 부분까지 신경 쓰며 멋을 낸 점도 그렇고, 상당한 리얼충 파워가 느껴지는데…….

왠지 절묘하게 지성도 느껴져. 인싸이기는 하지만, 파티피플은 아니라고나 할까?

명백하게 인생 잘 풀리는 인간 특유의 아우라가 느껴지면서, 두뇌 전투력도 뛰어난……. 그래, 잘나가는 명문 사립대 보이 같은 느낌이다(편견).

이로하를 다소 의식하고 있다면, 절친 후보로 괜찮……지 않으려나.

아니, 그래도…….

"스토커는 사양하고 싶네."

"대화의 흐름을 무시하며 디스하지 말아줄래?!"

머릿속으로 한 생각이 입 밖으로 흘러나온 건지, 이로하의 절친 후보(낙선)가 울상을 지으며 그렇게 외쳤다.

"……흥. 학교 선후배 관계 같은 건 한심해. 겨우 1년 빨리 태어났다고 잘난척하는 게 이해 안 되거든? 프로 야구계에서는 2년차 선수보다 뛰어난 루키도 있단 말이야."

"왜 일부러 프로 야구를 예로 드는 거야. 좋아해? ……아무튼, 사회에 나가면 1년 차이 정도는 오차 범위겠지."

"응, 맞아. 입학시험 및 중간, 기말고사 전교 2등. 이 눈부신 성적을 자랑하는 나에게 이기는 건 웬만한 연장자한텐 무리거든?!"

"흐음, 전교 2등이구나. 그거 대단한걸."

"……윽! 그, 그래? 후, 후후후. 뭐, 당연한 결과지만 말이야."

여유를 보이면서도 기뻐하는 듯한 기색이 드러났다. 응, 솔직하기 그지없다. 거의 전례가 없는 캐릭터 속성 같은데, 이 애 같은 타입을 뭐라고 표현하면 될까…… 우쭐솔직?

"전교 2등이구나……. 아하, 그래서구나."

"뭐, 뭐가 말이야?"

"방금 생각난 건데, 이로하― 코히나타 양은 전교 1등인 우등생으로 유명하지?"

"윽……."

"그래서 의식하는 거구나. 스토킹을 하는 이유까진 모르겠지만 말이야."

"아, 아냐…… 아니거든?!"

내가 납득을 하며 고개를 끄덕이자, 우쭐솔직 여자애가 벌떡 일어섰다. 그 바람에 의자가 뒤로 넘어지면서, 정적이 감돌던 도서실에 꽤 큰 소리가 울려 퍼졌다.

"눈엣가시라서 적대시하려는 마음 같은 건— 쪼끔 밖에 없거든?"

"조금은 있다는 거네. 그리고 목소리 좀 낮춰. 여름 방학이라고 해도, 여기는—."

"—도서실, 이니까 말이지."

"그래. 도서실이야. 뭐야. 너도 아는…… 왜 갑자기 목소리를 바꾸는 거야?"

내 대사와 포개지듯 들려온 그 목소리는, 아까까지의 우쭐솔직 소녀의 목소리와 달랐다.

약간 낮은 그 목소리는 목소리 연령이 갑자기 열 살 정도 많아진 듯한 느낌이었다. ……목소리에 연령이 어디 있냐고 생각하는 이를 위해 설명하자면, 이로하의 목소리 연기를 디렉션할 때 쓰는 표현이다. 약간 연령을 올려달라, 약간 낮춰달라는 느낌으로 말이다. 그 방식은 오토이 씨가 가르쳐 줬다.

아, 지금 중요한 건 그게 아니다.

갑자기 끼어든 정체불명의 제삼자의 얼굴을 보기 위해, 나와 우쭐솔직 여자애는 목소리가 들린 방향을 천천히 돌아보았다.

우리는 거의 동시에 고개를 돌렸지만, 안색의 변화는 극적일 만큼 달랐다.

"히익……."

"도서 위원의 신고를 받고 와보니, 시끄러운 원숭이가 두 마리 있네. 조교해서 닛코 원숭이 군단에 넘겨버릴까."

얼굴에서 우쭐 성분이 사라진 쫄보솔직 여자애— 이 표현은 진짜 성가시니까 갈색머리 여고생으로 하자. 갈색머리 여고생의 시선이 향하고 있는 곳에는 눈빛만으로 사람을 죽일 수 있을 것만 같은 위압감 넘치는 여교사가 있었다.

"카, 카카카, 카게이시 선생님?!"

갈색머리 여고생이 거품을 물며 그렇게 외쳤다.

카게이시 스미레. 《맹독의 여왕》이란 별명을 지닌, 엄격& 고압적인 무시무시한 여교사.

전교생의 약 70%에게 두려움을 사고 있고, 약 29%에게 사랑받고 있으며, 약 1% 미만에게 얕보이고 있는 교사계의 선봉장.

마감을 100% 지키지 않는 일러스트레이터, 무라사키 시키부 선생님과 동일 인물이란 사실을 모르는 녀석들은 다들 이 사람을 두려워했다. 여고생(갈색머리를 붙이는 것도 귀찮아졌다)이 두려움에 떠는 것도 무리는 아니다.

"그런데, 어떤 신고를 받고 온 거예요?"

소란을 피운 것이 이유 같지는 않았다. 왜냐하면, 이 여고생과 말다툼을 시작한지 얼마 안 된 것이다. 도서 위원이 교무실에 다녀올 시간을 고려해보면, 너무 빨리 나타났다.

즉, 이것은……

"1학년 교실을 훔쳐보고 있는 수상한 사람이 있다는 신고를 받았어."

"역시 그랬구나……!"

스토커 혐의였다.

"그런데 카게이시 선생님은 오늘 출근하는 날이었군요."

"그래. 여름 방학에도 교내에 학생이 한 명도 없는 건 아니거든. 교사도 매일 두 명 이상 출근하는 것이 이 학교의 방침이야. 오늘은 나도 당번 중 한 명이지."

아하, 그런 방침이 있구나.

"하지만 수상한 스토커가 너희일 줄은 몰랐네. 토모사카 사사라 양. 당신은 꽤 전도유망한 학생이라 평가했는데 말이야."

"윽……."

스미레가 날카롭게 노려본 것만으로 갈색머리 여고생—토모사카 사사라라는 이름의 여자애는 위축됐다.

한동안, 숨 막힐 듯한 침묵이 흐른 후…….

"……이, 이상한 짓 해서 죄송해요!! 저는 볼일이 있으니까 이만 돌아가 볼게요!"

"앗?! 잠깐, 기다려!"

스미레의 옆을 지나친 사사라는 그대로 도서실 밖으로 나갔다. 그런 그녀의 등을 쳐다본 스미레가 어이없다는 투로 중얼거렸다.

"수업을 성실하게 듣고 시험 성적도 좋은 편이라 우등생인 줄 알았는데, 변태 같은 일면을 지니고 있었네. 경멸할 것 같아."

"네 안면에 부메랑이 정통으로 꽂혔는데, 괜찮아?"

"게다가 상황이 나빠졌다고 도망치다니, 정말 실망이야."

"아하, 얼굴 가죽이 두꺼우면 찔려도 전혀 아프지 않은 거구나……."

"그런데, **오오보시 군**. 너도 스토커 혐의를 받고 있거든? 대체 얼마나 재미있는 이유가 있는지…… 아니, 어떤 속셈인지 빨리 실토해."

냉정 침착한 눈동자에, 호기심으로 가득한 동심(童心)이 한순간 어렸다.

……오호라. 이 녀석, 교무실에서 대기하기만 하는 지겨운 시간을 해소할 수 있겠네, 러키~! 같은 생각을 지금 하는 거 아냐?

"상세한 설명은 생략하겠는데, 피치 못할 사정이 있어서 이로하를 스토킹하고 있을 뿐이야."

"상세한 설명을 생략하니 진짜 영문을 모르겠거든?!"

"어, 어이. 교사 모드, 교사 모드."

"우왓?! ……오, 오오보시 군. 말도 안 되는 변명은 하지 말아주겠니?"

내가 팔꿈치로 옆구리를 찌르자, 스미레는 다급히 가면을 다시 썼다. 깜빡할 뻔했지만, 이 공간에는 도서 위원도 있다. 다행히 좀 떨어진 곳에 있는 탓에 시키부 모드는 목격하지 못한 것 같았다.

스미레는 도서 위원 쪽을 힐끔 쳐다본 후, 나에게 얼굴을 내밀면서 낮은 목소리로 물었다.

"이로하와 꽤 친해진 것 같은데, 괜찮은 거야?"

"무슨 소리야?"

"마시로 말이야. 일단 대외적으로는 가짜 연인 사이지? 츠키노모리 사장과 한 약속에 대해서도, 마시로의 전학 이야기를 하면서 들려줬잖아."

"아, 그거 말이구나. ……일전에 사장에게 주의를 받았거든. 앞으로는 신경을 쓸 생각이야."

"그 발언과 아까 전의 스토킹 발언에 모순이 존재한다는 말이야."

"밀접한 인과 관계가 있어. ……이로하에게, 절친을 만들어주고 싶거든."

바다에서 오즈와 나눴던 이야기를, 스미레에게도 들려줬다.

혼자만 학년이 다른 이로하가 다른 이들의 졸업 후에도 짜증스럽지만 귀여운 측면을 잃지 않도록…….

귀중한 짜증귀염을 보존하고 싶다. 학자적 견지에서 동년배 절친을 만들어주고 싶다고 생각했다. 그러기 위해 신변 조사를 하고 싶었다. 또한 마시로와의 가짜 연인 관계를 츠키노모리 사장에게 어필할 필요가 있으며, 그 모든 것을 해결하는 것이 이 스토킹 전략이다.

그 모든 이야기를 듣고 팔짱을 낀 스미레는 납득한 것처럼 고개를 끄덕이며 이렇게 말했다.

"아키는 과정 단계에서는 똑똑한데, 도출 단계에서 절묘하게 멍청해진다니깐."

"자, 자각은 하고 있어…… 그래도 이게 가장 효율적이라서 어쩔 수 없어……"

"뭐, 그 과정에서 토모사카 양에게 침 발라둔 거구나? 나쁜 남자라니깐."

"그런 적 없거든?"

저 갈색머리 여고생이 토모사카 사사란 이름이라는 것도, 아까 대화를 통해 처음으로 알았다.

같은 학년에서 전교 1등인 미도리의 이름조차도 교류를 하기 전에는 제대로 기억하지 못했는데, 1학년 전교 2등을 알 리가 없는 것이다.

"어, 그럼 방금 그게 만남 에피소드였던 거야? 랜덤 박스로 방금 뽑았어?"

"소셜 게임 뇌 좀 발동하지 마. ……잘은 모르겠지만, 저 애는 이로하를 꽤 의식하는 것 같아."

"아~. 뭐, 그럴지도 몰라."

"짚이는 데가 있어?"

"나는 저 애들 반의 수학 수업을 맡고 있거든. 답안지 돌려줄 때 보면, 토모사카 양이 이로하와 점수로 경쟁하려고 하는 모습이 자주 눈에 들어와."

"ㄱ 광경, 눈에 선하네……."

"이로하는 그런 승부에 전혀 관심이 없어 보이지만 말이야. 빙긋빙긋 웃고 있기만 하지, 이기든 지든 아무래도 상관없어 보여."

"흐음, 그거 의외네. 이로하 녀석은 지는 걸 싫어하는 줄 알았거든."

나한테는 장난질 승부 같은 걸 하자고도 하니 말이다.

"아키한테만 그러는 것 아닐까? 이로하는 기본적으로 남한테 이기려고 하지 않고, 전교 1등인 것도 단순한 결과일 뿐이라서 거기에 집착하는 타입이 아냐."

"내가 아는 이로하와 딴판인데……."

"뭐, 그만큼 아키가 특별한 거야. 하지만 한쪽이 진짜고 다른 쪽이 가짜인 것도 아니라는 게 성가신 점이라니깐. 눈치챘어? 《5층 동맹》 마작 때, 나의 방어를 도외시한 모 아니면 도 전법을 받아주는 건 이로하 양뿐이야."

"구체적인 에피소드가 마작이라는 점에서 존귀함이 바닥까지 다운했지만, 확실히 맞는 말이야."

나와 오즈는 냉정하게 상황을 살피고 위험한 수를 두지 않으려 한다.

하지만 이로하는 위험한 수를 둘 때가 많은데, 그것이 실력 부족 탓이 아니라 일종의 접대 마작 느낌의 무브였다면?

"1등이 되는 이가 한 명뿐— 그런 게임에서, 억지로 1등이 되려고 안 하는 거야. 타인의 마음을 헤아려서 물러서는 면이 있는 듯한 느낌이 들어."

"뭐, 눈치가 빠른 녀석이긴 해."

본심은 어떨까?

눈치가 빠른 녀석이니까, 남의 마음속을 헤아리는 감수성이 뛰어나니까, 이로하는 어머니의 방침에 맞서지 않는다. 누군가가 지고 있다는 것을 알고 승리를 양보하거나, 지나치게 기뻐하지 않으려 하는 것도 그런 성격과 관련이 있을 것이다.

연기로 수많은 인격을 완벽하게 연기하는 것도 마찬가지다. 어쩌면 내가 모르는 분야에서도, 타인에게 양보하고 있을지도 모른다.

하지만, 그렇다면, 그것이 이로하가 진심으로 바라는 모습일까, 라는 생각이 들었다.

스미레의 이야기. 교실에서 이로하가 보여주는 모습. 그것을 보니, 역시 괜한 오지랖일지도 모른단 생각이 들지만…….

―짜증나게 굴 수 있는 절친을, 만들어주고 싶은걸.

그런 생각을 하고 있을 때, 스미레가 「어험, 어험」 하고 일부러 헛기침을 했다.

오랫동안 알고 지내서 그런지, 내가 무슨 생각을 하는지 어렴풋이 눈치챈 것 같았다.

"아키. 오지랖 모드도 좋지만, 마시로도 잊으면 안 돼."

"왜, 왜 마시로가 튀어나오는 거야. 물론 잊은 건 아니지만, 엄연히 다른 이야기잖아."

이로하를 걱정하고 있기는 하지만, 연애 감정에서 기인한 것은 아니다. ……아마도 말이다.

그리고 마시로가 나한테 진짜로 고백했다는 것을 알지도 못하면서, 스미레는 왜 이렇게 날카로운 한 방을 날리는 걸까. 좀 봐달라고.

"사, 사소한 플래그도 경계해야만 해. 내 입장에서는 어느 한쪽으로 쏠려버려도 가슴이 아프니까……!"

"마시로는 가짜 여친이고, 이로하와는 그런 사이가 아냐. 우리를 가지고 멋대로 삼각관계 수라장을 상상하며 괴로워하지 마."

"으으……. 전부 밝힐 수 없는 이 포지션, 정말 힘들어!"

스미레는 머리를 감싸 쥐며 괴로워했다.

혹시 이것이 진짜 연애 수라장이라면, 어른이자 교사인 스미레는 누구 한 사람의 편을 들 수 없을 것이다. 그 괴로움은 이해하지만, 망상만으로 이렇게까지 진심으로 괴로워하는 건 참 감탄스럽기 그지없었다.

＊

『으음, 이 엇갈림……. 아키가 언제 진실에 눈치채려나. 가슴이 두근거리는걸.』

『오즈. 너, 정말 즐거워 보이네…….』

저녁이 됐다. 이로하의 주변 정보를 얼추 파악한 단계에서 「먼저 돌아갈게」 하고 LIME으로 전한 나는 맨션으로 돌아갔다.

이로하와 함께 돌아오면 됐잖아, 하고 마음속의 내가 생각했다. 하지만 그때는 또 거리를 벌리며 스토킹이란 형태를 취할 수밖에 없으며, 그것을 통해 얻을 수 있는 소득은 미미했다. 츠키노모리 사장의 감시망을 파악하지 못한 이상, 방심은 금물이다.

······그리고 마시로한테 이런 LIME이 온 것도 영향을 끼쳤다.

《마시로》 아키의 방에 아키가 없고 이로하 양도 없는데다 두 사람 다 연락이 안 되는데 혹시 마시로 몰래 단 둘이 외출한 건 아니겠지 아빠를 속이기 위해 가짜 연인 행세 하자고 이야기해놓고 이로하 양과 바람 피우는 건 아닐 거라고 믿고 싶은데 설령 진짜로 데이트 중이고 그게 아키의 진짜 마음이라면 응원하긴 싫어도 어쩔 수 없다고 여기는 자기 자신이 존재해서 미안해 이상한 소리 적었네 가짜 데이트 플랜

을 짜다 보니 텐션이 상승해서(이하 생략)

참고로 (이하 생략)이라는 건 내 각색이다. 저 뒤에 200문자에 걸친 마침표와 쉼표 없는 문장이 이어지는데, 그것은 별개의 이야기…… 미안한데, 나도 읽는 걸 포기했다.

다급하게 마시로에게 전화를 해보니…….

『이상한 자기 최면에 걸린 건지, 진짜로 아키의 여친이 된 것 같은 착각에 빠졌어……. 그랬더니, 어, 혹시 바람피우는 거야? 같은 느낌이 들어서, 폭주해버렸네……. 하, 하지만 괜찮아. LIME 보내자마자 정신 차렸거든. 아키가 바람피울 리 없다고, 믿는걸.』

정신을 차린 게 아니었다. 머릿속에 진짜 여친 설정이 남아 있다.

아무튼 가짜 데이트 플랜에 관해 이야기를 나누고 싶다기에, 이로하의 절친 만들어주기에 버금가게 중요한 츠키노모리 사장 대책을 위해 이렇게 맨션으로 돌아온 것이다.

내가 집에 들어간 후, 마시로에게 LIME을 보냈다.

마시로의 집에서 할까도 했지만, 절대 무리라며 상대방이 한사코 반대했기에 우리 집에서 회의를 하기로 했다. 진짜 여친이란 생각에 빠져 있다면 나를 집에 들여도 되지 않나 싶지만, 소녀의 복잡한 마음이 작용한 것 같았다. 진짜 뭔가 뭔지 도통 알 수가 없다.

"시, 실례하겠습니다."

"응."

메시지에 읽음 표시가 뜨고 10초 후, 마시로가 우리 집에 왔다.

거북한 것처럼 우물쭈물하는 마시로를 거실로 안내한 후, 접대용 커피를 준비했다.

"우유와 설탕은?"

"……됐어. 블랙으로 줘."

"흐음. 옛날에는 우유와 설탕을 둘 다 넣었잖아. 어른이 됐는걸."

"노, 놀리지 마. 어릴 적 이야기를 꺼내다니, 정말 저질이야."

"뭐, 미안해."

쓴웃음을 지으면서 마시로 앞에 컵을 내려놨다.

LIME 메시지의 내용만 보면 믿기지 않을 만큼, 눈앞의 마시로는 평소와 똑같았다.

역시 작가 지망생이라 그런지, 문장 집필 때 텐션이 상승하는 타입인 걸지도 모른다.

……그래도, 정말 어른이 됐는걸.

블랙커피에 입을 대는 마시로의 모습을 보며, 그렇게 느꼈다.

시원해 보이는 민소매 원피스. 얼굴과 입술에 옅은 화장을 한 흔적이 보였으며, 손톱 끝까지 단정하게 정돈되어 있었다. 세세한 부분까지 미용에 신경 쓰고 있는 것이다.

오늘 아침에 오토이 씨와 나눈 대화를 떠올리며 다시 쳐다보니, 마시로의 어른스러운 부분이 선명하게 보였다.

같은 맨션의 옆집에 갈 뿐인데도 이만큼의 완성도를 선보이고 있다. 그것이 나를 좋아하기 때문일까. 아니면 그건 내 자의식 과잉이며, 원래부터 이렇게 신경을 쓰는 것일까.

"……어, 어디를 쳐다보는 거야. 남의 얼굴을 뚫어지게 쳐다보는 건, 실례야."

"미, 미안해. 참 예뻐졌단 생각이 들어서, 무심코……."

"뭐……?! 가, 갑자기, 무슨 소리 하는 거야……?!"

마시로의 새하얀 얼굴이 빨갛게 달아올랐다.

……아차, 방금 그건 완벽한 실언이다. 본심을 아무런 전략성도 없이 그냥 입 밖으로 토하다니. 나는 대체 무슨 생각인 거야!

길 가던 일반 여고생에게 그런 소리를 해도 성희롱으로 잡혀가는 요즈음, 자신에게 호의를 품고 있다는 걸 아는 여자애에게 그러면 어떻게 하냐고. 가벼운 마음으로 칭찬하다니, 당치도 않다.

"미, 미안해. 이상한 의미는 없었어."

"경솔하게 입에 발린 소리를 하는 건 좋지 않아. 그런 짓 하다간 칼침 맞고 나이스한 보트에 타게 될 거야."

"매년 크리스마스에 전편 방송되는 애니를 연상케 하는 소리 하지 마……. 아무튼, 정말 미안해."

"응. 반성했으면, 됐어."

용서받았다.

"……예쁘다는 말을 듣는 것 자체는 딱히 싫지 않아. 하지만 그런 말 듣고 괜히 기대했다간, 나중에 더 우울해져. 그러니 너무 칭찬하지 마."

"그, 그렇구나. 앞으로는 신경 쓸게."

"응. 신경을 쓰면서, 때때로 칭찬해줘."

"칭찬해도 되는 거야?"

"물론 칭찬하면 화낼 거야. 무책임하게 꼬시지 말라면서 말이지. 그래도 칭찬은 해줬으면 해."

"대체 뭘 어쩌라는 거야……."

"칭찬을 하면서, 기대에 부응해주면 오케이."

"너무 불합리한 거 아냐? ……뭐, 정답이 없는 게 당연할까."

마시로의 입장에서 본다면, 좋아하는 남자가 자기를 칭찬해줄 뿐만 아니라 연인도 되어준다면 최고일 것이다. 그런 최고를 추구하는 만큼, 다른 불합리한 결과 전부에 화내는 것도 무리는 아니다.

오히려 그렇게 내성적이던 마시로가 이렇게 자기를 강하게 어필하게 된 것이, 그녀와 오랫동안 알고 지낸 나로선 놀랍기 그지없었다.

"……뭐, 어쩔 수 없네. 마시로는 어중간한 관계를 허용해주고 있잖아. 이 정도 불합리는 받아들이겠어."

"후후. 아키의 그런 면을 좋아하는 걸지도 몰라."

"……윽! 그, 그래."

빙그레 웃고 있는 마시로의 솔직한 말에, 나는 한순간 가슴이 뛰었다.

노 가드 상태일 때 갑자기 치고 들어오는 건 진짜로 심장에 안 좋으니 자제해줬으면 한다.

"─그럼, 슬슬 본론에 들어갈게."

"으, 응."

"우선 이걸 읽어줬으면 해."

터엉.

엄청 묵직한 소리가 들렸다.

테이블 위에 놓인 그것은, 글자가 가득 적힌 A4 사이즈의 종이 무더기다.

그 위압감에 약간 질린 내가 물었다.

"이게 뭐야……?"

"데이트 플랜."

"기분 탓인지, 어마어마하게 두꺼워 보이는데……. 전부 다 해서, 몇 장이야?"

"240장 정도."
"소설이냐."

플랜이라는 건 일본어로 기획을 말하는 거잖아. 240장짜리 기획서를 누가 읽겠냐고.

"아, 그래도 전반부 120장은 도입 시나리오야."

"데이트 플랜에 왜 시나리오가 필요한 건데?"

"TRPG나 머더 미스터리 게임에도 시나리오는 있잖아? 각자의 역할을 연기할 거니까, 잘 짜인 설정과 전제조건을 공유하기 위한 시나리오는 필수 불가결. 상식."

"작가 특유의, 문장력을 이용해 말도 안 되는 논리에 설득력을 띠게 만드는 프레젠테이션은 관둬."

마키가이 나마코 선생님도 때때로 하는데, 프로와 아마추어 가리지 않고 작가라면 가지고 있는 특징일까.

한순간 납득할 뻔한 만큼, 진짜로 관둬줬으면 한다.

"핵심인 데이트 플랜 부분만 보여줘."

"부우. 감정 이입을 하는데 필요한 서론인데……. 알았어. 그럼 148페이지부터 읽어."

"또 어중간한 부분부터네……. 뭐, 좋아. 어디어디."

상어문어 사무라이는 【뭔가 가슴을 콩닥거리게 하는 아이템】을 품에 안은 채, 마치 해파리 정식처럼 미소지었다.

"고유 명사가 하나도 이해 안 되거든? 너는 대체 나한테 뭘 읽으라고 한 거야?"

"아, 미안해. 실수했어. 148페이지가 아니라 184페이지가 맞아. 거기는 집필 욕구가 불타올라서, 서브 캐릭터의 사이드 에피소드를 다룬 부분이야."

"데이트 플랜에 서브 캐릭터 개념이 들어갈 여지가 있긴 해……? 그리고 상어문어 사무라이, 해파리 정식 같은 독특한 언어 센스는…….

"아직 캐릭터명이 확정되지 않아서, 대충 이름을 붙였을 뿐이야. 나중에 바꾸면 되겠다 싶었거든."

"뭔가 가슴을 콩닥거리게 하는 아이템은…….

"그것도, 뭘 할지는 정해졌는데 구체적인 걸 정하지 않은 부분이야."

"아하……. 캐릭터의 이름과 세세한 기믹은 마지막 순간까지 짜는 편이 낫기는 해. 정식으로 결정할 때까지 본문에 착수하지 못한다면 비효율적이니까, 나이스한 방법일지도 몰라."

"그렇지? 흐흥."

"확실히 좋은 방법이야. ……데이트 플랜은 소설이 아니라는 점만 눈감아준다면 말이지."

"괘, 괜찮아. 184페이지부터는 본편이야."

애초에 플랜에 본편이라는 개념 같은 건 없거든?

마음속으로 그렇게 잔소리를 날린 나는 불안을 떨쳐내지 못한 채, 마시로가 말한 페이지를 펼쳤다.

축제 같은 건 재미있지 않다고 생각했어.

사람이 많고, 걷기도 힘들어. 귀여운 유카타를 입은 여자애들이 활보하는 가운데, 자기만 돼지 목에 진주 목걸이라고나 할까. 하나도 어울리지 않는 듯한 느낌이 들어 부끄러워.

금붕어 건지기를 해도 금방 그물이 찢어져서 바보 취급을 당했어.

과녁 맞히기도 명중시키지 못해서 재미없어.

물풍선의 고무가 찢어져서 흠뻑 젖었어.

……뭐, 노점에서 팔던 칸사이풍 타코야키는 맛이 깊어서 좀 괜찮았지만 말이야.

하늘을 수놓는 폭죽 불꽃.

펑펑하고 터지는 소리만 들릴 뿐. 색깔도, 모양도 보이지 않아.

큰 박수 소리와 사람들의 환한 목소리를 듣고, 예쁜가 보다 하고 생각했어.

그런 추억밖에 없는 여름 축제에, 가봤자 헛수고? ……아냐. 올해 여름은 달라.

올해는, 특별한걸.

특별한 나와, 특별한 너.

우리 둘이라면, 이 재미없는 추억도, 이번 여름을 수놓는 최고의 한 페이지로 만들 수 있어.

"흠. 그래."

……나는 대체 왜 이런 시를 읽고 있는 걸까?

"즉…… 월말의 여름 축제에, 같이 가기로 했어."

"요약하면 한 줄로 끝나는 내용을 240장으로 부풀린 거야?"

"무시하지 마. 당일 계획도 들어 있어. 239장부터 240장까지야."

"종이 두 장 분량이냐!"

두 장으로 끝날 내용이라면, 처음부터 그것만 줬으면 한다.

연인 관계를 연기하려면 어느 정도의 캐릭터 설정과 전제가 되는 이야기가 있는 편이 쉬울 거란 마시로의 주장도 이해가 되지만, 매사에는 정도라는 것이 있다.

"그건 그렇고, 여름 축제에 가자는 거구나."

"……왜? 문제라도 있어?"

"아, 그런 건 아냐. 마시로가 축제에 가고 싶어 하는 게 드문 일 같아서 말이지."

"딱히 가고 싶어 하는 건 아니거든? ……아키가 가고 싶다고 말했잖아. 바보."

"뭐?"

"아무것도 아냐. 둔감 주인공은 죽어버려."

"남의 말을 못 듣는 건 일상에서 충분히 일어날 수 있는 일인데, 그걸 가지고 둔감 주인공 취급을 하는 건 너무 한 거 아니냐고……."

"몰라. 뻔뻔하게 구는 태도가 마음에 안 들어."

자기 할 말만 다 한 마시로는 언짢은 기색을 드러내며 고개를 휙 돌렸다.

그리고 마시로는 눈동자만 움직여서 나를 힐끔 쳐다보았다.

"……혹시, 이로하 양과 같이 갈 예정이었던 거야?"

"이로하가 같이 가자고 말하긴 했어."

"뭐?"

"다, 다른 볼일을 보고 겸사겸사…… 같은 느낌이었으니까, 심각하게 생각할 필요는 없어."

레코딩에 대해서 말을 못 하기에, 말투가 떨떠름해졌다.

"그래……. 이로하 양도……."

"사장의 감시에 걸릴 짓을 할 생각은 없으니 걱정하지 마. 나중에 같이 못 간다고 말할 거야."

"흐음, 그렇구나. 이로하 양과, 아니, 마시로와, 여름 축제에 가고 싶은 거네?"

"말 좀 배배 꼬아서 하지 마……. 이로하는 같은 반 친구와 친목을 다져줬으면 하거든."

"……뭐, 이로하 양은 마시로와 다르게 친구가 많은걸."

"말이 아까보다 더 배배 꼬이지 않았어?"

"그것보다 이로하 양이…… 아키의 방에 쳐들어오는 건, 뭐…… 이제까지의 루틴 활동이니까 좋아……. 아니, 좋지는 않지만…… 백보 양보해서, 어쩔 수 없는 걸로 칠게……. 그래도 여름 축제에 같이 가자고 하는 건, 매너 위반이라고 생각해."

마시로는 볼을 부풀리더니, 불만을 입밖으로 토했다.

"마시로가 좋아하는 사람을, 꼬시려고 하다니……."

"으음, 이로하는 네가 나한테 고백한 걸 모르거든. 그러니까……."

"무슨 소리를 하는 거야? 마시로와 아키는 사귀는 사이잖아. 마시로도 이로하 양을 좋아하지만, 여친이 있는 남자와 같이 놀려고 하는 건 좀 그렇다고 생각해."

"뭐, 사귄다고 해도 어디까지나 가짜 커플이잖아. 네 마음은 알고, 기쁘긴 해. 그래도 이로하를 무신경하다고 말하면, 그 애가 불쌍하다고나 할까……."

"……응? 어. 아키, 무슨 소리를 하는 거야?"

"응? 어라?"

마시로는 의아하다는 듯이 눈썹을 살짝 모으더니, 고개를 갸웃거렸다.

묘한 위화감을 느낀 나 또한, 마시로와 같은 각도로 고개를 기울였다.

단추를 잘못 끼운 듯한 이 느낌은 뭐지…….

근본적인 부분에서 뭔가 치명적으로 인식이 엇갈리고 있는 것처럼, 뭔가가 어긋난 느낌이 들었다.

"마시로와 아키가 가짜 커플이라는 걸 이로하 양이 알 리 없어. 이로하 양이 보면 마시로와 아키는 진짜 커플이니까, 아키를 여친이 있는 남자로 인식하며 행동해야 하지 않아?"

".................."

"............"

"......어?"

"으음~. 나와 마시로가 가짜 연인 사이인걸 이로하가 모른다는 건, 이로하한테는 나와 마시로는 진짜 연인 사이처럼 보여야 한다는 거야?"

비난이 쇄도하고 있는 정치가의 답변 같은 대사지만, 이 정도로 차근차근 정보를 정리하지 않으면 이해하기 어려운 사태이니 이해해줬으면 한다.

내가 확인 삼아 그렇게 묻자, 마시로는 고개를 끄덕였다.

"응. 마시로와 아키는 진짜 연인 사이처럼 보일 텐데도 아키에게 데이트 신청을 한 건, 매너 위반이라는 게 마시로의 주장이야. 뭐 잘못됐어?"

"아니. 나와 마시로가 진짜 연인 사이처럼 보인다면, 그 행동은 남의 남자를 빼앗으려 하는 도둑 고양이 같은 짓이라 단언해도 돼."

"그렇지? 그러니까—."

"잠깐만 있어 봐."

마시로가 대사 표시 속도를 높인 것처럼 말을 쏟아내려

하자, 나는 그녀의 말을 막았다.

마시로의 논리는 이해가 된다.

만약 나와 마시로가 (중략)라면 이로하가 당연히 (중략)이라는 건, 지당하기 그지없는 논리다.

하지만. 애초에 그 논리는······.

"이로하는 우리가 진짜 커플이 아니라는 걸 알고 있잖아?"

"······뭐?"

"어. 어라. 그 녀석이 안다는 걸, 너는 몰랐어······?"

"처음 들어······. 어, 그럼 뭐야. 이로하 양에게 진실을 털어놓은 거야?"

"털어놓기는 무슨.《5층 동맹》······과, 이 맨션 5층의 동료들 사이에서는 공유되어야 할 사안이라고 생각했······는데······."

이런 불행이 다 있을까. 마시로와의 가짜 연인 관계는《5층 동맹》의 미래와 관련된 일이기에, 정보를 공유해 마땅하다. 그런 가치관을 전제로 했기에, 마시로와의 일을 동료들에게 숨긴다는 발상 자체를 하지 않았다.

정체불명의 성우 X의 정체가 이로하라는 사실은 그런 점을 고려하더라도 밝힐 수 없는 특대 기밀 사항이지만 말이다.

설마 지금 이 순간까지 마시로는,《5층 동맹》에게도 자기가 나의 진짜 여친으로 여겨진다고 착각하고 있었던 건가.

아니, 문제의 한복판에 있어서 전혀 의식하지 않았는데, 나와 마시로와《5층 동맹》의 관계는 꽤나 복잡하게 얽혀있는걸.

"그…… 그…… 그럴 수가……! 그럼 마시로가 다른 사람들 앞에서 여친 행세를 해댄 게, 전부 거짓말이라는 걸 알고 있었다는 거야? 으으…… 비참해. 죽고 싶어…… 죽고 싶어……"

"어이어이. 진정해, 마시로. 너는 자기가 생각하는 것만큼 여친 행세를 하지는 않았어! 남들 앞에서도 나한테 꽤나 신랄한 태도를 취했잖아!"

"그러고 보니 스미레 선생님 앞에서도 꽤 무게 잡으면서 커밍아웃했는데……. 그, 그, 그때, 가짜 연인 관계에 대해 이미 알고 있었다는 거야? 그래서 또 하나의 진실에 비해, 그쪽은 반응이 밋밋했던 거구나……!"

"스미레 선생님……? 어이, 마시로. 그게 무슨 소리—."

"으으으으으으, 두고 보자, 시키부우우우우!"

마시로가 신경 쓰이는 말을 입에 담았지만, 혼란의 극치에 빠진 그녀에게 질문을 해봤자 제대로 된 대답을 들을 수 있을 것 같지 않았다.

"이로하 양이 나를 신경 쓰지 않으며 아키와 노닥거린 건…… 마시로가 가짜라는 걸, 알기 때문이었어. 으으~~!"

삶은 바닷가재처럼 볼이 빨개진 그녀는 머리를 감싸 쥐며 몸을 웅크렸다.

이로하는 나를 괴롭히려고 하는 것뿐이니까, 질투할 필요는 없거든?

예전의 나라면 그렇게 말했을 것이다.

하지만 치근덕거리는 이로하도 객관적으로 보면 귀엽다는 새로운 가설이 부상한 현재, 마시로의 관점에서 이로하가 연적의 요건을 충족시키고 있다는 것을 쉬이 상상할 수 있었다.

"뭐랄까……. 저기, 신경 못 써줘서 미안해. 섬세하지 못한 남자라 면목이 없네."

"괘, 괜찮아. 아키의 성격을 파악 못 한 마시로한테도 잘못이 있는걸."

"아냐. 이것만은 진짜로 내 실수야. 여러 비밀이 뒤죽박죽으로 뒤엉킨 바람에, 누가 어떤 정보를 가지고 있는지에 대해 나도 약간 혼선이 왔어."

"비밀이, 뒤엉켜……."

마시로가 그 말을 듣고 움찔했다. 그 단어를 곱씹으면서, 말을 할지 말지 망설이듯 잠시 뜸을 들인 후…….

"더, 있어? 으음…… 마시로와의 가짜 연인 사이 같은, 비밀……."

"뭐? 아, 저기, 방금 한 말은 어디까지나 비유 같은 거랄까……."

"그렇구나. 하지만 다른 사람한테도 비밀로 하는 게, 있지? ……예를 들어, 정체불명의 성우 X의 정체, 라거나……."

"……윽."

마시로가 머뭇거리며 꺼내든 카드는, 믿기지 않을 만큼 유효한 일격이었다.

트레이딩 카드 게임
TCG에 비유하자면, 내가 짠 덱에 대한 완벽한 대항책이 마련되어 있는 듯한…… 으음, 이 비유를 알아들을 인간이 몇 명이나 있을까?

국내 TCG 유저 인구를 걱정하며, 나는 애매모호한 미소를 지었다.

"아, 아하~. 그것도 비밀이라면 비밀이네. 하지만 성우 측과의 계약 문제로 밝히지 못하는 것뿐이니까, 딱히 재미있는 속사정 같은 건 없어."

거짓말은 아니다.

계약서를 작성하지는 않았지만, 일본 법률상으로는 구두 약속도 계약에 포함되거든.

"흐음~. 그렇구나. 흐음~."

"뭐, 뭐야. 하고 싶은 말이 있으면 어디 해보라고."

"아, 아냐. 딱히 없어."

"그, 그래? 그럼 됐어."

아까부터 심장에 부담이 너무 갔다. 수명이 3년은 줄었다.

혹시 정체불명의 성우 X가 이로하라는 걸 들켰나 싶어 마시로의 표정을 살폈지만, 숙이고 있는 그녀의 얼굴을 통해 본심을 알아내는 건 무리였다.

"……안 질 거야."

"뭐?"

한동안 생각에 잠긴 후, 마시로의 입에서 그런 말이 흘러나왔다. 너무 작아서 잘 들리지 않은 그 말에 대해, 나는 주인공 특유의 앙코르를 요청했지만 당연한 듯이 무시당했다.

마시로는 나한테 두꺼운 소설, 아니, 데이트 플랜을 떠넘기더니 반쯤 흘겨보며 말했다.

"여름 축제."

"일단 당일 일정을 조정한 후에 답해도 될까?"

"강제 이벤트야. 거부권 같은 건 없어."

"으, 응. ……뭐, 어떻게든 되겠지."

그날은 레코딩이 예정되어 있다. 하지만 이로하의 목소리를 녹음하기 시작한 후로 몇 달이 지난 지금은 레코딩 시간을 꽤 정확하게 예상할 수 있기에, 그 후에 일정을 잡더라도 사고가 발생할 확률은 낮다.

이로하의 순수 동성 교제의 동향을 모니터링하기 위해, 어차피 여름 축제 당일에는 현장에 갈 생각이었다.

마시로와 함께 하는 가짜 데이트와 동시 진행으로 이벤트를 소화한다면, 효율 면에서 나무랄 데가 없을 것이다.

"응. 그럼 당일에 단둘이 가는 거야."

"오케이. 복장은 평상복이라도 괜찮지?"

리얼에 충실한 파티피플 업계에서는 여름 축제하면 컬러풀한 귀여운 유카타다.

하지만 그런 문화를 싫어하는 아싸 대표, 마시로의 취향은 분명 정반대일 것이다.

경박한 리얼충 문화 같은 건 악! 동조 압력의 상징! 축제에서 유카타 같은 걸 입으면 갈가리 찢어버리겠어! 같은 느낌으로 이 사회를 향해 침을 뱉을 게 틀림없─.

"응? 바보 아냐?"

─다는 내 예상을, 심플한 독설로 박살내 버렸다.

"당연히 유카타를 빌려야지. 상식이거든?"

"맙소사. 인싸들과 같은 복장을 하는 건 질색할 줄 알았는데……."

"날라리 같은 겉모습은 싫어. 하지만 유카타 자체는 아름다운 일본 문화. 전통은, 소중해."

마시로는 흥분한 어조로 말했다.

아, 그래. 문화와 전통을 중시하는 자세 또한 오타쿠의 특징이지.

"축제하면 유카타. 다른 복장으로 가는 건 말도 안 돼. ……역 근처에 유카타를 대여해주는 가게가 있어. 데이트 전에 거기 들러서, 빌리자."

역 근처라면 오토이 씨의 집에서 그렇게 멀지 않나…….

"오케이. 얼마나 하려나. 《5층 동맹》의 경비로 충당할 수 있는 수준이면 좋겠는걸."

"됐어. 마시로가 낼래."

"뭐? 아니, 그건 좀……. 마시로가 낼 바에야, 내 자비로……."

"괜찮아. 마시로는 돈 많아."

"그래? 역시 사장 영애네. 용돈도 상상을 초월……."

"바보 취급하지 마. 부모 등골은 안 뽑아먹어. 마시로가 직접 번 돈이야."

"오오, 그것참 어엿한 마음가짐……. 어라, 잠깐만. 너는 일 안 하잖아?"

"앗. 그, 그게 아니라……."

마시로는 지당하기 그지없는 지적을 듣더니, 허둥지둥 손으로 입을 막았다.

반짝이는 신호등이 생각날 만큼 낯빛이 바뀌고, 거동이 수상해 보일 만큼 눈동자가 쉴 새 없이 움직이더니…….

"우, 우연히 큰돈을 손에 넣었어. 괜히 캐묻지 마."

"그건 위험한 범죄에 휘말린 녀석이 하는 대사인데, 괜찮은 거야?"

"그, 그런 거 아니야. 세상에는 짭짤한 아르바이트가, 많아."

"예를 들자면?"

"시, 신약의 임상 실험…… 같은 거?"

"의문형으로 말하면 설득력 없다고."

"참고로, 카나리아 씨의 작가 통조림 프로그램 중에는『임상 실험으로 집필 코스♪』라는 게 있어. 투약 후에는 한동안 강제 입원을 해야 하니까, 원고가 잘 써진대."

"대뜸 어둠이 깊은 이야기 좀 하지 마."

"아, 아무튼, 마시로의 주머니 사정 같은 건 아무래도 상관없잖아. 여자애의 사생활을 파헤치려 하다니, 저질이야."

이야기를 억지로 끊으려 히는 태도도 수상했다. 마치 추리 소설에서 초반의 서술 트릭으로 범인 취급을 당한 캐릭터 같다. 판타지 영화에서는 후반에 조국을 배신하는 장사꾼이다. 그리고 에로 만화에서는 몰래 NTR 당하고 있는 연인이다.

하나같이 문제가 많지만, 마시로라면 이상한 돈벌이 같은 걸 할 리가 없다.

현역 여고생이라면 원조 교제나 용돈 주는 아빠 만들기처럼 나쁜 아르바이트를 할 가능성이 없지는 않겠지만, 낯가림이 심한데다 나보다 더 내성적인 마시로가 생판 남과 신체 접촉을 하는 건 무리다. 아니, 의외로 그런 일에는 수수한 여자애가 더 빠져든다던가……. 어, 스톱, 금지, 거기까지만 해. 어릴 적부터 알고 지낸 애로 그런 상상을 하고 싶진 않다고.

한순간 어둠의 세계에 빠진 마시로의 모습을 상상한 내가 죄책감에 사로잡혀 있을 때, 의자에서 힘차게 일어선 마시로는…….

"이번 데이트는 마시로가 진두지휘할 거야. 그러니 절대로 아키가 돈을 내게 하지 않겠어."

"마시로……."

"아키를 리드할 수 있는 여자라는걸, 내가 가진 무기를 전부 써서 증명할 거야. ……잘 있어."

마시로는 도전장을 던지듯 그런 말을 남긴 후, 이 집에서 나갔다.

이 자리에 남겨진 건, 나와―.

마시로가 떠넘긴, 240장이나 되는 데이트 플랜(대부분 소설).

강제적으로 생겨난 여름 축제 스케줄.

그리고 어렴풋이 느낀, 미세한 위화감.

"마시로 녀석…… 좀 이상하지 않았어……?"

나에게 고백한 후로 능동적으로 변하기는 했지만, 이 정도의 스트롱 스타일을 보여준 적은 없다.

……마시로의 심경에 변화가 생긴 것일까? 으음…… 모르겠다.

뭐, 이해할 수 없는 것을 가지고 골머리를 썩여봤자 소용 없다. 답이 나오지 않는 명제에 사로잡혀 있는 건 낭비의 극치, 어리석기 그지없는 짓이다.

"일단은 지금 내가 할 수 있는 일을 해야겠지."

나는 스마트폰을 조작해서, 이로하에게 메시지를 보냈다.

《AKI》 여름 축제 말인데, 마시로와 가게 됐어. 사정을 설명하고 싶으니, 오늘 밤에 우리 집으로 와줘.

《이로하》 ……네?

*

"물론 합당한 성의를 표시하겠어!"

"첫수부터 오체투지?!"

밤. 침실에 온 이로하를, 나는 전통 있는 일본의 예법으로 맞이했다.

이로하는 학교에서의 작업을 마치고 방금 돌아온 건지 교복 차림이었으며, 치마 밑으로 뻗은 다리는 평소와 다르게 양말을 신고 있었다. 내가 날린 속공 선제공격(오체투지) 탓에, 이로하도 양말을 벗을 타이밍을 놓친 것 같았다.

"네가 먼저 말을 꺼냈다는 건 잘 알아. 《5층 동맹》에 전력을 다해야 하고, 마시로와의 관계에 빠져 정신 나가 있을 때가 아니라는 것도 알아. 하지만 이건, 매우 중요한 일이야."

츠키노모리 사장이 나한테 친밀한 여자(이로하)가 있다는 것을 의심하고 있다.

가짜 연인 행세를 똑바로 하지 않았다간, 사장과의 계약이 파기된다.

그리고 240장 분량의 데이트 플랜은 너무 부담스럽다.

……뭐, 마지막 녀석은 진지하게 설명해봤자 개그처럼 들리겠지만 말이다.

"―그런 사정으로 여름 축제에는 마시로와 가게 됐어. 미안하지만 이로하는 학교 친구와 같이 가준다면 매우 효율적으로 일이 진행될 것 같은데……."

"뭐, 뭐어, 사정은 알겠는데요……. 우와, 두꺼워."

이야기를 끝까지 들은 후, 오체투지를 한 내 옆에 쌓여 있는 데이트 플랜(저자·마시로)을 주워든 이로하는 속이 울렁거리는 듯한 표정을 지었다.

양말을 벗고 그대로 침대에 벌러덩 드러누운 이로하가 만화를 읽듯 240장이나 되는 종이를 들어 올리더니, 어처구니없어하면서도 왠지 귀여워하는 듯한, 그런 미묘한 분위기가 감도는 한숨을 내쉬었다.

"역시 마시로 선배의 사랑은 참 무겁네요."

"물리적으로 말이지."

"그 스트레이트~한 어프로치~에, 다이하드~한 선배도 이프리트~, 한 거네요."

"어조는 맞는데, 후반부는 어떤 의미인지 모르겠거든?"

"다이하드는 고지식한 고집쟁이. 불의 정령 이프리트처럼 하트가 불타올라 버렸다, 란 의미의 여고생 언어예요!"

"맙소사. 그런 여고생 언어가 유행하고 있는 줄은 꿈에도 몰랐어……."

나도 일단은 고등학생인데 말이다.

그 만큼 내 일상생활은 일반적인 여고생의 일상과 동떨어져 있는 건가.

"뭐, 방금 1초 만에 만든 거지만요!"

"날조냐!"

한순간, 나 자신을 진짜로 걱정했다고. 뭐, 비효율적인 청춘을 즐기고 싶진 않지만 말이다. 내 신념은 일단 제쳐두더라도, 세간의 유행에 뒤처지는 것은 좋은 일이 아니다.

작품을 프로듀스해서 많은 사람에게 전하고 있는 만큼, 세간의 일반적인 가치관에 촉각을 곤두세워야만 하거든. 뭐, 그런 걸로 여겨줘.

"으음⋯⋯. 그래요. 마시로 선배가⋯⋯."

약간 몸을 일으킨 이로하가 벽에 등을 기대더니, 끌어안고 있는 무릎에 얼굴을 묻으며 말했다.

"선배와 축제에 가는 거군요. 선배를 어떻게 골려줄까~♪ ⋯⋯하며, 고대하고 있었는데 말이에요~."

"윽⋯⋯. 미, 미안해. 뭐라고 말하면 좋을지⋯⋯."

"여름 방학 마지막 날, 청춘의 추억. 그걸 선배와 함께 장식하고 싶었는데⋯⋯."

가라앉은 목소리를 듣자, 죄책감의 바늘에 난자당하고 있는 듯한 감각이 엄습했다.

나는 이로하의 본심까지는 알지 못한다. 연애 감정은 아닐 거라고 생각한다. 하지만 그 감정의 정체를 옆으로 밀쳐두고 본다면, 일단 나를 따른다는 사실만큼은 틀림없었다.

그러니, 이 상황에서 토라지는 게 당연했고…….

"아…… 저기, 그러니까, 미안해. 아까도 말했지만, 합당한 성의를 표시하겠어. 다음에 꼭 메워줄게. 그러니 너무 침울해하지는─."

"……똑똑히 들었어요☆"

"응?"

"이로하 님에게! 보상하겠다고! 뭐든 하겠다고! 말한 거네요!"

"아니, 그런 뜻으로 한 말…… 맞아. 응. 그런 뜻으로 한 말이야……."

"므흐흐~. 뭐든 하는 거군요~. 어떤 무리한 요구를 해버릴까~."

"……적당한 선에서 부탁할게."

"맡겨만 주세요. 난이도 실크 드 솔레이유 급의 무리한 요구만 할게요☆"

"역사적인 서커스단과 같은 레벨의 요구를 하겠다는…… 거냐……?"

"뭐어~. 마음이 바다처럼 넓은 이로하 님이 그 정도 선에서 용서해주겠다고 하는 거잖아요. 솔직하게 기뻐해 주세요☆"

"아…… 그거야, 뭐……."

같이 놀기로 한 친구에게 「여친과 데이트가 잡혔으니 못 놀아」 하고 말하는 거나 다름없는 상황이다. 원래라면 어마어마하게 헤이트 수치를 벌고도 남는 안건인 것이다.

그것을 다소의 무모한 요구를 대가로 이해해준다는 것이니 관대한 조치라 할 수 있으리라. ……다소의 무모한 요구라면, 말이다.

　"나중에 꼭 채권 회수할 테니까, 선배는 마음 놓고 마시로 선배와 축제를 즐기고 오세요."

　"알았어……. 너는, 어쩔 거야?"

　"클래스메이트와 갈 테니 걱정 말아요! 이래 봬도 반에서 인기가 좋거든요. 프렌드 숫자가 이터널 제로인 선배와 다르다는 걸 보여줄게요!"

　이로하는 씨익 웃으며 얼굴 옆에 엄지를 치켜들었다.

　남의 속을 긁지 않으면 남과 이야기를 못하는 건가 싶은 생각이 들지만, 지금은 이로하의 이 밝은 태도에 구원받았다.

　이대로 자신의 짜증스러운 면을 드러낼 수 있는 친구를 만들어준다면 최고일 텐데 말이다.

　"—어험. 그럼 여름 축제 날의 스케줄을 조정하자."

　나는 가볍게 헛기침을 한 후, 진지한 표정을 지었다.

　한심하기 그지없는 사생활에서의 얼굴을 집어넣고, 요즘 너무 많이 써서 얼굴에 익어버린 프로듀서로서의 가면(페르소나)을 다시 썼다.

　"낮에는 오토이 씨 집에서 레코딩. 밤이 되면 나는 마시로와, 이로하는 클래스메이트들과 여름 축제를 즐긴다. ……이걸로 됐지?"

"옛썰이에요! 프로듀서 씨♪"

"그 호칭은 여러모로 위험하니 쓰지 마."

*

『츠키노모리 양의 추격…… 이건 좀 위험할지도 모르겠네.』

『그러고 보니 요즘 너와 이야기를 나누지 않은 것 같은데, 어디서 뭐 하고 있는 거야?』

『엄청 주목하던 미소녀 게임이 발매되어서, 방에 틀어박혀 올클 중이야.』

『오오, 좋겠네. 제목이 뭐야?』

『【잘나신 분 같은 너에게】.』

『히로인이 엄청 짜증스러울 것 같은 타이틀이네.』

interlude 막 간 ····· 이로하의 마음속 응어리

"바~보, 바~보! 선배는 바~~~보!"

밤. 아직 방에 불을 켜둔 나는 침대 위에서 넘쳐나는 감정을 발산하고 있었다.

초등학생이냐! 싶을 정도로 버둥거리며, 애용하는 토마토 모양 봉제 인형, 토맛티군의 얼굴을 두들겨 패고 잡아당기면서 **엉망진창**으로 만들고 있었다.

토맛티군의, 평소 뻔뻔하면서도 귀엽다고 느껴지던 저 표정이, 지금은 완전 울컥☆하게 만든다고나 할까. 「너, 자기가 귀엽다는 걸 알고 있는 거지?!」 하고 지적해주고 싶어졌다.

뭐, 화풀이를 하고 있다는 건 알지만 말이야. 미안해, 토맛티군.

"역시 나는 제멋대로인가 봐."

바다에서의 그날로부터 며칠이 흘렀다.

이상한 의식에 휘말렸고, 바다에서 단둘이서 차분히 이야기를 나눴으며, 《5층 동맹》의 일에 처음으로 당당히 관여했다. 나에게 있어서는 크나큰 전진이라 할 수 있는 일이다.

선배와도 가까워진 듯한 느낌이 들어서 떠올리기만 해도 가슴이 콩닥거렸고, 안 그래도 후덥지근한 여름밤의 피부에 땀방울이 맺히는 게 느껴졌다.

목표를 달성할 때까지 《5층 동맹》 프로듀스에 전력을 다한다. 청춘과 연애 같은 건 전부 내던져버린다. 선배가 그렇게 결정했다는 것을 알고 있으니, 기대해봤자 소용없다.

알고 있다. 이 질투가 정말 불합리하고, 추악할 정도로 억지스럽다는 것을……

마시로 선배와의 데이트를 우선하는 건, 어디까지나 《5층 동맹》을 위해서다. 선배는 연애 감정을 품고 있지 않을 것이며, 나는 그 안전장치 덕분에 마음 놓고 어리광을 부리고 있다.

하지만, 그래도, 어쩔 수 없다. 머리로는 이해하고 있지만, 감정은 어찌할 수가 없다.

아아~~ 역시 이건 벌일까.

마시로 선배가 내 본심을 물어봤을 때, 나는 반사적으로 거짓말을 했다. 마시로 선배가 고백했다는 것을 알면서도, 내가 쥔 카드를 소매 안에 숨기고 말았다.

그리고 선배의 마음가짐을 적절히 이용하고, 현실에 안주하며, 싸워야만 하는 사실로부터 눈을 돌렸다.

선배를 좋아한다면, 평범한 후배가 아니라, 친구 여동생이 아니라, 그 이상의 존재가 되고 싶다면.

마시로 선배와의 대립을 피할 수 없다는, 필연적인 사실로부터……

연약하고, 귀여우며, 필사적일 뿐만 아니라, 선배에게 일편단심인 여자애. 너무 좋은 사람이라서, 연적이라는 것을 알면서도, 도저히 미워할 수가 없는, 어찌 보면 가장 질이 나쁜 대전 상대.

옛날의 나라면, 분명 포기했을 것이다.

엄마가 시키는 대로, 엄마가 슬퍼하는 표정을 보고 싶지 않아서, 그저 시키는 대로 오락에서 눈을 돌리며, 흥미가 있던 연기에도 무관심한 척했다.

하지만 선배와 만나고, 좋아하는 것을 포기하지 않고 계속 추구하는 게 얼마나 소중한지 안 지금은⋯⋯.

포기하고 싶지 않다는 마음이, 강하게, 강하게, 가슴속 깊은 곳에 뿌리내려 있었다.

하지만 마시로 선배에게 당당히 본심을 털어놓지 못하는 건, 단순히⋯⋯.

"겁쟁이⋯⋯라서야."

결국, 무서운 것이다.

본심을 드러냈다간 마시로 선배에게 미움받을 것이며, 선배가 내 마음을 받아줄지도 알 수 없다.

미움받을 용기가 있다면. 상처 입는 것을 두려워하지 않으며 나아가는 용사라면. 이렇게 가슴 속에 응어리가 생기지도 않을 것이다.

"으음⋯⋯ 관두자, 관둬! 가라앉아 있어봤자 좋을 게 없어! 앞만 보며 나아가는 거다, 이로하 양!"

자기 머리를 가볍게 두드리며 마음을 다잡은 후, 베갯머리에 놓인 종이 다발을 손에 쥐었다.

마키가이 선생님과 마시로의 담당 편집자, 슈퍼 아이돌 키라보시 카나리아의 별장— 통칭 카나리아 장에서 탄생한 『검은 새끼 염소가 우는 밤에』의 신 캐릭터— 코쿠류인 쿠게츠의 대사가 가득 인쇄된 레코딩용 대본이다.

이미 몇 번이나 읽어본 그것은 악력 탓에 약간 구겨져 있었으며, 대사 하나하나에 빨간색 펜으로 메모가 되어 있다. 나름대로 최선을 다했다는 증거다.

여러모로 생각할 게 있기는 하지만, 지금은 자기가 할 수 있는 일에 전력을 다하자.

선배가 《5층 동맹》에 모든 것을 바치는 한…….

나 또한 전력을 다해, 《5층 동맹》과 선배에게, 내가 가진 모든 것을 쏟아붓겠다!

"깜짝 놀라게 만들어줄 테다~. 각오해~ 선배&오토이 씨!"

누구의 귀에도 들어가지 않을 선전포고를 입에 담은 후…….

나는 코쿠류인 쿠게츠의 영혼 속, 밑바닥의 밑바닥까지 빠져들어 갔다.

한밤의 노래방은 인싸의 짜증스러운 노랫소리가 울려 퍼지는 마경. ……그걸 알면서도 마시로가 오후 열한 시, 고등학생이 혼자 돌아다니면 논리적으로 문제가 있을 시간대에 이곳에 온 데에는 이유가 있었다.

"마, 마시로~? 이 시간에 노래방에 오는 건, 이 선생님이 보기에 좋지 않을 것 같거든~?"

"보호자 동반이나 다름없으니, 괜찮아."

"그, 그건 그렇지만~. 그럼 보호자를 좀 공경하는 태도를 보이는 게 어떨까~?"

땀을 삐질삐질 흘리면서 아양 떠는 듯한 목소리로 그렇게 말한 사람은 스미레 선생님……

—아니, **시키부**다.

지금 맹렬하게 분노하고 있는 마시로는, 경칭을 쓸 마음이 전혀 들지 않았다.

그녀를 불러낸 이유는 다름아니라……

"마시로가 실은 아키의 여친이 아니라는 것을 커밍아웃했을 때…… 왜, 이미 알고 있다는 걸 말 안 한 거야?"

시트에 깊숙이 몸을 맡기며 발을 꼰 마시로는 마이크 음

히익

© tomari

량과 함께 위압감을 뿜으며 그렇게 말했다.

살짝 하울한(의역:하울링한) 게 부끄러웠지만, 일단 넘어가기로 했다.

"그때 《5층 동맹》 안에서 내가 어떤 식으로 인식되는지 알았다면, 좀 다른 무브가 가능했을 거야."

"어, 어쩔 수 없었어~. 마시로가 마키가이 나마코 선생님이었다~! 라는 새로운 사실과, 연인 관계는 가짜였습니다! 라는 이미 알고 있었던 사실을 동시에 들었더니, 전자 쪽의 임팩트가 너무 강렬해서 후자가 인상에 안 남았단 말이야!"

"……흐음. 자기는 잘못이 없다고 우기는 거야?"

"미안하다니깐~! 전면적으로 내가 잘못했어! 뭐든 협력할게! 그러니 기분 풀어!"

울상을 지으며 바닥에 넙죽 엎드린 시키부가 마시로의 발에 매달렸다.

……왠지, 사과하는데 참 익숙해 보였다.

한심하기 그지없지만, 거꾸로 모성이 자극되어서 용서해주고 싶어졌다.

목숨 구걸에 스킬 포인트를 전부 쏟아부은 듯한 느낌이 들었다. 아키한테 용서를 빌 때도 이러는 게 분명하다.

"하아……. 뭐, 좋아. 마시로에게 정보를 주면 용서해줄게."

"정보?"

"이로하 양에 관한 정보. 시키부는 이로하 양에 대해 뭘 알고 있어?"

"그게 무슨……."

"거짓말을 하거나 얼버무리려고 하면 용서 안 해줄 거야."

"나도 알아!"

내가 압박을 가하자, 시키부는 울상을 지으며 생각에 잠 겼다.

"그러니까, 그러니까…… 으음~, 이로하에 대해서는 딱히 알고 있는 게 없네. 토마토 주스를 좋아한다는 것 정도?"

"그런 취향 같은 건 아무래도 상관없어. ……어, 이로하 양도 토마토 주스를 좋아하는구나."

마시로와 똑같다.

아키가 옛날에 즐겨 마셔서, 마시로는 영향을 받았다. 처 음에는 시큼해서 별로였지만, 아키가 마시는 걸 자기가 못 마시는 게 싫어서 억지로 계속 마시다 보니 좋아하게 됐다.

이로하 양도 아키에게 영향을 받은 걸까? ……아, 그런 것 보다 더 중요한 걸 확인해야 한다.

정체불명의 성우집단 X. 그 정체가 이로하 양이라는 걸 아는 사람은 마시로 뿐인가, 그렇지 않은가.

아니면 약간 거리가 있는 마키가이 나마코 이외— 맨션 5 층에 사는 사람은 전부 알고 있는가.

그에 따라 마시로의 공격 방식도 달라진다.

"《5층 동맹》의 멤버가 아닌데, 아키와 쭉 같이 있는 건 왜야?"

"뭐?"

뜻밖의 질문이었는지, 시키부는 눈을 깜빡거렸다.

저 어리둥절한 표정을 보면 아무것도 모르는…… 아니, 단정 짓기에는 이르다. 정보 격차 탓에 비참한 기분을 맛보는 건 사양하고 싶다.

"이상하잖아. 아키는 《5층 동맹》의 활동을 가장 우선해. 이로하 양이 자기 방에 눌러앉아 있는 걸 허락하는 건, 효율을 따져보면 말도 안 돼."

"뭐…… 그건 그래."

"여기서부터는 가설. 어디까지나 마시로의 가설인데……."

"응."

의도치 않은 정보 누설이 되지 않도록 세심하게 주의하며 캐물었다.

빙빙 돌려서. 작가 특유의 풍부한 어휘를 구사해, 은근슬쩍.

"이로하 양도 《5층 동맹》의 크리에이터 중 한 명 아냐?"

—미안, 입이 멋대로 직구를 던졌어.

머리로는 돌려서 말해야 한다는 걸 이해하지만, 진실을 파헤치고 싶은 욕구를 억누를 수가 없었다.

그것도 그럴 것이, 여름 축제가 코앞까지 다가온 것이다.

이로하 양이 《5층 동맹》의 성우 여부와 상관없이, 강해지자고 마음먹었다.

하지만 이로하 양의 비밀이 어느 멤버까지 알려져 있느냐에 따라, 적의 강대함이 크게 달라진다.

만약 시키부가 진실을 알고 있다면…….

"이로하가? 으음, 글쎄. 바다에서는 아키를 도운 것 같지만, 평소에도 어시스턴트 프로듀서 같은 걸 한다는 이야기는 못 들었는데……."

턱에 손가락을 댄 시키부는 머리 위편에 물음표가 떠 있는 듯한 표정을 지으며 고개를 갸웃거렸다.

하는 짓은 바보 같지만, 시치미를 떼고 있는 것 같지는 않았다.

"……진짜로 모르는 거야?"

"왜 그런 걸 묻는 건데? 혹시 뭔가—."

"아, 아무것도 아냐. 그저, 사랑의 라이벌이 아키와 얼마나 가까운지 확인하고 싶었을 뿐이야."

염탐당하는 것을 피하려고, 마시로는 고개를 돌렸다.

명백하게 부자연스러운 행동이지만, 시키부는 개의치 않을 뿐만 아니라 뭔가 다른 방향의 착각에 빠진 것 같았다. 오호라~~ 하고, 장난스러운 미소를 머금었다.

"혹시, 질투? 질투 무브야?"

"그, 그렇긴 한데, 왜, 왜 기뻐하는 거야?"

"이야~. 최근까지 마키가이 나마코 선생님은 남성이라고 생각했거든. 정체가 마시로라는 걸 안 지금도, 내 머릿속에서는 아키×나마코는 BL로 재생돼."

"저, 저질……! 노멀 커플로 상상하란 말이야."

자기 머릿속에서 멋대로 남을 성전환시키다니, 제정신인지 의심됐다.

현실과 괴리된 망상에 사로잡히다니, 착각이 너무 심……어, 어라? 보이지 않는 부메랑이 뒤통수에 꽂힌 것 같은 느낌이 드는데, 착각일까. 응, 뭐, 착각일 거야. 마시로는 망상 버릇 같은 건 없거든.

"아무튼, 아무것도 모르는……구나."

그때 본 LIME의 내용이 사실이라면, 이로하 양이 《5층 동맹》의 성우인 건 거의 틀림없다.

그 사실을 마키가이 나마코만이 아니라, 시키부도 모른다면…….

―그만큼 이로하 양이 특별하다, 는 건가.

가슴 속에서 응어리가 생겨났다.

시키부가 이로하 양의 진실을 알고 있다면, 차라리 나았을 것이다.

그렇다면, 마시로가 가짜 여친이라는 사실이 동료들과 공유된 것과 마찬가지니까 말이다.

이로하 양과 마시로는 같은 취급을 받은 게 된다.

하지만, 달랐다.

아키는 이로하 양의 정체를 누구에게도 알려주지 않았다.

즉, 그만큼 특별한 존재다.

"마시로?"

"……응?"

시키부는 바닥에 몸을 웅크린 채, 걱정스러운 눈길로 올려다보고 있었다.

……실수했다. 너무 생각에 빠져 있었다.

"괜찮아? 무서운 표정을 짓고 있던데 말이야."

"괜찮아. 카르마가 상승했을 뿐이야."

"괜찮은 게 아니거든?! ……저기, 마시로."

딴죽을 날린 시키부가 갑자기 진지한 표정을 지었다. 오체투지에 가까운 자세로 진지한 표정을 짓고 있는 게 왠지 우스우니 그만뒀으면 싶었지만 그 말을 입 밖으로 뱉기 힘들어하고 있을 때, 시키부가 말했다.

"나는 말이지? 솔직히 말해, 타인의 연애에 개입하는 걸 좋아하지 않아."

"……커플충이니 말이야."

"응. 그리고 친구로서도 말이야. 이로하와 마시로, 두 사람 다 행복해졌으면 한다는 게 내 솔직한 심정이야."

"……그럼, 마시로를 응원해주지 않을 거야?"

"아냐, 응원은 해줄게. 노골적으로 이로하를 방해하고 싶지는 않지만, 소소한 엄호 사격 정도라면 해주고 싶어."

"그렇구나. ……그래도, 고마워. 그것만으로도, 마음이 든

든해."

시키부의 처지를 생각하면, 그 정도로도 감사해야만 한다.

너무 많은 것을 바라면 안 된다.

"저기, 그럼 응원 삼아 하나만 더 가르쳐줘. 시키부가 볼 때, 아키는…… 어떤 사람을 좋아하는 것 같아?"

"아키? 으음, 어려운 질문이네. 나는 아키의 호감을 산 적이 없거든. 어이없어하거나, 미움받은 적이라면 있을지도 모르지만…… 앗."

잠깐만 있어 봐.

그렇게 말한 시키부는 뭔가를 눈치챈 듯한 표정을 지었다.

"미움받는 짓을 반대로 하면 어떨까?"

"반대?"

"응. 아키는 내가 약한 소리를 하거나, 마감을 안 지키고 도망치면 불같이 화내. 마치 쓰레기를 보는 듯한 눈길로 쳐다보거든……. 뭐, 그건 피해망상일지도 모르지만 말이야."

"화낼 만도 하네. 마감을 째고 애니나 봐댔잖아."

"아아~, 바른 말 같은 건 듣고 싶지 않은걸~."

"애도 아니고……. 아~, 그래도 일리는…… 있어."

시키부의 말은 헛소리 같지만, 의외로 진리에 가까울지도 모른다.

아키는 엄청난 노력가에, 긍정적인 사람이다.

약한 면도 많겠지만 그것을 최대한 보여주지 않으려 하며,

그 약점을 극복하며 앞으로 나아가고 있다.

약한 자신을 바꾸고 싶다 생각했다. 그래서 직접 데이트 플랜을 만들어서, 아키를 리드하자고 생각했다.

하지만 그것만으로는 안 된다. 그것은 **긍정적인 도피**에 지나지 않는다.

새로운 시도를 하면서, 자신의 약한 면에서 눈을 돌리고 있다.

아키라면 어떻게 할까?

어떤 인간에게 아키가 공감하고, 자기 옆에 설 여자애로 인정해줄까?

"그래…… . 그러면 되는 거야……."

"아아~, 안 들려, 안 들…… 어? 방금, 무슨 말 했어?"

"시키부가 도망 증후군이라 다행이라고 했어. 고마워."

"으음. 천만의 말씀이에요?"

"응. ―모처럼 노래방에 왔으니까, 노래라도 부를까."

어리둥절해하는 시키부 앞에서, 마시로는 고양된 마음을 품고 선곡했다.

들려온 것은 애절한 사랑의 멜로디― 같은 게 아니라…….

"질·러·보·자·고~!"

하이 템포와 격렬한 곡조로 유명한, 소년 만화 원작 애니

메이션의 오프닝 송이었다.

"오오……! 고음이 작렬하는 그거네. 마시로는 이런 노래를 부를 줄 알아?!"

"무리!"

"무리인 거냐~!"

"노래방에서는 흥만 나면 돼. 자, 시키부도 같이 부르자!"

"후, 후후후후. 나한테 마이크를 쥐어준 거구나? 밤의 마이크를 쥐어 준 거지?!"

"심야 텐션으로 음담패설을 늘어놓지 마."

"예——이!! 분위기 띄워보자——!!!"

그로부터 약 한 시간 동안…….

익숙하지 않은 고음의 노래를 부르느라 목이 쉬어버리고, 온몸이 땀범벅이 됐지만, 마시로는 달성감을 느끼고 있었다.

이러면 된다. 익숙하지 않은 짓을 하고, 못하는 일을 극복하며, 앞으로 제대로 나아가는 것이다.

그 앞에 아키가 있을 거라고 믿어 의심치 않는다.

아키에게 건네준 240장 분량의 데이트 플랜은, 유감스럽게도 그중 몇 장이 가필 수정됐다. 카나리아 씨는 항상 분량이 너무 늘어난다며 쓴소리를 했지만, 이번 증량은 의미가 있다고 믿어 의심치 않는다.

중요한 것이니까, 늘리는 것이다.

지금, 시키부 덕분에 확신했다.

그 240장만으로는 안 된다. 아키의 옆에 서기 위해, 마시로 본인을 바꿔주기 위한 플랜은—.

클라이맥스에서 『그것』을 성공시켜야, 비로소 완성되는 것이다…….

AKI
그러고 보니 마키가이 선생님, 일전의 데이트는 잘 됐나요?

무라사키 시키부 선생님
어, 아직이야. 결행일이 내일이거든.

 AKI
오오! 나이스 타이밍~.

OZ
결국, 여름 축제에 가기로 한 거죠?

 마키가이 나마코
○○

 AKI
흐음, 이런 우연도 다 있네요. 실은 저도 내일, 축제에 가거든요.

마키가이 나마코
으음, 이 시기에는 여기저기서 여름 축제를 하니 말이야.

마키가이 나마코
그렇게 신기한 일도 아닐 거야.

OZ
데이트란 점은 같잖아?

AKI
아, 데이트는 데이트지만, 그런 게 아닌데…… 놀리지 말라고.

OZ
미안미안☆

AKI
요즘 들어 너와 이로하가 남매라는 걸 실감할 때가 잦아.

OZ
어라, 마키가이 선생님의 영압이 사라졌어?

© tomari

AKI

진짜네. 읽음 표시는 떴잖아.

AKI

뭐, 담당 편집자한테서 갑자기 전화 온 거 아냐?

OZ

아니면 대화에 끼기 힘든 상황이라거나?

AKI

이야기 요상하게 꼬지 좀 마…….

무라사키 시키부 선생님

역시 버스터 소드는 로망이라니깐~!

AKI

완전 뜬금없이 솟아났네.

무라사키 시키부 선생님

괜히 솟아나게 하는 취미는 없거든? 특정 부위가
자라나는 동인지를 부정할 생각도 없지만!

AKI

무슨 소리를 하는 건지…….

OZ

버스터소드라면, 『그랜드 판타지』의 그거?

무라사키 시키부 선생님

응! 봄에 발매된 7의 리메이크! 허니플레의 역대 최고
걸작!

무라사키 시키부 선생님

일러스트 마감도 없고, 봄방학에, 수업도 없으니까
쌓아둔 게임을 팍팍 깨고 있어!

무라사키 시키부 선생님

클라리스 양의 대흉자 베기는 대박 멋지네~.

무라사키 시키부 선생님

티프 군과의 소꿉친구 관계도 완전 존귀 그 자체!!

© tomari

AKI
그래도 전작을 해봐서 좀 그러네.

무라사키 시키부 선생님
무슨 소리야! 내용을 아니까 끓어오르는 게 있잖아!

무라사키 시키부 선생님
속는 셈 치고 데미곡이라도 들어봐. Ytube에 올리와 있어!

AKI
진짜네.

AKI
원작 테마를 베이스로 하면서, 요즘 스타일로 오케스트라 어레인지했어.

AKI
센스 좋은걸.

무라사키 시키부 선생님
그렇지~? 추억을 수십 배로 업데이트해준단 말이야!

무라사키 시키부 선생님
자아, 여러분도 여름 축제 데이트 같은 건 잊고, 그랜판7의 늪에 컴온!

OZ
혹시 마키가이 선생님에 관한 이야기를 다른 데로 돌리려고 하는 거예요?

무라사키 시키부 선생님
히익? 아아, 아니거든?!

무라사키 시키부 선생님
나는 내가 좋아하는 걸 마이 페이스하게 너희한테 권하는 것뿐이야!

OZ
흐음~. 수상하네~. 뭔가 숨기는 느낌이 들어.

무라사키 시키부 선생님
자자자자, 자아, 게임의 바다로 다이빙하자~!!!!!

© tomari

약속의 날이 됐다.

여름 축제는 저녁에 시작되지만, 상점가에서 신사로 이어
지는 길은 노점을 준비하는 이들로 이미 북적대고 있었다.

왠지 사람들의 왕래도 많아보였고, 길을 오가는 이들의
발걸음도 들뜬 것처럼 보였다.

그런 활기 넘치는 도로의 구석, 사람들의 눈길이 닿지 않
는 어둑어둑한 도로를ㅡ.

수상해 보이는 인물 **두 명**이, 빠른 발걸음으로 나아가고
있었다.

깊이 눌러쓴 사냥 모자, 눈을 가리는 선글라스, 마스크,
여름인데도 긴소매 코트까지 입은 2인조. 누가 봐도 절대
가까워지고 싶지 않은 이미지였다.

ㅡ뭐, 한 사람은 나, 다른 한 사람은 이로하지만 말이야.

선로를 넘어 역 반대편의 언덕으로 가자, 약간 떨어진 곳
에 있는 한산한 고급 주택가가 눈에 들어왔다.

유복한 상류 계급 아니면 유괴가 목적인 거동 수상자 말
고는 돌아다니지 않을 듯한 장소를 명백하게 후자 같아 보
이는 복장으로 돌아다닌다는 사실에 조마조마하며, 우리는

목적지로 향했다.

『오토이』.

유서 깊은 일본 가옥의 목조 현관문에 걸려 있는 명패에는 그렇게 적혀 있었다.

미끄러지듯 그 문을 지나 부지 안으로 들어갔다. ……물론 이 집의 거주자에게 허가는 받았다.

귀찮다, 라는 숭고한 이유로 마중을 나오지는 않았지만 말이다.

안뜰을 지난 우리는 별채의 창고로 향했다. 그리고 그곳에서 지하로 이어지는 계단을 내려가자…….

"어서 와~. ……어라. 너희들, 복장이 왜 그 모양이야~?"

비싸 보이는 외제 의자에 몸을 푹 맡기고 있던 오토이 씨가 우리 모습을 보고 눈썹을 살짝 찌푸렸다.

수상한 자가 아니라는 것을 어필하기 위해, 우리는 모자와 선글라스와 마스크를 해제했다.

"아~, 세간의 눈길을 피할 필요가 있어서요."

"……푸핫!! 더워어어어!! 더워 죽을 뻔했거든요~?!"

"에어컨 온도 내려도 돼~. 리모컨 저기 있어~."

"오오, 오토이 씨는 신이에요~! 팍팍 낮춰버릴게요! 으랴랴랴랴랴랴랴랴!!"

"인마, 하지 마. 갑자기 온도 그렇게 낮췄다간 감기 걸릴 거라고!"

"아~! 왜 빼앗는 거예요~?!"

16연타를 캔슬 당하자, 발끈한 이로하는 껑충껑충 뛰면서 리모컨을 빼앗으려 했다.

네가 무슨 쉬는 날의 어린애냐.

"그런데~, 세간의 눈길을 피한다는 게 무슨 소리야? 아키가 더위 먹을 리스크를 감수하다니, 드문 일도 다 있네~."

"아, 그게 말이죠. 예의 츠키노모리 사장과의 계약 때문에ー."

마시로 말고 친하게 지내는 여성이 없는지 의심받고 있는 만큼, 벌건 대낮에 이로하와 함께 마을 안을 돌아다닐 순 없다.

하다못해 감시가 풀렸다는 정보를 입수할 때까지는 만전을 기할 필요가 있다.

안 그래도 이로하와 함께 오토이 씨의 스튜디오를 찾는 모습이 남의 눈에 들어가는 건 가능한 한 피하고 싶었다.

"ー그래서, 한동안은 이로하와의 관계를 의심받으면 곤란해요."

"아~, 오호라. 그렇게 된 거구나~."

"일전에 이야기했다고 생각하는데요……."

"딱히 흥미가 없었거든~. 나는 《5층 동맹》 소속이 아니니까~, 그 계약이 성사되어도 득 보는 게 딱히 없고 말이야~."

"뭐, 그건 그렇지만요……. 역시, 냉철하네요."

그렇다. 이렇게 밀접한 관계인데도 불구하고, 오토이 씨는

《5층 동맹》의 멤버가 아니다. 어디까지나 BGM과 효과음, 이로하의 수력 등을 도와주는 외부협력 사운드 엔지니어다.

만약 츠키노모리 사장이 약속을 지키더라도, 오토이 씨는 허니플레에 취직할 수 없다.

……뭐, 정확하게는 본인이 그걸 바라지 않겠지만 말이야.

"회사 다니는 건 귀찮거든. 소리를 다루는 일을 하고 싶지만, 회사원은 좀 그래~."

"그래서 자기만의 스튜디오를 만들어서, 왕 노릇을 하는 거군요……."

"슬로 라이프에 거점은 필수 불가결하거든~. 아, 코하나타. 저기 과자 상자 안에 들어있는 건 먹어도 돼. 아오모리 토산품이야."

"오오, 오토이 씨는 참 배포가 크다니까요~. 마음의 깊이가 그야말로 호수 같아요!"

"자, 지뢰 밟았어."

"에엥?!"

이로하는 뜻밖의 지적을 듣고 새된 목소리로 그렇게 외쳤다.

오토이 씨는 표정의 변화가 없지만, 지뢰라는 말을 입에 담을 때는 언짢은 상태 같았다.

평소에는 내가 지뢰를 마구 밟아대지만, 오늘은 웬일로 이로하가 밟았다.

익숙하지 않은 건지, 이로하는 꽤 당황한 것 같았다.

"어, 으음, 어디인가요? 배포? 마음의 깊이? 호수?"

"설명하는 건 귀찮으니까 안 가르쳐줄 거야~. 알아서 눈치채며 발언에 주의를 충분히 기울여~."

"선배~~!"

"울상 지으면서 나한테 매달려봤자, 해줄 수 있는 게 없어."

정답을 알고 있다면, 나도 이렇게까지 폭사하진 않았을 것이다.

가능한 거라면 꾸준히 NG 워드를 메모해서, 같은 실수를 되풀이하지 않는 것뿐이다.

일전에 「후지 5호#2」가 지뢰였던 적이 있으니까. 이번에는 「호수」란 말이 딱 걸린 게 아닐까 싶은데…… 으음~. 단언하기에는 아직 정보가 부족하다.

절대 공개되지 않는 BAN 기준을 찾는 Ytuber가 된 기분이다.

하다못해 화제를 돌릴까.

"그러고 보니 오토이 씨, 작사 작곡 공부는 잘되고 있어요?"

"으음~, 가이드곡을 몇 개 만들었어~."

"아, 들어보고 싶어! 저, 들어보고 싶어요!"

"저도 괜찮다면 꼭 들어보고 싶어요!"

지뢰 건을 유야무야로 만들기 위해— 아니, 오토이 씨 혼신의 크리에이티브에 심취하기 위해, 우리는 손을 번쩍 들었

#2 후지 5호(富士五湖) 후지 산 인근에 위치한 다섯 개의 호수를 가리킨다.

다. ……사실, 오토이 씨가 어떤 곡을 만들었는지 흥미 있기도 했다.

"진짜냐~. ……그럼 레코딩 전에 살짝 들려줘 볼까~."

"두근두근!"

보이지 않는 꼬리를 붕붕 휘둘러대는 이로하를 보고 딱히 싫진 않은 듯한 반응을 보인 오토이 씨가 눈앞의 컴퓨터를 향해 몸을 돌리더니, 키보드를 조작하기 시작했다.

음성 파일이 로드되자, 악곡이 재생됐다.

한가하고, 느긋하며, 태평한 오토이 씨가 만든 악곡.

치유의 선율을 기대하며, 귀를 기울이자—.

『VOOOOOOOOOOOOOOOO!!』

고막이 죽었다.

"맙소사, 데스 보이스……라고……?!"

"끄아~?! 귀가, 귀가~?!"

"말 안 했어~? 내가 가장 좋아하는 장르는 락이거든~. 한 번쯤 직접 만들어보고 싶었어~."

스피커가 그 몸을 진동시키며 토해낸 것은, 지옥 같은 폭음이었다.

그것은 바로 악당의 선율.

데스 보이스에서 시작되어서 멜로디어스한 선율로 이어지

는 이 폭력적이고 흔해빠진 멜로디에, 피해자 두 명은 몸부림쳤다.

하지만, 그 곡의 하이라이트는 그 후에 시작됐다.

"끄오오오오오오. 귀에서 이상한 즙이……. ……어?"

"어라라? 이, 이건……!"

나와 이로하의 표정이 변했다.

처음에는 뜻밖의 대음량을 접하고 죽음을 각오했지만, 그 지나치게 격렬한 자극이 점점 기분 좋게 느껴지기 시작했다.

"어라? 혹시 이거…… 엄청 좋은 곡 아니에요?"

"머릿속에서 다양한 물질이 콸콸 생산되는 느낌이 들어요!"

"그래~. 하이 템포로 퍼부어댄 소리로 뇌를 엉망진창으로 만들어서, 냉정한 사고능력을 빼앗는 게 핵심이거든~."

자기가 만든 악곡이 칭찬을 받는 게 기쁜 건지, 나른한 목소리에 아주 약간의 흥이 섞여 있는 것 같았다.

오토이 씨가 말이다. 미소가 절로 어리는 순간이다. ……그 내용이 세뇌나 다름없는 짓이라 무시무시하다는 점을 빼면 말이다.

"그런데, 이 가이드곡은 누가 부른 거예요?"

"아, 그래. 나도 그게 신경 쓰였어."

이로하가 소박한 의문을 입에 담자, 오토이 씨는 응~? 하며 굼벵이 같은 속도로 고개를 갸웃거렸다.

"내가 불렀는데~?"

""어.""

이로하와 내 목소리가 포개졌다.

지금도 들려오는 하이템포스런 락을 부르는, 허스키한 미성(美聲). 프로 가수처럼 압도적으로 뛰어나지는 않지만, 소리와 음을 놓치지 않으면서 순수하게 곡의 장점만을 전해주는 매력적인 목소리를 들으며, 눈앞에 있는 오토이 씨를 응시했다.

여전히 나른해 보이는, 축~ 가라앉아 있는 저체온 여자가 눈앞에 있었다.

"아니, 이 목소리는 대체 어디서 나오는 거예요?"

"뭐, 이상해~?"

"이상한 건 아닌데요. 오히려 멋지다고 해도 과언이 아닌데……."

캐릭터가 너무 맞지 않았다.

오토이 씨의 평소 음량을 생각하면, 평생 치의 폐활량을 이 한 곡에 다 쏟아부은 게 아닐까?

―그렇게 오토이 씨의 새로운 일면을 접하며, 곡을 얼추 다 들은 후……

"브라보오오오오! 브라보예요, 오토이 씨!"

"정말…… 좋네요……. 진짜 감동했어요."

이로하는 힘차게 손뼉을 쳤고, 나는 감격에 젖었다.

우리 둘의 공통점은, 눈가에 눈물방울이 맺혀 있다는 점이다.

"작사 작곡으로 세계를 제패하죠! 보컬 실력을 더 갈고닦아서 싱어송라이터로 나가는 것도 괜찮을 것 같지 않아요?!"

"쿠히나타…… 너, 인마~. 오버하지 마~."

"눈곱만큼도 오버 안 했어요. 세계로 나아가라, 오토이! 퍼펙트 싱어 OTOI! 발매하면 CD 100장 사드릴게요☆ 에헤헷."

무지막지하게 칭찬 공세를 해댄 이로하는 앉아 있는 오토이 씨의 어깨를 끌어안듯 들러붙었다.

그 바람에 의자가 흔들리자, 오토이 씨는 어이없다는 눈길로 나를 쳐다보았다.

"짜증나……. 어이, 아키~. 이게 그 소문 자자한 치근덕이란 거야? 처음으로 네 심정을 이해할 것만 같아……."

"공감해주는 사람이 늘어서 다행이에요. 뭐, 그래도 이런 짜증나는 구석도—"

나쁘지 않지? 하고 입 모양만으로 말했다.

내 말을 이해한 오토이 씨는 장난을 치는 이로하의 머리를 부모가 자식에게 하듯 쓰다듬어 주면서…….

"뭐, 그건 그래~."

……하고, 싫진 않은 듯한 투로 말하며 고개를 끄덕였다.

볼을 비벼대는 이로하를 상냥하게 밀어낸 후, 오토이 씨는 다시 전문가의 표정을 지으며…… 아, 표정 자체에는 변화가 없지만 뉘앙스로 이해해줬으면 한다……. 아무튼, 평소 느낌으로 말했다.

"자, 곁다리 같은 서브 이벤트에 정신 팔릴 때가 아니잖아. 슬슬 시작할 테니까, 빨리 부스에 들어가~."

"네~. 저도 오토이 씨 못지않은 열정을 보여주겠어요~!"

새하얀 이를 드러내며 미소 지은 후, 이로하는 알통을 만들었다.

그리고 가방에서 꺼낸 대본을 들고 힘차게 레코딩 부스로 뛰어 들어갔다.

그런 순수한 모습을 바라보며…….

"이로하의 칭찬은 장난스러워 보일지도 모르지만, 실은 진심으로 감동한 거예요. ……저도 감상에 거짓말하는 타입은 아니고요. ……오토이 씨, 진짜 대단했어요."

"……그래."

대답은 짤막했고, 표정 변화 또한 매우 미세했다.

하지만 오토이 씨와 오랫동안 알고 지낸 나는, 그녀가 정말 기뻐하고 있다는 것을 눈치챘다.

＊

『향기가 나는구나. 장미처럼 매섭고, 와인처럼 그윽한……질 좋은 사건의 향기이니라.』

코쿠류인 쿠게츠의 보이스 녹음은 무난하게 진행됐다.

키라보시 카나리아라는 슈퍼 아이돌 편집자가 아이디어를 내고, 《5층 동맹》의 정수를 결집해 만들어내 집대성 같은 캐릭터.

『어둠의 연회를 시작하겠노라! ……내가 따라주는 술에 취해, 귀여운~ 꼬락서니를 보여도 되느니라♪』

중2병 소녀의 매력과 짜증귀염 타입의 매력, 빛과 어둠의 융합을 통해 최강이 된 캐릭터가, 이로하의 열연으로 실체감을 얻으면서 더욱 선명한 이미지를 지니게 됐다.

『누구도 고독을 좋아하지 않느니라. 내가 고독을 사랑하는 건, 그저 내가 인간보다 훨씬 강한 존재인 탓에 지나지 않지.』

음향기기를 다루는 오토이 씨도, 어느새 몸을 앞으로 숙이고 있었다. 실은 꽤 새우등이라는 게 드러나고 있었다.

『칭찬해주마. 내 마음 밑바닥까지 손을 뻗은 건, 그대가 처음이니라. 맹약에 따라, 내 몸을 전부 바칠 것을 맹세하노라.』

레코딩 시간은 농밀하고, 자극적이었다. 세상이 1분 가량의 시간을 망각해버린 것처럼, 물리 법칙을 무시하며 흘러가고 있었다.

『―농담이니라♪ 뭘 기대한 게냐, 변, 태♪ 에잇에잇♪』

아아, 맞아. 이 캐릭터는 매력적이야.

그래서 요즘 내 안에서 뜨겁게 소용돌이치고 있는, 사명감에 가까운 감정이 절대 잘못되지 않았다고 확신할 수 있었다.

이로하의, 짜증스럽지만 귀여운 매력을, 많은 사람과 공유하고 싶다. 이런 이로하를 받아들여 주는, 절친이 생겼으면 한다…….

아집과 독선, 괜한 참견. 나의 이 감정과 행동에 대한 부정적인 호칭은 많지만, 그런데도 멈출 수 없는 것을 보면, 이것이 나란 인간의 본성 같은 걸지도 모른다.

미안해, 이로하.

네가 어떻게 생각하든, 짜증스럽고, 끈질기게, 너를 프로듀스할 거야.

*

레코딩이 무사히 종료됐다.

시곗바늘은 오후 다섯 시를 향한 최종 코너를 방금 돌았다. 지하에 있으면 시간 감각이 흐트러지지만, 하늘은 아마 붉게 물들어가고 있을 것이다.

부스에서 나온 이로하는 개운한 듯한, 만족한 듯한 표정을 짓고 있었다. 내가 오늘 레코딩이 최고였다고 생각하는 것처럼, 본인도 달성감을 느끼고 있는 것이리라.

짐을 재빠르게 정리한 후, 이로하는 우리를 빙글 돌아보았다.

"그럼 저는 먼저 가볼게요. 친구와 만나기로 했거든요."

"응. 재미있게 놀다 와."

"선배도요. 동정 주제에 마시로 선배를 제대로 에스코트 할 수 있겠어요~?"

"네가 그딴 걱정 할 필요 없거든? 영화와 만화로 예습을 했다고."

"우와, 폭망하겠네~(웃음)"

"시끄러워. ……됐으니까 빨리 가기나 해."

데이트를 잘 해낼 자신이 있을 리 없다.

애초에 오늘 위장 데이트는 마시로가 프로듀스하기로 했으니, 따지자면 나는 에스코트를 받는 입장이다.

……혹시 내가 믿음직하지 못하니까, 마시로도 직접 데이트 계획을 짜려고 한 것일까?

만약 그런 거라면 너무 싫을 것 같은데…… 응. 너무 신경 쓰지 말자.

"네~. ……그럼, 다녀오겠습니다!"

"응. 나중에 봐."

"잘 갔다 와~."

나와 오토이 씨가 가볍게 손을 흔들어주자, 이로하는 한 순간 머뭇거리듯 이쪽을 쳐다본 후에 스튜디오를 나섰다.

"아키는 안 가도 돼? 츠키노모리와 약속했다며?"

"네. 약속 시간이 되려면 아직 멀었거든요. 그리고 변장을 푼 상태에서 이로하와 같이 걷는 모습을 사장의 수하가 보기라도 하면 큰일이고요."

"아하~. 그래서 시간을 어긋나게 한 거구나."

납득한 것처럼 그렇게 말한 오토이 씨는 과자 상자를 향해 손을 뻗어서 츄파드롭을 꺼냈다. 그리고 포장지를 뜯고 입에 넣은 후, 꺼칠꺼칠한 혀 위에서 사탕을 굴렸다. ……참고로, 꺼칠꺼칠이란 표현은 어디까지나 상상이며, 오토이 씨의 혀가 꺼칠꺼칠하단 증거는 없다.

"거짓말하려니 귀찮네~. 이것저것 생각해야 하잖아."

"만약에 대비한 조치지만요. 원래라면 현장에서 이로하의 그룹을 찾기 쉽도록 같이 가는 클래스메이트의 얼굴은 미리 확인해두고 싶었어요."

"응~? 뭐야. 결국 코히나타를 미행하는 거야?"

"축제 도중에 못 찾으면 포기할 거고, 발견하더라도 그대로 미행을 할 수 있다면…… 말이에요."

"오~. 인간쓰레기가 다 됐네~."

"너무해요……. 오토이 씨가 스토킹하는 게 어떠냐고 말했잖아요."

"아~, 그게 아니라~."

오토이 씨는 쏘옥 하고 입에서 뺀 츄파드롭으로 원을 그리며 말했다.

"츠키노모리는 아키를 좋아하지~? 자기를 좋아하는 사람과 함께 다른 여자를 미행한다니, 영락없는 인간쓰레기 짓이라고 생각하거든~."

"윽……."

꽤 날카로운 지적이다.

"역시, 그렇죠? 가짜 데이트라고는 해두, 저와 같이하는 시간을 즐기고……."

"싫어 하겠지~."

"그럼 저는 이로하는 내버려 두고, 마시로가 바라는 데이 트를 해야 할까……?"

"그것도 쓰레기 같은 짓이야~. 자기 의지를 굽히면서 서비스를 한다는 건, 마음에도 없는 사람을 헌팅하는 것과 다를 게 없거든~."

"대체 어쩌면 좋지……."

"이런 환경을 만들어버린 시점에서, 외통수에 걸린 거나 마찬가지네~."

"으그극."

―실제로, 오토이 씨의 말이 옳다.

허니플레이스 워크스에 《5층 동맹》을 통째로 취직시키는 것도.

이로하에게 절친을 만들어주고 싶은 것도.

전부 다 내가 하고 싶은 일이며, 변명의 여지가 없는 내 아집이다.

마시로의 고백을 거절했으면서, 내 사정 때문에 가짜 커플이라고 하는 관계를 계속 이어가고 있다.

게다가 사태를 더 복잡하게 만드는 건, 마시로 본인이 그 관계를 지속하길 원한다는 점이다.

그런 마시로에게, 나는 어리광을 부리고 있는 것일까?

"고백은 거절했지?"

"아, 네. 이로하, 그리고 오토이 씨와 한 약속도 있으니까요. 청춘을 전부 바치겠다는 약속 말이에요."

"아하~. 그런데도 현재 어중간한 관계가 이어지고 있는 거구나~."

"솔직히 말해 마시로에게는 죄책감이랄까, 미안함을 느끼고 있어요. 그렇다고 어떻게 하면 좋을지 묻는다면, 대답을 못하겠지만요."

지금은 연인이 될 수 없다, 연애를 생각할 수 없다…… 하고, 지금 상황에서 최선의 대답을 마시로에게 진심을 담아 전했다.

하지만 마시로는 포기하지 않겠다고 했으며, 가짜 연인 관계는 계약인 탓에 해소할 수 없다.

게다가 여름 방학이 시작된 후, 카게이시 마을에서의 의식과 바다에서 일을 통해 이로하에게 묘한 마음을 품게 되면서, 나 자신도 감정의 갈피를 잡지 못하고 있었다.

보기에 따라서는 마시로의 마음을 알면서, 어장관리를 하는 것처럼 보일지도 모른다.

물론, 그럴 생각은 추호도 없다. 그래도 사실만을 적어보면 변명의 여지 같은 건 시멘트로 덧칠되고 만다.

"이런 상황에서 저는 마시로에게 어떻게 해줘야 성실하다고 할 수 있을까요? 고백을 없었던 일로 치부하며, 그냥 자연스럽게 대해야 할까요. 아니면 마시로를 기쁘게 해주기 위해, 상처입히지 않기 위해, 신경을 써줘야 할까요."

"으음~, 글쎄~. 뭐~, 나는 연애에 대해서는 해박하지 않지만~."

불빛을 받아서 번들번들 빛나고 있는 사탕 끝을 응시하며, 오토이 씨는 잠시 생각에 잠겼다.

그리고 여전히 느긋한 어조로, 억양이 없는 탓에 예측할 수 없는 묵직한 일격을 날렸다.

"순순히 인간쓰레기란 낙인을 받아들이는 것도 사나이 답지 않을까?"

머리를 망치로 두들겨 맞은 듯한 충격이란 흔한 비유를, 지금처럼 실감한 적은 좀처럼 없다.

말의 의미를 되새기며 망연자실하는 나에게 설명해줄 말을 생각하고 있는 건지, 오토이 씨는 아~ 하고 갓 태어난 좀비 같은 소리를 내며 생각에 잠겼다.

"외통수, 라고나 할까~. 이 상황에 처한 시점에서, 인간쓰레기가 되는 건 피할 수 없잖아~."

"뭐…… 그건 그래요……."

"그럼, 좋은 사람인 척할 생각은 버려~."

"아~~ 그것도, 그래……."

마시로를 상처입히고 싶지 않다. 성실하게 관계를 이어가고 싶다. 그런 소망에는, 이 상황에 이르러서도 용서받고 싶어 하는 얕은 생각이 도사리고 있었다.

마시로의 본심을 알면서도 가짜 연인으로 행동한다는 건, 최악의 인간쓰레기가 할 짓이다.

그런데도, 하다못해 좋은 사람인 척하고 싶다면…….

마시로에게의 미안함과 죄책감을 품은 채, 악인으로 행동할 것…….

그것이, 내가 하고 싶은 일에 전력을 다하면서도 마시로와 마주할 수 있는, 유일한 해답일 것이다.

"고마워, 오토이 씨. 왠지 내가 어떤 태도를 보여야 할지…… 알 것 같아."

자신은 없지만 말이다.

연애 감정이나 청춘 같은 것을 접하지 않으며 17년 동안 살아왔으니, 자신이 있을 리 없다.

"역시 오소레산에서 작사를 공부한 여자야. 말에 깊이가 있는걸."

"바보 취급하는 거야~?"

"그런 거 아니에요. 그딴 무시무시한 짓을 어떻게 하냐고요."

농담 투의 비난에, 나는 얼버무리는 듯한 미소로 답했다.

……마시로와의 위장 데이트로, 나는 자신이 어떤 감정을 품게 될지 모른다. 어떤 감정을 품는 것이 정답인지도 모른다.

하지만 언뜻 보면 비효율적인 욕망과 연애 감정, 청춘이라는 것이 《5층 동맹》의 프로듀서로서 한층 더 도약하기 위해 필요하다는 것을 안 지금— 예전보다 더 진지하게, 마시로라는 여자애와 정면에서 마주해야 할 것이다.

츠키노모리 사장과의 약속도 있으니, 진짜로 사귈 수는 없겠지만 말이다.

하다못해 자신의 마음이 어떤지는 파악할 수 있게 되고 싶었다.

"참~. 아무리 인간쓰레기라도 피임은 해~."

"그렇게까지 타락할 생각은 없다고!"

＊

『뼈는 주워줄게.』

『사망을 전제로 한 격려 좀 하지 마.』

『아, 그래도 보트로 떠내려가면 뼈도 회수 못 할지도 몰라.』

『후세에 전해질 정도의 치정극은 벌어지지 않……을 거라고, 믿고 싶어.』

　일몰 직전의 하늘 아래. 뜨뜻미지근한 공기 속에서도 몇 초 혹은 몇십 초에 한 번 간격으로 부는 차가운 바람이 기분 좋게 느껴졌다. 축제를 열기에 딱 좋은 날씨였다.

　역 앞 대로에는 유카타 차림의 젊은이가 꽤 많았다. 여름 축제 개최 시각이 다 되어서 그런지, 별 특색 없는 지방 도시인 이 마을도 어딘가 들뜬 듯한 공기로 가득 채워졌다.

　─인생을 비효율적으로 사는 녀석들.

　예전의 나라면 시끌벅적한 마을을 보고 가장 먼저 그렇게 중얼거렸을 것이다. 한순간의 물거품 같은 즐거움과 쾌락을 위해 기나긴 인생 전체에 손해를 끼친다. 그런 녀석들을 차가운 눈길로 쳐다봤을 것이다.

　하지만 지금의 나는 그런 어리석은 대중을 비판할 권리가 없다.

　왜냐하면······.

　"미안, 기다리게 했네."

　"아냐. ······마시로도, 방금 왔어."

　역 앞 빌딩 1층에서 그런 정석적인 합류 대화를 나눈 우리는, 어리석은 대중의 조건을 충족시키고 있었다.

남들이 보면 평범한 커플 같아 보일 것이다.

츠키노모리 사장이 보낸 감시자여, 지금 이 광경을 똑똑히 봐둬. 지금만큼은 지켜봐 주는 편이 나으니 말이야.

"그럼 가자. 장소는……."

"이 위야."

빌딩의 좁은 입구를 통해 안으로 들어갔다. 계단이 있지만 짐이 쌓여 있어서 지나갈 수 없어서, 소방법적으로 문제 있는 거 아니냐는 생각을 하며 조그마한 엘리베이터를 타고 8층으로 향했다.

『유카타 대여 IMOKO』.

라는 간판이 걸린 가게는, 우리와 같은 또래부터 대학생 정도로 보이는 손님들로 북적이고 있었다.

가게 안을 가득 채운 사람, 사람, 사람.

여름 축제가 본격적으로 시작되지도 않았는데 사람들에게 치여야 한다고 생각하니, 질릴 것만 같았다.

"우와, 맙소사……. 축제가 시작되기 전에 우리 차례가 올까?"

"괜찮아. 예약해뒀거든. 시간이 되면 안내해줄 거야."

"아~. 이 손님들은 대부분은 당일 방문자구나."

"응. 안심해, 아키. 마시로는 어리석은 리얼충 같은 실수를 하지 않아."

약간 의기양양해하며 입가를 말아 올린 마시로는 그렇게

말하면서 엄지를 치켜세웠다.

그리고 마시로는 자연스럽게 한 손을 내밀었다.

"자, 가자."

"뭐? 아, 응……."

……부, 부드러워.

이렇게 마시로의 손을 꼭 잡는 게 몇 년 만일까.

초등학생 시절에는 참 작게 느껴지던 마시로의 손은, 지금도 여전히 작았다.

그럴 만도 했다. 마시로와 같은 페이스로 나도 성장했으니 말이다.

마시로가 내 손을 잡아당기며 걸음을 옮겼다.

"지, 지나갈게요. 예약, 했거든요. ……아, 미안해요."

마시로는 수많은 사람 사이를 헤엄치듯 헤치며 나아갔다.

움찔움찔, 흠칫흠칫하면서도 지나치게 움츠러들지 않았고, 작지만 확연한 목소리로 자기주장을 했다.

……솔직히, 놀랐다.

마시로는 사람 많은 것을 질색한다고 생각했는데, 어느새 이런 게 가능해진 걸까.

"너무 무리하지 마. 뭣하면 내가—."

"괜찮아. 오늘은 마시로가, 에스코트할 거야."

"으, 응. 그래."

양보할 생각이 없는지, 나서려 하는 나와 경쟁하듯 마시로가 앞으로 나섰다.

사람들로 붐비는 곳을 여전히 두려워하는 것 같았다. 그것은 맞잡은 손에서 느껴지는 **떨림**이 알려주고 있었다.

……물론, 지적은 하지 않겠지만 말이다.

그렇게 몇 초간 고생한 후, 우리는 무사히 카운터에 도달했다.

신분증명서— 학생증을 보여줘서 본인 확인을 마치자, 방긋방긋 웃고 있는 여성 스태프가 곱게 개어진 유카타를 든 채로 우리를 뒤편에 있는 탈의실로 안내했다.

"어라? 사이즈와 무늬는……."

"예약할 때 미리 신청해뒀어. 아키는 아무것도 신경 쓰지 않아도 돼."

"오오, 준비성 좋네."

"아키가 좋아할 디자인을 골라뒀고, 사이즈도 딱 맞을 거야."

"그래? 기쁘네. ……그런데 치수를 잰 적이 없는데, 어떻게 내 사이즈를……."

"마시로 이어는 못 듣는 게 없고, 마시로 아이는 측정 기능도 갖췄어."

"그 말을 들으니 섬뜩한데……."

마시로 커터가 무엇을 가를지 매우 신경 쓰였지만, 그냥 입 다물기로 했다.

"뭐, 그래도 일 처리가 빠른 건 좋네. 시간 단축, 효율적이야."

"그렇지? 아키라면 그렇게 말할 줄 알았어."

마시로는 빙긋 웃었다. 그 미소를 보니, 전학 직후에는 그렇게 딱딱했던 마시로의 표정도 꽤 부드러워졌다는 생각에 감개무량했다.

스태프의 안내 하에 나는 남성용, 마시로는 여성용 탈의실에 들어갔다.

옷을 벗고, 속옷 위에 유카타를 걸쳤다.

일단 혼자 입은 후, 앞섶과 띠 부분만 스태프에게 도움을 받았다. 덕분에 전체적으로 옷매무새가 흐트러지지 않고 단정했다.

거울에 비친 자신의 모습을 보며 쓴웃음을 흘렸다. 옷이 날개라는 말이 얼굴 옆에 떠올라 있는 것만 같았다.

"이게 내가 좋아할 만한 디자인, 이구나. 하하하……."

거울 속의 자신이 입은 유카타의 디자인을 보며, 무심코 자조 섞인 웃음을 흘렸다.

감색 천에 간소한 줄무늬 문양의 유카타다. 매우 단순하고, 별다른 특징이 없다. 좋지도, 나쁘지도 않음을 구현해놓은 것만 같았다.

마치 어디 사는 누구 씨 같은 디자인이다.

"하지만 마시로의 말대로, 나는 이런 걸 좋아하긴 해……."

더 화려한 녀석은 당연히 어울리지 않고, 이것보다 더 수수하다면 마음에 들지 않을 것이다.

심플하면서도, 은근슬쩍 고급스럽다. 그 정도가 나에게 딱 맞다.

계절 탓인지 여름 방학이 된 후로 일본 전통복을 입을 기회가 많았지만, 마시로가 골라준 유카타란 생각 때문인지 불가사의하게도 신선한 느낌에 사로잡혔다.

"마시로 아이는 꽤 고성능인걸."

남몰래 감탄한 후, 나는 탈의실을 나섰다.

참고로 이 유카타 대여점에서는 짐도 맡아주기에, 내가 들고 있는 건 귀중품이 든 두루주머니 뿐이다.

풍취를 중시할 뿐만 아니라, 성가신 짐을 들고 다니지 않는 미니멀 스타일.

그런 부분도 꽤 내 성미에 맞았다.

"마시로는…… 아직이구나. 뭐, 여자애는 시간이 걸리기 마련이지."

대합실에 마시로가 없었기에, 일단 의자에 멍하니 앉아 있기로 했다.

그러고 보니 이렇게 멍하니 있는 게 대체 얼마 만일까.

최근에는 쭉 『검은 새끼 염소가 우는 밤에』 관련 업무에 뇌의 8할 이상을 항상 가동시켰다.

신캐릭터의 레코딩도 끝나서 한숨 돌렸고, 급히 생각해야 할 일이 하나도 없는 타이밍이다.

이로하에게 절친을 만들어주고 싶다, 마시로와의 위장 데이트를 성공시켜야만 한다, 같은 생각이 머릿속에 맴돌고 있기는 했다. 하지만 그것은 100% 업무가 아니며, 청춘, 기분 전환 등 이제까지의 내가 낭비라 여기며 배제해왔던 것이 포함되어 있다.

가게 안의 사람들을 별 목적 없이 쳐다보자, 이제까지 의도적으로 멀리해왔던 세계가 매우 가깝게 느껴졌다.

저 대학생, 유카타를 멋지게 소화하고 있는 걸⋯⋯이라거나.

인싸 같은 여성도 유카타를 입으니 자동적으로 요조숙녀 포인트가 상승하네⋯⋯라거나.

대단한 미인이 내 쪽으로 걸어오는걸⋯⋯ 이라거나.

그 애가 내 앞에서 멈춰서더니, 볼을 붉히며 몸을 배배 꼬고 있네⋯⋯라거나.

"기, 기다렸지? 아, 아키, 어때? 이 옷⋯⋯ 어, 어울, 려⋯⋯?"

그 미인은 바로 마시로였다.

"⋯⋯⋯⋯."

"아, 아키? 왜, 왜 아무 말도 안 하는 거야?"

"⋯⋯어, 아, 미안해. 그, 그게, 저기⋯⋯ 깜짝 놀랐거든."

마시로의 모습을 머리부터 발끝까지 망연자실한 눈길로 살펴본 후, 얼빠진 목소리로 그렇게 말했다.

첫인상은, 설녀.

새하얀 땅에 달맞이꽃이 한 송이 피어있는 듯한, 그런 기품 어린 디자인.

컬러풀하고 트로피컬하며 플루티한 무늬가 유행하는 작금에는 수수하게 여겨지고 있지만, 마시로가 지닌 본래의 청초함이 어른스러운 매력을 적절히 자아내고 있었다.

정성 들여 땋은 머리카락에, 단정히 꽂힌 비녀.

옷깃 사이로 보이는 목덜미. 조개껍질을 연상케 하는 조그마한 소품가방이 걸려 있는 가녀린 손목. 나막신을 신고 있는 맨발과, 훤히 드러난 복사뼈.

그 모든 것이, 잔잔한 색기를 자아내고 있다.

본능을 직접 두들겨 패는 듯한 폭력적인 매력과 다르게, 그것은 혈관에 스며들어서 서서히 온몸을 좀먹어 들어가는 독 같은 아름다움이었다.

높고 깊은 설산, 눈보라 속에서 조난한 남성을 산장으로 유인해 정기를 빨아먹는 설녀가 존재한다면 이런 느낌일지도 모른다.

"가, 감상도 말하지 않으며 뚫어지게 쳐다보지 좀 마. 부, 부끄럽단 말이야."

"미, 미안해. 너무 아름다워서, 그만……."

"으~~~~~~?! 대, 대놓고 칭찬하는 것도 금지. 마시로의 사망 원인을 부끄러움으로 만들 셈이야……?!"

"아앗?! 거, 거듭 미안해!"

얼굴이 새빨갛게 붉히며 화내는 마시로를 향해 넙죽 고개를 숙였다. 바보, 죽어, 같은 짤막한 독설을 뱉으며 소품 가방으로 찰싹찰싹 소리가 나게 때렸다.

목소리에 악의와 적의도 없고, 소품 가방 또한 지갑 정도의 무게라 그다지 아프지 않았지만……

"저기, 저 커플 좀 봐. 엄청 사이좋아 보여."

"고등학생일까?"

"때 묻지 않은 느낌이라 귀엽네~♪"

"…………"

"……윽."

가장 아픈 것은 주위의 시선이었다.

"그, 그만 가자."

"그래."

주목을 받고 있다는 것을 눈치챈 마시로는 새빨개진 코끝을 숨기려는 듯이 고개를 숙이더니, 자신의 가녀린 팔로 내 손을 세게 잡아당겼다.

가게에 들어올 때보다 더 힘들게 인파를 헤치며 나아간 끝에, 나와 마시로는 『유카타 대여 IMOKO』에서 탈출했다.

엘리베이터를 기다릴 수 없다, 한시라도 빨리 이 자리를 벗어나고 싶다는 듯이, 마시로는 계단을 약간 급하게 내려갔다.

8층에서 1층까지.

나막신에 익숙하지 않아서 그런지, 때때로 균형을 잃으며 넘어질 뻔하면서도 말이다.

한 층 한 층 내려갈 때마다, 멋쩍음과 부끄러움 탓에 굳어 있던 마시로의 표정이 점점 풀렸다. 그리고 자신이 하고 있는 황당무계한 일이 우스운지, 아하하 하고 웃음마저 흘리기 시작했다.

1층에 쌓인 짐의 옆에 존재하는 좁은 틈을 옆으로 걸으며 통과했다.

마시로를 뒤따르며 같은 방식으로 빠져나가자, 기다리고 있던 그녀가 환한 미소를 지었다.

"왠지, 즐거워."

"너무 자유스러운 거 아닌가 싶지만 말이야."

"그러고 보니 여기는 못 지나다니게 되어 있잖아. 우리는 무법자?"

"뭐, 괜찮을 거야. 소방법적으로 보면 원래 막아두면 안 되는 곳이거든."

"그렇구나. 그럼 합법 커플이네."

"커플이라니……."

"맞아."

내가 반사적으로 부정하려 하자, 마시로가 내 코끝에 검지를 댔다.

"오늘은 커플, 맞잖아?"

"그래. ……마이 베이비."

"그건 하지 마."

쇼트 가짜 커플 만담은 역사의 어둠에 매장된 것 같았다.

응, 현명한 판단이야.

                              *

이 지역에서 몇 년이나 살았지만, 여름 축제 풍경은 항상 반갑게 느껴진다.

맨션 5층— 코히나타 가 옆으로 이사 가기 전, 부모님과 같이 살던 시절부터 이곳에는 자주 왔지만, 츠키노모리 남매와 소원해진 후로는 한 번도 여름 축제에 가지 않았다.

이사를 하게 된 경위와 부모님의 현재에 관해선…… 뭐, 지금은 상관없는 일이니 생략하겠다.

노점으로 북적이는 상점가 끝에 자리한 커다란 기둥문, 뻔뻔하게 생긴 짜증스러운 코마이누[3] 두 마리 사이를 지나서 계단을 조금 올라가자, 형형색색의 초롱이 걸린 경내가 우리를 맞이했다.

넓은 경내는 수많은 노점으로 가득 차 있었으며, 광장 쪽에서는 이 지방 사람들이 연주하는 축제 음악이 들려왔다.

젊은이들을 노린 것인지 최근 발매된 허니플레이스 워크스의 대인기 시리즈, 그랜드 판타지7 리메이크(무라사키 시

#3 코마이누(狛犬) 신사 및 절의 입구에 세워놓는 한 쌍의 짐승 석상.

키부 선생님이 최근 빠져 있는 그 녀석)의 테마곡을 어레인지해서 만든 오리지널 축제 음악이었다.

특색이 적은 지방 도시의 몇 안 되는 자랑거리라 그런지 분위기에도 꽤 기합이 들어가 있었다.

길가는 이들 중에는 목소리가 큰 사람도 많았기에, 기본 속성이 「어둠」이나 「그림자」인 나와 마시로는 압도당한 것처럼 멍하니 서 있었다.

"어드밴티지를 거머쥘 자신이 없네. 어떤 순서로 돌아보는 게 정답인 거야?"

"자, 잠깐만 있어봐. 238페이지에 공략법이······."

"일일이 공략 보며 도는 것도 귀찮다고. ······그건 그렇고, 역시 마지막 두 페이지만 있으면 되는 거구나."

마시로는 스마트폰을 꺼내더니, 데이트 플랜의 문서 파일을 검색했다.

하지만 이렇게 많은 사람이 오가는 장소에 가만히 서 있다간 당연히 벌어질 수밖에 없는 일이 바로······.

"꺄앗!"

"위험했어······ 휴우~, 나이스 캐치."

"고, 고마워. 아키는 반사신경이 좋네."

남과 어깨가 부딪친 마시로가 놓친 스마트폰을 내가 공중에서 움켜쥐자, 그녀는 안도한 표정으로 칭찬해줬다.

"이런 사고가 벌어질 것 같은 느낌이 들었거든. 미리 준비하고 있었어."

"우우……. 소년 만화 주인공 같아서 멋져. 왠지 마음에 안 들어."

"어째서야? 솔직하게 칭찬해줘야 하는 타이밍 아냐?"

"싫어. 아키가 멋지다니, 건방져."

마시로가 삐친 듯한 표정으로 고개를 돌리는 모습을 보니, 이 녀석이 진짜로 나를 좋아하긴 하는 건지 고개를 갸웃거리게 됐다.

바로 그때 마시로가 화들짝 놀란 것처럼 눈을 치켜뜨더니, 천적을 경계하는 다람쥐처럼 주위를 둘러보았다.

"츠키노모리 사장의 스파이를 찾는 거야? 일단은 별다른 시선이 느껴지진 않아."

주위에는 유카타 차림의 손님, 그리고 여름 축제 운영 스태프인 노점 호객꾼 아저씨들 뿐이었다.

솔직히 말해 이렇게 사람들로 북적여서야, 이 안에 감시자가 있더라도 발견할 수 있을 것 같지 않았다.

그런 생각으로 던진 질문이지만, 마시로는 그게 아니라는 듯이 고개를 저었다.

"아냐."

"그럼 뭘 찾는 건데?"

"약간 낯익은 사람이 때때로 눈에 들어와. 학교에서 스쳐 지나간 적이 있을 뿐인 사람이라던가……."

"뭐, 이 마을에서 유명한 축제거든."

"큰일이야……. 아키와 함께 있는 모습을 그들이 본다면, 소문이 날 거야. 부, 부끄러워……!"

"너는 오늘 뭘 하러 온 건지 잊은 거냐?"

낯뜨거워하는 순정 만화 주인공처럼 마시로가 두 손으로 얼굴을 감싸자, 나는 일침을 날렸다.

원래 주위 사람들에게 우리가 커플이라는 것을 어필하기 위한 위장 데이트인데, 이 녀석은 수단과 목적을 완전히 망각한 것 같았다.

……마시로의 마음을 생각하면, 이게 당연한 반응일지도 모르지만 말이다.

"마, 맞아. 더 꽁냥꽁냥해야 해."

"아니, 그렇게까지 노골적으로 할 것까지는—."

"꽁, 냥, 꽁, 냥, 할, 거, 야."

"……오케이."

마시로가 험악한 목소리로 그렇게 말하니, 나는 고개를 끄덕일 수밖에 없었다.

그 후로 나와 마시로는 동급생의 눈에 띄기 위해 노점을 이 잡듯이 공략하기로 했다.

우선 처음으로 「저기 가보자」 하며 가리킨 것은 금붕어 건지기 노점이었다.

아이들이 차례차례 도전해서 실패하더니, 꽈배기처럼 꼬

인 수건을 머리에 두른 험악한 인상의 아저씨에게 구멍 난 뜰채를 주며 불평을 늘어놓았다.

사람을 바보 취급하는 듯한 면상의 금붕어가 수조 안을 헤엄치는 모습을 보니 속이 부글부글 끓었다.

"금붕어 건지기라, 반가운걸. 저거, 가지고 싶어?"

"응. 시푸드의 귀여움은 마리아나 해구보다 깊어."

"푸드라고 하지 마. 맛과 생김새 중에서 하나만 좋아하라고."

"먹이 사슬의 하위에 위치하는 덧없음과 존귀함도 포함해서 귀여워하는 거야……."

"너무 독특한 감성이라 이해가 안 되네……. 뭐, 가지고 싶다면 내가 건져줄게."

초등학생 때부터 이런 놀이를 잘했다.

한 번에 건질 수 있을 만큼 잘하지는 않지만, 실패 요인을 분석해서 계속 개선하다 보면 언젠가는 꼭 건질 수 있다. 그걸로 애버리지 5할대의 결과를 내고 있으니, 금붕어 건지기는 꽤 뛰어난 게임 밸런스를 지녔다고 생각한다.

전에도 금붕어를 못 건져서 삐친 마시로를 대신해 건져준 적이 있지, 하고 생각하며 그리움에 젖어 있을 때…….

"괜찮아. 마시로가 직접 건질 수 있어."

일류 갬블러의 등장 연출처럼 얼굴 옆으로 100엔짜리 동전을 들어 보인 마시로가 힘찬 목소리로 그렇게 말했다.

어느새 손재주가 좋아진 거야? 하고 나는 생각했지만, 본

© tomari

인이 할 수 있다니 문제없을 것이다.

그렇게 생각한 나는 힘내라고 말하며 마시로의 등을 밀어줬다.

십 분 후— 100엔 동전 열 개가 사라졌다.

"어이, 형씨…… 남친이면, 좀 말리는 게 어때?"

짭짤하게 번 노점 아저씨가 죄책감을 느꼈는지, 그렇게 말했다.

지당하신 말이다.

"그래야겠네요……. 어이, 마시로. 이쯤에서 관두는 게 어때?"

"싫어. 아저씨. 한 번 더 할래."

"천 엔 넘게 쓸 건 없잖아! 금붕어한테 그 정도의 가치가 있는지 다시 한번 생각해보라고……."

"돈이라면 있어. 하나도 아깝지 않아. 지금 그만두면, 이제까지 지불한 100엔들이 성불하지 못할 거야……!"

"확률 1% SSR이 나올 때까지 랜덤 박스를 돌리는 사람 같다고."

"아키, 무슨 소리를 하는 거야. 나올 때까지 돌리면 확률은 100%."

"그러니까 작가 특유의 설득력 있는 억지 논리 좀 펼치지 마!"

"뇨! 마시로는 절대, 그만두지 않을 거야!"

"위세가 어마어마한걸. 부잣집 아가씨는 다른 건가…….
좋아, 이 아저씨도 각오를 다졌어. 여친 쪽의 화끈함에 답하도록 하지! 새 뜰채를 받으라고!"

"아저씨, 고마워……! 잘 봐, 아키. 이게 마시로의, 각오야……!"

내가 필사적으로 제지했지만, 마시로는 또 100엔을 건네주고 새 뜰채를 받았다.

그리고—.

그 후로도 수많은 100엔 동전이 성불했고…….

도중부터는 1000엔 지폐로 10회 도전권을 산다고 하는 새로운 비즈니스 기획을 창조했으며…….

얼추, 한 번에 구매 가능한 유상 과금석의 상한 MAX 언저리의 지출을 했을 즈음—.

"거…… 건졌어—!"

금붕어가 들어있는 사발을 머리 위로 치켜들며, 마시로는 승리의 함성을 질렀다.

그 옆에는 찢어진 무수한 뜰채가 시산혈해를 이루며 쌓여 있었고, 그것만 봐도 이 싸움이 얼마나 처절했는지를 알 수 있었다.

그리고 그녀의 사투를 지켜보고 있었던 건, 나만이 아니었다.

오오오오오오오오오!! 짝짝짝짝……!!

진귀한 광경에 이끌리듯 모여들어 마른침을 삼키고 있던 관객들도 성대한 박수를 보냈다.

도가 지나치게 서투르면, 그것은 충분한 구경거리가 된다.

어설프고 서투르지만 보는 이들이 시선을 뗄 수 없게 만드는…… 그런 매력이 마시로의 진가인 걸까, 하고 생각한 나는 프로듀서 스피릿이 꿈틀거리는 느낌을 받았다.

"아키, 봤어?! 마시로, 해냈어!"

"응, 똑똑히 봤어."

수십 번이나 실패하는 것도 말이지. 마시로가 기뻐하는 모습을 보니, 그런 심술궂은 발언을 할 마음이 사라졌다.

"훗훗훗. 어때? 아키에게 의지하지 않고도 해냈어. 마시로의 테크닉……으로……."

의기양양하게 금붕어를 보여주는 마시로의 목소리가 점점 잦아들었다.

자신을 향한, 수많은 이들의 따뜻한 시선을 느끼고…….

"……어, 개, 갤러리……?! 저, 저기, 그게…… 보, 보지…… 마세요……."

마시로는 공기가 빠진 풍선처럼 몸을 점점 웅크렸다.

나 말고 다른 사람에게는 적극성 결여 체질. 다른 이름은 대(對) 아키 한정, 적극성 과다 체질.

들뜬 어린애 같은 모습에서 이어진 수줍어하는 소녀의 모습은 관객에게 매우 잘 먹힌 건지, 박수와 환성이 더욱 커졌다.

이런 흥분된 분위기를 질투하듯 축제 음악을 연주하는 이들이 더욱 세게 북을 치고, 그 상승 효과에 따라 사람들이 더욱 몰려들었다.

의도치 않게 어마어마하게 주목을 받게 된 마시로의 홍조도 한계점에 임박했다.

가게 주인에게서 금붕어가 든 봉지를 넘겨받자마자, 내 손을 꼭 잡더니…….

"후, 후퇴!"

칭송이 자자한 영웅치고는 너무 소인배스럽게도, 우리는 환희에 찬 관객들 사이로 요리조리 도망치면서 대중들 사이에 숨었다.

내가 존재감이 없다는 점도, 이럴 때는 도움이 될지도 모른다.

……사용할 수 있는 상황이 너무 한정적이지만 말이다. 정말 쓸모없는 스킬이라니깐.

*

아무튼 나와 마시로의 위장 데이트는, 순조롭게 주위로부터 이상적인 커플로 인식된다고 하는 결과를 남겼다. ……정확하게는, 재미있는 짓을 하는 괴짜 커플이 있다는 희귀 짐승 느낌의 지명도를 획득하고 있었다.

이건 거의 마시로의 공적이다.

처음에 들른 금붕어 건지기는 빙산의 일각이었으며, 재미있는 에피소드의 입구에 지나지 않았다.

그 후에도 마시로는 과녁 맞히기, 고리 던지기, 페트병을 이용한 미니 볼링 등, 노점에서 하는 온갖 경품 획득 게임에 도전했다.

손재주와 운동신경이 없고 둔해 빠진 마시로는 그 모든 게임에서 고전을 면치 못했다.

하지만 그때마다 돈의 힘으로— 아니, 포기하지 않는 불굴의 정신으로 승리를 거머쥐면서 바라는 경품을 획득했다.

현재 마시로는 커다란 종이 가방을 몇 개나 들고 있었다. 그 안에는 해양생물 봉제 인형과 굿즈 등이 담겨있었다. 마시로가 포기하지 않고 도전한 끝에 손에 넣은 피와 땀과 눈물과 돈의 결정이다.

그렇다. 마시로는 자기가 원하는 물건을 나에게 따달라고 부탁하지 않았다.

내가 하는 편이 값싸고 효율적으로 경품을 손에 넣을 수 있을 텐데도 말이다.

마시로도 초등학생 시절을 기억하고 있을 것이다. 나도 잘하는 편은 아니지만, 마시로가 도전하는 것보다는 승률이 높을 거란 사실을 알고 있으리라.

게다가 짐꾼 역할도 나에게 시킬 생각이 없는지, 커다란 종이 가방을 혼자서 들고 있었다.

……혹시 고행 플레이 중인 걸까.

나를 에스코트하겠다고 호언장담했었는데, 설마 끝까지 이럴 작정인 걸까?

그렇다면, 엄청…… 미안하다는 생각이 들었다.

마시로는 나를 좋아하며, 내 마음을 끌고 싶어 한다. 또한 나와 함께 있는 시간을 즐기려 한다.

그런데 나는 매정하게도 《5층 동맹》을 위해, 위장 데이트를 하고 있을 뿐이라 인식하고 있다.

만약 오토이 씨의 말처럼 인간쓰레기란 낙인에 걸맞은 남자처럼 행동하려면…….

하다못해 나도 이 데이트를 순수하게 즐기며, 마시로도 즐겁게 해줘야 한다.

일시적이라도 좋으니, 눈앞에 있는 여자애를 웃게 해줄 방법을 생각해야 할 것이다.

—내가 마시로를 위해 혼신의 남친 행세를 하자고 결의한 바로 그때였다.

"오, 오오오오오, 오오보시?!"

뜻밖의 인물과 마주치고 말았다.

노리던 경품을 다 따고, 따끈따끈한 타코야키를 노점에서 산 직후였다.

마시로가 이쑤시개에 꽂힌 김이 모락모락 나는 타코야키

를, 여친 행세를 하듯 아~ 하며 내 입을 향해 내민, 예술적인 타이밍을……

하필이면 가장 성가신 타입의 여자애가 그 광경을 목격하고 말았다.

"오…… 이런 데서 다 보네, 미도리 부장."

"아, 응. 안녕. ……아니, 뭘 아무렇지도 않게 인사를 하는 거야?!"

이 숙련된 태클을 선보인 이는, 다들 눈치챘다시피 우리 학교가 자랑하는 연극부의 부장인 카게이시 미도리다.

수수하면서도 여자애답게 귀여운 느낌을 의식한 유카타 차림, 꼭 묶은 허리끈이 꼼꼼한 성격을 여실히 드러내고 있다.

스미레의 동생이자 교사 일족의 후예인 그녀는 머리가 좋아서 입학 때부터 시험에서 한 번도 전 과목 만점을 놓치지 않은 몬스터 우등생이다.

연극부 부원들과 같이 놀러 온 건지 그녀의 뒤편에는 유카타 차림의 여자부원이 있었으며, 그녀들은 환한 표정으로 인사를 하며 손을 흔들었다.

"어? 어라? 왜, 왜 츠키노모리 양과 같이 있는 거야?!"

"아~ 저기, 그게 말이야. 뭐라고 설명하면 좋을지……"

내가 설명을 못 하며 곤란해하자, 연극부 부원 중 한 명(이름은 아마 야마다 양)이 도움의 손길을 내밀었다.

"미도리 부장님은 몰랐어요? 오오보시 씨와 츠키노모리

양은 사귀는 사이예요. 저 두 사람의 반에서는 모르는 사람이 없을걸요?"

"정말?!"

미도리는 드웨인 존●이 으스러뜨린 개구리 같은 목소리로 그렇게 외쳤다.

……혹시 방금 그 도움의 손길에는 화약이 왕창 실려 있었던 것이 아닐까.

"잠깐만 있어 봐. 그럼 이상하잖아. 왜냐하면, 왜냐하면—."

이쯤에서 중요한 점을 밝히겠다.

전국 굴지의 우등생인 카게이시 미도리에겐, 치명적인 약점이 딱 두 개 있다.

하나는, 연기가 괴멸적인 만큼 엉망진창이란 점이다.

그리고 다른 하나는— 머리가 좋은데도 불구하고, 절묘한 멍청이란 점이다.

"오오보시는 엄청 유능한 헐리우드 프로듀서에, 언니와 약혼까지 했잖아?!"

아차아아아아아아앗! 복잡한 정보를 정리하지 못하는 녀석이 여기에도 있었어어어어어어어!!

마시로의 가짜 여친 설정이 누구한테까지 정보 공유되어 있으며, 누가 누구를 어떻게 인식하고 있는지의 관리가 전혀 안 되고 있다는 것을, 마시로와 최근에 나눈 대화를 통해 나는 눈치챘으며…….

미도리에게 스미레=무라사키 시키부 선생님이란 사실을 숨긴 채로 연극부를 도와줄 필요가 있었기 때문에, 내 설정은 말도 안 되게 과장됐다.

　"마, 마, 마, 말도 안 돼! 언니를 농락한 걸로 모자라, 츠키노모리 양과 양다리를 걸친 거야?! 이, 이…… 극악 프로듀서!!"

　"바보…… 목소리가 너무 커!"

　"우읍?!"

　나는 허둥지둥 미도리의 입을 막았다.

　딱히 나에 대한 불명예스러운 칭호가 얼마나 퍼져나가든 전혀 문제 될 게 없지만, 츠키노모리 사장이 풀어둔 스파이가 만에 하나라도 방금 말을 들었다간 큰일이 난다. 리스크는 최소한으로 줄여두고 싶었다.

　뇌는 큼지막한 것 같지만 머리는 의외로 작은 미도리의 입은 내 손바닥으로 충분히 막을 수 있었다. 체온이 높은 편인 건지, 치직…… 하고 철판에 고기를 굽는 소리가 들릴 듯한 열기가 느껴지더니, 손바닥에서 물기가 느껴졌다.

　……작화적으로는 꽤 범죄 지수가 높은걸.

　내 감각은 객관적으로 올바른 건지, 연극부 부원들이 새된 목소리로 이렇게 말했다.

　"와아~. 오오보시, 대담해~."

　"꺄아~, 미도리 부장님이 능욕당하겠어~. 이거, 그거지?

사사건건 잔소리를 해대는 학급 반장 스타일의 건방진 여자애에게 따끔한 맛을 보여주는 장르!"

"사진 찍어서 SNS에 올려야지~."

"멋대로 찍지 마. 그리고 SNS에는 절대로 올리지 마. 초상권 침해라고. 나는 비저작권 소재가 아냐."

"우웁~! 우웁~!(그래! 보지만 말고 도와줘! 겁탈당하겠어!)"

"겁탈 안 해. 이렇게 많은 사람이 보는 데서 그러는 녀석이 있다면, 나쁜 의미에서 존경받아 마땅할걸?"

"우으읍! 우으으읍!(먼 옛날의 축제는 원래 그런 짓거리를 하는 장소였어. 크리스마스가 수입되기 전까지는 1년 통틀어 섹스 건수가 가장 많은 날이었다 해도 과언이 아냐!)"

"너, 용케 시선만으로 그런 정보량을 전달하는구나."

그리고 성지식이 되게 풍부하네. 이 녀석, 역시 알아주는 변태인 거 아냐?

전부터 그렇지 않을까 하고 생각했지만, 지금 그 생각이 확신으로 바뀌고 있다.

"우웁~! 우으으…… 읍~~.(정 떨어질 생각이 없다면, 저기…… 정말 싫지만 말이야. 상냥하게 해준다면, 한 번 정도는…….)"

"체념하고 전부 받아들이는 모드에 들어가지 마! 소동만 일으키지 않는다면 아무 짓도 안 해!"

"읍…… 끄덕. (알았어…… 이제 안 떠들게. 하지만 아주 조금만이라면…….)"

"왜 네 쪽에서 아슬아슬한 조건을 제시하는 거냐고. ……자, 부탁인데 제발 좀 떠들지 마."

나는 그렇게 말하며 천천히 손을 뗐다.

상기된 볼. 젖은 눈동자. 하아~, 하아~ 하며 내쉬는 거친 숨결.

"오, 오오보시……!! 이번만큼은, 안 돼. 더는 간과 못 해. 이제까지는 참았지만, 딱 잘라 말해야겠어……!"

미도리는 요염한 분위기를 자아내며 나를 의연하게 노려보았다. 분하다는 듯이 깨물고 있는 저 입술에서 어떤 독설이 터져 나오려나 싶어, 긴장하고 있을 때…….

"나와 LIME 교환을 해줘!"
"잠깐만 있어봐. 이야기가 왜 그렇게 되는데?"

이 녀석은 왜 눈엣가시를 보듯 나를 쳐다보면서 연락처 교환을 하자고 하는 거야.

미도리는 당혹스러워하는 내 얼굴을 향해 스마트폰 화면을 쑥 내밀었다. 그 화면에 표시된 QR코드는, 방금 내가 말을 잘못 듣지 않았다는 것을 증명하고 있었다.

하지만 연극을 성공시키기 위해 조언을 해줄 때도, 『남자와 연락처를 교환하는 건 무리! 그런 건 결혼하고 나서 하는 거야!』 하고 말하던 이 녀석한테 어떤 심경의 변화가 발생한 걸까.

이렇게 간단히 LIME 교환을 할 수 있다면, 그때도 더 효율적으로 연락을 취할 수 있었을 텐데…….

여러모로 생각할 게 있긴 하지만…….

일단 그런 걸 전부 제쳐놓고 본다면, 이것은 당당하기 그지없는 헌팅 행위다. 그것을, 대외적인 여친이 묵묵히 보고 있을 리가 없다.

마시로가 나와 미도리 사이에 끼어들었다.

"무, 무슨 소리를 하는 거야, 미도리 부장. 나, 남의 남친에게 꼬리 치지 마……."

"아, 아아아, 아니거든?! 나는 그저, 연락처를 교환하고 싶을 뿐—."

"뭐가 아니라는 거야……! 우등생이 실은 발정난 암캐였다는 건 만화에서만 존재하는 줄 알았는데, 설마 현실에서도……. 역시 리얼은 방심할 수가 없네."

"암캐?! 잠깐만. 나는 시부야에서 변태 가장행렬을 하는 여자애들과 달라! 그리고 정조 관념 제로의 유원지에 간 적도 없어!"

어이, 저 폭주차 좀 이제 그만 세워. 부정하면 할수록 뇌가 얼마나 핑크빛인지 드러나고 있잖아.

……그것보다 미도리의 지식량은 대체 얼마나 되는 거야?

"아무튼 오해하지 마! 딱히 오오보시한테 데이트 신청을 하거나, 외롭고 쓸쓸한 밤에 전화를 한다거나, 같은 목적으로 연락처 교환을 하려는 게 아냐!"

"……정말?"

"응. 오히려 츠키노모리 양에게도 메리트가 있어!"

"……흐음?"

마시로는 미심쩍은 눈길을 보냈다.

미도리는 힘차게 고개를 끄덕인 후, 내 얼굴을 손가락으로 가리켰다.

"오오보시는 얼마 전까지만 해도 우리 언니를 가지고 논 걸로 모자라 약혼하는 척까지 했어. 어쩌면 그런 관계인 여자애가 더 있을지도 몰라―. 아니, 그런 짓을 하게 두면 안 돼. 오오보시가 일편단심으로 한 여성만 바라보는 남자로 만들기 위해서도, 언니를 건드리려는 기색이 있거나 다른 괘씸한 짓을 하려는 정보를 접하면 바로 따져서 지도하는 환경을 갖추고 싶어!"

"아하……. 마시로 말고 다른 여자애와 친하게 지내면……."

"물론 오오보시에게 LIME으로 클레임을 걸 거고, 츠키노모리 양에게도 알려줄게."

"계약 성립. 아키, LIME 등록을 해."

"간단히 매수되지 말라고."

그리고 이런 감시 체제가 갖춰진다는 걸 아는 내가 왜 ID를 가르쳐줄 거라고 생각하는 거냐고. ……뭐, 가르쳐주겠지만 말이야. 딱히 찔리는 짓거리를 할 생각도 없거든.

"악용하지 마."

"괘, 괜찮겠어? 정말?!"

이 녀석, 어마어마하게 기뻐 보이는걸. 몸까지 앞으로 쑥 내밀잖아.

"그, 그래…… 진짜로 취급을 주의해달라고."

"으, 응. 불필요하고 시급하지 않은 연락이라면, 하루 한 시간만 할게. 아, 안심해."

"그건 실질적으로 무제한이나 다름없는데……."

뭐, 당황해서 이상한 소리를 늘어놓았을 뿐일 것이다. 이성과 연락처를 교환하는 것에 면역이 없는 것 같으니 말이다.

이렇게 미도리는 나와, 그리고 겸사겸사 마시로와도 LIME 상호 등록을 마쳤다.

위장 데이트 도중에 일어난 일로서는 좀 문제가 있는 듯한 이벤트지만…… 뭐, 어디까지나 마시로를 내 여친으로 여기며 접하고 있는 것 같으니, 사장의 스파이가 보더라도 괜찮……겠지?

"그, 그럼 우리는 이만 가볼게. 오, 오오보시. 축제 중이라고 우쭐해서 엉큼한 짓을 하면…… 절대 안 돼!"

"그래. 안 해, 안 한다고. 그럼 학교에서 보자~."

"다음에 봐."

나는 대충 대꾸했고, 마시로는 필요 최소한의 대사와 동작만으로 작별을 고했다.

얼굴을 붉힌 채 묘한 텐션에 사로잡힌 미도리를, 연극부 부원들이 고삐를 잡고 데려가며 인파 속으로 사라지는 모습을 지켜본 후⋯⋯.

마시로는 불쑥 이렇게 중얼거렸다.

"아키, 유죄."

"왜?!"

"미도리 부장과 노닥거리며 좋아 죽으려고 했어. 마시로라는 여친이 있는데도, 연락처를 교환했어."

"그러는 너도 아까 추천했잖아."

"마시로가 인정해주는 건 괜찮아. 그래도 아키는 자기 의지로 거절했어야 했어."

"되게 불합리하네⋯⋯. 여자 마음은, 너무 어려워⋯⋯."

"그걸로 됐어."

마시로는 혀를 쏙 내밀더니⋯⋯.

"어려운 문제일수록, 아키는 적극적으로 풀려고 하는걸. 아키의 뇌를, 마시로로 가득 채우는 작전. ⋯⋯같은 거랄까?"

그렇게 말하며, 짓궂은 미소를 머금었다.

"⋯⋯윽!"

마시로의 그런 귀여운 모습을 보자 가슴 속 깊은 곳이 옥죄어드는 듯한 느낌에 사로잡혔다.

—솔직히 말해, 귀엽다.

그런 감상이 너무나도 자연스럽게 뇌리에 떠올랐다.

미도리가 축제의 밤은 원래 성적으로 문란한 시추에이션이란 말을 아까 했던 것 같은데, 어쩌면 나도 그런 먼 옛날 사람이 짜둔 의도에 그대로 걸려든 걸지도 모른다.

들떠있는 인싸들에게 뭐라 할 자격이 없는걸.

비효율적인데도, 정도가 있다.

최근에 자신이 보이는 변화에 자기 자신이 쫓아가지 못하는 느낌이 들지만…….

프로듀서로서의 대선배인 카나리아의 조언을 믿으며, 지금은 한없이 낭비에 가깝게 느껴지는 이 감정의 파도를, 즐겁게 타보자고 생각했다.

*

『이 남자, 가짜라고는 해도 여친과의 데이트 중에 다른 여자애의 연락처를 GET했어. 폭발해버려! 자, 전 시청자의 목소리를 대변해둘게.』

『상황만 떼어내서 본다면 확실히 나는 행복한 놈이겠지만, 왜 나 자신은 그렇게 생각하지 못하는 걸까.』

그로부터 몇 분가량, 나와 마시로는 노점에서 솜사탕을 사거나 사과 사탕을 사며 축제를 즐겼다.

노점 아저씨들이 보기에도 마시로는 보호 욕구를 자극하는 상대인 건지 서비스를 잘 해줬고, 솜사탕과 사탕도 일반적인 크기의 곱절은 됐다. 멋진 커플인걸! 하고 놀림을 받을 때마다 마시로는 얼굴을 붉혔고, 나 또한 어찌 된 건지 기분이 나쁘지 않았다.

잘 보라고, 삼촌. 츠키노모리 사장.

우리는 누가 봐도 영락없는 커플이라고.

어디서 보고 있을지 모르고, 어쩌면 애초부터 존재하지 않았을지도 모르는 사장의 스파이가 보기에도 우리는 완전무결한 커플 같을 것이다.

드디어 하늘도 어둑어둑해지기 시작하더니, 30분 후에 폭죽이 발사된다는 안내 방송이 들려왔다.

축제에 온 이들의 눈에 보이지 않는 열기가 응집되더니, 신사 안의 온도도 희미하게 상승했다.

메인 이벤트가 시작되기 직전 특유의 상승하는 열기. 여름과 겨울에 열리는 오타쿠의 축제 대기열에서도 느껴지는 그 분위기의 리얼충 버전.

설마 이렇게 들뜬 분위기의 한복판에 자신이 서게 될 줄은, 얼마 전까지는 예상조차 하지 못했다.

실제로 이쪽에 서서, 객관적으로도 엄연히 친밀한 커플을 경험해보고 비로소 깨닫게 된 것이 있다.

리얼충이나 인싸 같은 건, 상태가 아니라 자세다.

아무리 즐거운 시간을 보내는 친밀한 커플인 척하더라도 나와 마시로는 결국은 아싸다. 우리의 모습을 보고 행복해 보인다고 여기는 사람은 있겠지만 인싸라고 여기는 사람을 없으리라.

그것도 그럴 것이, 인파에서 조금 벗어난 곳에 있는 어둑 어둑하고 칙칙한 나무 아래의 벤치에 앉으니 이렇게 마음이 편한 것이다.

"역시 좀 지쳤어……. 아하하. 인파에 휩쓸려 다니는 데는 역시 익숙해지지 않네……."

"마셔. 좀 개운해질 거야."

"시원해……. 고마워."

내가 마시로의 볼에 라무네 병을 대자, 그녀는 약간 안도한 듯한 반응을 보이며 건네받았다.

밤이라고는 해도 역시 여름이다. 안 그래도 기온이 잘 내려가지 않는데 이렇게 사람들이 밀집해 있는 것이다. 마시로도 꽤나 더운 건지 얼굴에 땀이 맺혀 있었다.

그런 상황에서의 라무네 지급이 하늘의 은혜 같은지 마시로는 탐닉하듯 들이켰다. 콧속에 퍼져나간 탄산에 당한 건지 눈썹과 입을 X자 모양이 되었다.

그 괴상한 얼굴을 보니 절로 미소를 머금게 될 것 같았지만, 그랬다간 여자 마음을 모르는 녀석이란 소리를 하며 마시로가 또 삐칠지도 모르기에 참았다. 나는 학습이라는 걸 하는 남자다.

"어라? 저 사람은…… 이로하 양?"

라무네의 여운에서 벗어난 마시로가 인파를 쳐다보며 그렇게 말했다.

덩달아 그쪽을 쳐다보니, 우리와 정반대 집단― 즐겁게 담소를 나누고 있는 인싸로 보이는 여자애 일곱 명이 눈에 들어왔다.

그 중심에서 즐겁게 이야기를 하고 있는 건, 아까 오토이 스튜디오에서 헤어졌던 우리의 성우 겸 친구 여동생― 그리고 학급의 인기 우등생, 코히나타 이로하.

방긋방긋 웃고 있는 이로하의 모습은 일전에 봤던 교실에서의 모습과 똑같았다. 다른 것은 교복이 아니라 따뜻한 느낌의 밝은 색깔 유카타를 입고 있다는 점이다.

청초하고 상냥하며, 눈치가 빠른 우등생.

차분하지만 결코 내성적이지 않고, 지나치게 성실하거나 고지식하게 느껴지지도 않으며, 활기찬 클래스메이트들에게 맞춰 때때로 농담을 던지기도 했다.

"진짜네. ……어, 왜 숨는 거야?"

"그, 그게……."

벤치에서 일어선 마시로가 나무 뒤편에 숨으면서 말했다.

"눈에 띄면, 왠지 거북할 것 같으니까……."

"이로하는 우리가 가짜 커플이라는 걸 알고 있다고 내가 말했잖아?"

"그래서 거북하다고나 할까……. 교활하게 새치기를 한 느낌이랄까……."

"우리끼리 여름 축제를 즐겨서 그러는 거야? 미리 설명해 뒀으니까 괜찮아. 《5층 동맹》의 계약 문제로 위장 데이트를 하게 됐다고 말이야. 오즈는 요즘 한가해서 밀린 신작 미소녀 게임을 해치우는 중이고, 무라사키 시키부 선생님은 그랜판7의 리메이크판에 빠져 있어. 다들 나름대로 여름을 즐기고 있으니 걱정하지 마."

"아니, 그런 의미가 아닌데…… 뭐, 됐어. 아키한테 알려줄 의리는 없는걸."

"뭐?"

"아, 아무튼 들키고 싶지 않아. 마시로를 그냥 내버려 둬."

……대체 왜 이러는 거지.

그러는 나도 마시로처럼 숨지는 않지만, 이로하에게 일부러 말을 걸 생각은 없었다.

모처럼 클래스메이트와 즐겁게 노는 중이니 말이다.

오빠 친구— 선배가 느닷없이 말을 걸었다간 눈치 없다는 소리를 듣기 십상인 상황이었다.

하지만 이로하의 클래스메이트들…… 목소리가 큰걸.

"—하아, 내 남친은 정말 최악이라니깐!"

꽤 거리가 떨어져 있는데도, 여학생의 목소리가 들렸다. 한 사람의 목소리 크기에 이끌리듯 자연스럽게 집단 전체의 평균 볼륨이 상승한 건지, 그녀들의 대화가 똑똑히 들렸다.

"휴일에는 남친 집에서 데이트하는데 말이야."

"어~, 좋겠다. 부럽부럽 파라다이스네!"

"그렇지도 않아~. 집에서 단둘이 있게 되면, 바로 귀찮을 정도로 들러붙거든."

"뭐? 그냥 러브러브 꽁냥꽁냥이네. 자랑 100%잖아~."

"자랑이 아니라니까 그러네~. 여름에는 더우니까, 땀나서 화장이 흐트러지잖아?"

"아~, 오호라."

"엉큼 모드 아닐 때는 그냥 귀찮기만 하니까, 들러붙지 좀 말아줬으면 좋겠다니깐~. 코히나타 양도 남친이 들러붙어서 짜증날 때 없어~?"

"나? 으음~, 글쎄. 얼굴은 짜증나게 생겼지만, 솔직히 말해 내가 오히려 안겨드는 편이야~."

엄청난 대응력이다.

대화에 전혀 끼지 않았으면서도 매우 자연스럽게 대꾸하고 있었다.

"오, 드디어 인정했구나. 이제까지 남친이 없다며 우겨댔으면서~. 아니면 여름 방학 동안에 골인한 느낌~?"

"실은 그래……."

다른 여자애가 팔꿈치로 찔러대자, 이로하는 의미심장하게 고개를 숙였다.

그리고 자기 스마트폰을 꺼내더니…….

"내 남친을 보여줄게. ……자, 봐."

"─토맛티군이잖아!"

"웃기지도 않거든?! 젠장~, 또 시치미 떼는 거야~."

다른 여자애가 그렇게 말하며 이로하의 어깨를 주무르자, 그녀는 간지럽다는 듯이 웃으며…….

"아하하. 남친 같은 게 그리 간단히 생길 리 없잖아~. 좋아하는 사람도 없는걸."

딱 잘라 부정했다.

"인기도 많으면서 되게 시치미 떼네! 빈민의 마음을 모르는 귀족~! 젊다고 농땡이 부리다간 언젠가 후회할 거야~!"

"동갑한테 그런 말 듣고 싶지 않아요~. 요즘은 연애가 전부는 아니거든요~."

……내 후배지만 정말 대단했다.

완벽 초인 인기녀. 자칫 잘못하면 미움을 살 수도 있는 위치지만, 대화에 적절히 유머를 섞으면서 미움을 받지 않게 대처하고 있다.

하지만 방에서 툭하면 들러붙으려 하는 성가신 이성에 대해 이야기하면서 용케도 저런 뻔뻔한 대사를 늘어놓는걸. 내 방에서 보여주는 이로하의 본성을 안다면, 저 여자애들은 졸도할 거야.

"…………아!"

어.

방금, 이로하와 시선이 마주쳤다.

하지만 시선이 교차된 것은 한순간에 지나지 않았고, 이로하는 곧 눈을 돌리며 클래스메이트와의 대화를 이어갔다.

………….

……어?

어라, 뭐야. 방금, 심장이 약간 옥죄어드는 느낌이 들었어.

이 나이에 부정맥인 걸까.

나중에 인터넷으로 증상을 검색해봐야겠다. 뭐니 뭐니 해도 건강이 제일이거든.

그런 생각을 하고 있을 때…….

"맙소사……."

나무 뒤편에 숨어 있던 마시로의, 절망에 찬 목소리가 들려왔다.

"어? 마시로, 왜 그래?"

"정말 몰랐어……. 그렇게 단순하고, 당연한 현실……. 왜 이제까지 눈치채지 못한 걸까……."

"어, 어이. 너, 무슨 소리를……."

아연실색한 표정, 떨리는 목소리……. 어딘가 잘못된 듯한 마시로를 본 나는 무슨 말을 하면 좋을지 알 수가 없었다.

일상의 이면에 숨겨져 있던 비정상의 세계에 접속해서, 정신이 헝클어지고 만 탐색자 같은 표정이다. 새파랗게 질린 입술 사이에서 흘러나오는, 유령의 단말마(뉘앙스로 이해하길) 같은 대사, 그 내용은—

"땀을 흘리면, 화장이 흐트러진다는 게…… 진짜야?"

빌어먹을 정도로 일상적인 대사였다.

의미심장하게 운을 떼놓고, 어떻게 이런 어처구니없는 대사를 늘어놓는 걸까. 만약 이게 창작물이라면 일부러 대사로 넣지 않고 그냥 넘어갈 일상 대화잖아. 그런 대사를 쓰는 건 문장이 많으면 많을수록 원고료가 늘어난다는 이유로 분량을 부풀리려고 하는 작가뿐이라고.

……미안. 나도 마키가이 선생님을 도울 때, 필요 없는 대사를 꽤 많이 넣었어. 남 말 할 자격이 없네. 글쟁이가 본업이 아닌데 대사를 쓰는 건 진짜 어려워.

아무튼, 지금 중요한 건 마시로다.

"상식이라고 생각했는데……. 몰랐던 거야……?"

"어, 어떻게 알겠어. 반 년 전까지 은둔형 외톨이였던 마시로에게 무리한 걸 바라지 마."

"매일 화장도 하고, 패션에도 익숙한 것 같아서……."

"미용 쪽 Ytuber의 동영상과 검색 내용으로 공부했을 뿐이야. 벼락치기니까 지식 면에서 편중되어 있어……."

"인터넷의 정보만으로 이 정도 퀄리티를 이뤄낼 수 있구나……. 현대 사회는 무시무시한걸."

"그래……. 땀에 벗겨진다면, 자주 거울을 보며 체크해야 해……. 거짓말…… 그럼 이제까지도 마시로가 눈치를 못 챘을 뿐, 화장이 흐트러진 적이 있을지도 모른다는 거야……?"

글자 하나를 입에 담을 때마다 땀의 양이 1ml 늘어났다.

"지, 지금도, 긴장해서 땀이 나……. 화, 화장, 고치고 올게……!"

"어, 어이, 마시로! 어디 가는 거야?!"

"괜히 캐묻지 마……! 저질……!"

아하, 화장실에 가는 거구나.

그걸 안 나는 아무 말 없이 멍하니 선 채, 멀어져 가는 마시로의 등을 그저 지켜보기만 했다.

스마트폰으로 연락을 주고받을 수 있으니 합류는 걱정 안 해도 될 것이다. 테크놀로지의 진화에 감사해야겠다.

마시로가 돌아올 때까지 뭘 하면서 시간을 보낼까.

"아, 맞다. 고지를 해야겠네."

바로 《5층 동맹》이 자신 있게 선보이는 신 캐릭터, 코쿠류인 쿠게츠에 관한 정보다.

사고 없이 무사히 레코딩이 끝나서 스케줄대로 투입하는 것이 얼추 확정됐으니, 마음 놓고 고지할 수 있다.

나는 LIME을 켠 후, 자택에서 미소녀 게임 라이프를 충실히 보내고 있을 오즈에게 의뢰 메시지를 보냈다.

《AKI》 코쿠류인 쿠게츠의 공지, 팝업 부탁해도 돼?

《OZ》 오케이. 유저 ID별로 시간차를 두고 전해지도록 전송할게.

즉시 답장이 왔다.

그 어떤 때라도 읽음 표시가 될 때마다 바로 대답을 해주는데, 이 녀석은 대체 몇 시에 자는 걸까.

희대의 슈퍼 엔지니어니까, 어쩌면 자동으로 답장을 보내는 AI를 쓰는 걸지도…… 그런 상상이 현실미를 띠게 하는 이가 바로 《5층 동맹》의 토니 ●타크, 코히나타 오즈마의 무시무시한 점이다.

참고로 고지에 시간 차를 두는 건 『검은 염소』를 운영하기 위해 대여한 서버가 약해빠졌기 때문이다. 솔직히 말해 당초 예상한 숫자 이상의 유저를 획득했기 때문에 슬슬 서버를 증설하지 않으면 위험한 단계에 도달했다.

가성비 좋은 대여처를 찾아보고 있지만, 아직 조건이 괜찮은 곳이 없다.

그런 생각을 멍하니 하고 있을 때…….

"어?"

나는 엉덩이 옆, 내가 앉아 있는 벤치 위에 놓인 그것을 발견하고 말았다.

눈에 익은 소품가방이었다.

아까까지, 마시로가 들고 있던 가방이다.

그 녀석, 설마…….

불길한 예감이 들어서 가방 안을 살펴보……는 건 좀 그랬기에 가방 위로 만져보며 확인했다. 손가락이 쑥 들어가는 이 감촉은 노점에서 강제 다이어트를 당했던 지갑일 것이다.

그리고 직육면체 형태를 한 딱딱한 감촉이 느껴졌다.

내용물을 볼 필요도 없다. 스마트폰이다.

"어이어이. 그 녀석, 빈손으로 간 거냐. 이래서야 연락을 취할 수가 없잖아."

게다가 잘 생각해보니, 집밖에서 화장을 고친다는 발상 자체가 없었다면 화장 파우치를 가지고 오지 않았을 것이다.

화장실에 가봤자 도구가 없으면 화장을 고치지 못하는 것이 자명한 이치다.

"마시로 녀석, 이렇게까지 당황하면 어쩌냐고……!"

소품 가방을 손에 쥔 나는 허둥지둥 몸을 일으킨 후, 마시로의 뒤를 쫓기 위해 인파 속으로 뛰어들었다.

*

그 결과…….

"……미아가 됐어."

당황한 건 나도 마찬가지였던 것 같다.

일행과 떨어졌을 때의 철칙, 하나. 한쪽이 돌아다니고 있을 때, 다른 한쪽의 인간은 절대 원래 있던 자리를 벗어나면 안 된다.

평소처럼 냉정 침착했다면, 이런 초보적인 실수를 범하지 않았을 것이다.

나도 마시로한테 꾸중할 자격이 없을 만큼, 마음이 흐트러진 걸까.

왼쪽을 봐도, 오른쪽을 봐도 사람들로 넘쳐났다. 폭죽이 발사될 시간이 다가오고 있어서 그런지 인구 밀도는 상승하고 있었다.

왔던 길로 돌아가려고 해도 다른 루트로 계속 떠밀렸고, 원래 있던 벤치로 돌아갈 수가 없다.

비효율적인 환경에도 정도라는 게 있거든? 작작 좀 하라고.

불평을 늘어놓고 싶지만 그럴 상대가 없는 데다, 괜히 화내는 것만큼 무의미한 짓도 없다. 그래서 나는 노점 사람에게 화장실 위치를 물어보며 나아가기로 했다.

그렇게 돌아다니고 있을 때, 누군가가 내 어깨를 두드렸다.

"어이, 형씨. 찾는 사람은 발견했어?"

"아, 그게 전혀 안 보이는……."

등 뒤에서 들려온 것은 나이 지긋한 남성의 목소리였다.

아까 말을 걸었던 노점의 주인인가 싶어서, 겸손한 미소를 지으며 뒤를 돌아보았다.

하지만 어라? 나는 화장실 위치를 물어보기만 했지, 사람을 찾는다는 말은 안 했는데…….

"—어어."

그런 의문을 떠올리기도 전에 뒤를 돌아본 내 앞에 나타난 건, 장난스럽게 혀를 내밀며 한 방 먹여줬다는 듯한 표정을 짓고 있는 짜증나는 여자애였다.

"아니, 너엇?!"

"나이스한 화들짝 표정이네요! 백 점 만점이에요! 경품으로 솜사탕을 증정하겠어요!"

"아, 그건 됐어. 방금 먹었거든."

"그거 유감이네요. 뭐, 여친과 데이트하면서 달코~옴한 시간을 보내면서 솜사탕까지 먹다간 당뇨 확정일걸요. 알았어요. 선배 몫의 칼로리까지 제가 먹어 치울게요…… 맛있어~☆"

행복한 표정으로 솜사탕을 먹는 이 녀석은 다름 아닌 친구 여동생, 코히나타 이로하다.

　그래. 아까 그 남자 목소리는 연기였구나.

　성별도 연령도 초월한 방금 연기는 『검은 새끼 염소가 우는 밤에』의 모든 캐릭터의 보이스를 혼자 담당한 《5층 동맹》 굴지의 성우다웠다. ……뭐, 손가락은 딱 하나로 충분하지만 말이다.

　"……친구들은 어떻게 한 거야?"

　"같은 반 애들 말이에요?"

　"왜 말을 고치는 건데?"

　"아, 어느새 흩어지고 말았어요."

　이로하는 내 지적을 무시하며 그렇게 말했다. 위기감이 전혀 느껴지지 않는 말투였다.

　아까 전의 인싸 여자애들의 모습은 보이지 않지만, 혼자인데도 딱히 쓸쓸해 보이지는 않았다.

　"선배야말로 마시로 선배와 싸우기라도 한 거예요? 아까 혼자 터벅터벅 걸어가던데요."

　"너, 대체 언제부터 보고 있었던 거야?"

　"한참 됐을걸요~? 우연히 발견하고, 뭐 하고 있나~ 싶어서 쳐다봤어요."

　"그럼 빨리 말을 걸라고."

　"그게~, 아까는 같은 반 애들이 주위에 있었거든요. 냐하하."

이로하는 뒤통수를 긁적이며 쓴웃음을 흘렸다.

어? 그렇다면—.

"너, 혹시 내 동향을 눈으로 좇다가 친구들과 떨어진 거야?"

"오오! 날카롭네요! 책임질 각오가 된 걸로 알면 될까요?"

"책임 안 져. 왜 네 부주의의 뒤치다꺼리를 내가 해야 하냐고."

"너무해…… 책임질 마음도 없었으면서 저를 유혹한 거예요? 너무해! 배도 이렇게 부풀어 올랐는데!"

"이 많은 인파 속에서 오해 살 만한 소리 좀 하지 마! 네 배가 부풀어 오른 건 노점 음식을 너무 많이 사먹었기 때문이잖아!"

"참고로 저는 많이 먹어도 살 안 찌는 체질이라서, 지금도 허리가 잘록해요!"

"그럼 거짓말 100%네. 가짜 뉴스 좀 유포하지 마."

"아얏. ……잠깐만요! 머리 땋았으니까, 이러지 말라고요."

내가 정수리에 손날로 한 방 먹이자, 이로하는 머리를 감싸 쥐며 삐친 것처럼 항의했다.

그 반응을 보고 아차, 하고 생각했다.

"미안해. 여자애의 겉모습에 너무 무관심했어."

"맞아요~. 조심 좀 해달라고요! ……어라~? 왜 이렇게 솔직한 거예요?"

"아까 그게 얼마나 중요한지 깨달았거든……."

마시로와 어쩌다 흩어진 것인지를 이로하에게 설명했다. 계기는 화장을 고치는 것이며, 화장 도구를 가지고 있지 않다는 것을 알려주려고 쫓아가다 보니 완전히 길을 잃고 말았다.

팔짱을 낀 채 고개를 끄덕이며 내 이야기를 듣고 있던 이로하는……

"선배는 기본적으로 똑똑한데, 엄청 드물게 절묘한 멍청이가 된다니까요."

"뭐라고? —잠깐만, 최근에 스미레 선생님한테도 비슷한 말을 들었어……. 그럼, 나는 역시 바보인 거야……?"

한 사람만 그런 소리를 한다면 억지겠지만, 두 사람에게 그런 말을 들었다면 다수결로 승부는 갈렸다.

객관적 사실이라 할 수 있는 건 이로하 쪽의 의견일 것이다.

마시로와 위장 데이트를 하게 되어서 나도 모르는 사이에 들뜬 감정에 사로잡혔고, 그 바람에 사고능력이 약체화된 것은 느끼고 있었다.

역시 긴장을 풀거나 경험치가 부족한 분야에 도전해서 실패하는 건, 내 기초 스펙이 부족하기 때문이리라.

부당한 자기 평가를 내리지 말라고 바다에서 이로하가 나에게 했던 말을 떠올렸다.

확실히 《5층 동맹》에서의 내 포지션에 자부심을 가지기로 결심했고, 다소 자신감을 가져도 된다는 생각 또한 하게 됐다.

하지만 사랑이니 청춘이니 남녀 관계니 같은 분야에서 이렇게 얼간이 같은 모습을 보이자, 너는 죽도록 노력해야 겨우 평균에 미친다는 사실을 잊지말라고 하느님이 충고해주는 듯한 느낌이 들었다.

사랑이나 청춘에 관한 스킬은 이제부터 차근차근 쌓아가기로 했다. ……다른 스테이터스에 악영향이 없는 범위에서, 혹은《5층 동맹》의 활동에 지장이 없는 범위에서 말이다.

"뭐, 그런 미묘~하게 불균형한 느낌이 참 귀엽지만 말이에요☆"

"너한테 무시당하는 듯한 소리를 들으니, 왠지 열받네."

"아하하! 삐친 표정도 참 귀엽네요. 톡톡! 톡톡톡~!"

우쭐한 이로하가 내 볼을 손가락으로 눌러댔다.

짜증나는 행동이기는 하지만, 강아지 재롱으로 여기니 왠지 애교마저 느껴졌다.

이 귀여움을 인식하고 있는 게 나뿐이라는 환경은 역시 아깝다. 그것은 사회 전체의 기회 손실이며, 비효율적인 상황이다.

뭐, 사회처럼 거대한 존재는 일단 제쳐두기로 하고, 이로하가 이렇게 솔직하게 웃으며 치근덕거릴 수 있는 친구― 진정한 절친이 생기면 좋겠는걸.

"으음~. 그래도 스마트폰을 깜빡한 채 행방불명이 됐다니 내버려둘 수가 없네요. 멀리까지 간 건 아닐 테고, 최악의 경우에는 맨션에서 합류하면 되겠지만요."

"그래. ······하지만 남친으로서는 미아가 되어 쓸쓸해 하고 있을 여친을 내버려둘 수 없거든."

"흐음~. 선배도 일단 그런 걸 신경 쓰는군요☆"

"특히 지금은 사장 설득 타임이거든. ······어디에 스파이가 있을지 감도 안 오지만 말이야."

"만약 저와 같이 있는 모습을 목격당한다면 큰일이겠네요~. 뉴후후."

"······함께 마시로를 찾는다는 대의명분이 있잖아."

"그~건 그래요!"

묘한 억양으로 그렇게 말한 이로하에게서는 왠지 즐거운 듯한 분위기가 느껴졌다.

서로 친구(와 자기 자신)가 미아인 상황이라고는 해도, 집 근처에서의 여름 축제다.

이 마을은 치안이 나쁘지 않은 만큼, 이로하가 아까 말한 것처럼 심각한 상황은 아니다.

그러니 다소 나를 따르는 이로하와 행동을 같이하면서 약간 텐션이 상승하더라도, 어느 정도 앞뒤가 맞는 이야기였다.

이로하의 제안을 거절했을 때, 솔직히 마음이 영 좋지 않았다. 즐거운 듯이 꼬리를 흔들며 놀아달라고 하는 강아지를 매몰차게 거절했을 때의 죄책감과 비슷한 것을 느꼈는데······ 지금, 그런 내 마음이 조금은 가벼워진 듯한 느낌이 들었다.

……물론 마시로를 내버려 둘 생각은 없고, 진짜로 이로하와 축제를 즐길 여유도 없지만 말이다.

마시로, 그리고 이로하의 클래스메이트들을 찾기 위해 이로하와 둘이서 신사 안을 몇 분 동안 빠른 걸음으로 돌아다녔다.

화장실로 보이는 장소를 발견했지만 마시로는 없었고, 원래 있던 벤치에 가봐도 그녀는 없었다.

어쩌면 화나서 돌아간 걸까? 같은 어마어마하게 현실미 넘치는 상상이 머릿속에 떠올랐다.

"수확 제로……인가."

"마시로 선배는 대체 어디 간 걸까요. 집에 돌아간 거 아니에요?"

"맙소사. 이 데이트 플랜을 짠 사람은 마시로라고."

"하지만 선배는 대기 장소에서 멋대로 벗어난 걸로 모자라 미아가 되어버렸잖아요~. 솔직히 말해 분노 폭발해도 이상하지 않을 상황이라고요."

"으으윽…… 그건 그래……."

이로하가 물풍선으로 내 팔을 때리면서 지당하기 그지없는 의견을 내놓자, 나는 신음을 흘릴 수밖에 없었다.

……하지만 대화 중에도 짜증나는 행동을 해대는 건 여전한걸.

"뭐, 마시로 선배가 선배와 인연을 끊거나 하지는 않을 것 같지만요."

"무슨 근거로 그런 소리를 하는 거야?"

"으음~. 여사의 감, 이라고나 할까요!"

"즉, 어림짐작이라는 거잖아."

"아~무~튼~. 끈기 있게 찾아볼 수밖에 없겠네요. 자, 소중한 여친을 빨리 찾아내자고YO!"

"그래. 좀 더 찾아보자."

짜증나는 억양으로 발음하는 이로하에게 팔을 잡아끌리며, 나는 다시 걸음을 내디뎠다.

……하지만, 그 직후.

나는 자신의 객관적 시점이, 청춘 방면에 있어서는 죽도록 어긋나 있다는 사실을 깨닫게 된다.

나와 이로하의 이 행동. 이것은, 객관적으로 보면—.

"앗—!! 코히나타가 남친과 데이트하고 있어!!"

그래, 그거야.

그런 말을 듣게 될 리스크를, 이제까지 생각이 미치지 못했다는 것은 치명적인 미스다.

그 대사가 들린 순간, 아차 하고 생각하며 뒤를 돌아보았다.

그러자 갈색 머리카락의 끝을 멋지게 말아 올린 인싸 느낌의 여자애가 눈에 들어왔다.

인싸답게 전통 같은 건 깡그리 무시한 「미니●톱 여름 신작 소다 맛!」처럼 화려한 유카타를 입은 이 녀석이, 입을 쩍 벌린 채 우리를 손가락으로 가리키고 있었다.

그 모습은 왠지 눈에 익었다.

일전에 이로하에게 허락을 받고 스토킹을 할 때, 도서실에서 마주쳤던 동업자— 아니, 진짜배기 스토커.

이름은 토모사카 사사라, 였던가.

남친과 함께 놀러 온 건지, 옆에는 꽤 덩치가 좋은 남자애가 있었다.

키가 크고, 갈색 머리에, 잘생겼으며, 귀에 피어싱을 했다. 목에는 해골 모양의 은제 액세서리를 걸고 있었으며, 손가락에도 싸구려 같기는 하지만 존재감 있는 투박한 반지를 끼고 있었다.

유카타가 아니라 약간 멋진 느낌의 사복 차림이며 셔츠에도 해골이 새겨져 있었다.

진학고에 입학한 후로는 거의 본 적이 없지만, 중학생 시절에 자주 봤던 타입의 THE 불량소년이다. THE 파티피플 같은 인상의 남자다. 체격과 인상으로 볼 때, 대학생 혹은 고등학교 3학년 같았다. 적어도 연하로는 안 보였다.

엄청 티 나는 경박 커플인걸, 이라는 게 나의 솔직한 감상이었다.

"윽……."

사사라가 나타난 순간, 이로하는 노골적으로 질색하는 듯한 목소리를 냈다.

아마 상대방에게는 들리지 않을 만큼 작은 볼륨이었다. 은근슬쩍 옆에 있는 이로하를 보니, 즉시 청초한 표정을 짓는 데 실패한 건지 입가가 약간 굳어 있었다.

"토, 토모사카…… 양. 이런 데서 다 보네."

"우리 마을의 축제니까 만나는 일 정도야 있지 않겠어? 그것보다 봐버렸네~, 목격해버렸네~. 남자를 데리고 다니는 모습을 말이야! 역시 내 생각이 맞았다니깐!"

"나, 남자? 으음, 저기, 선배와 나는 그런 사이가 아냐."

"아아~? 이 상황에서 변명하려는 거야~?"

"그게……."

사사라는 도발적인 눈길로 이로하의 얼굴을 들여다봤다. 그러자 이로하는 고개를 돌렸다.

이로하의 반응은 평소와 명백하게 달랐다.

평소 같으면 나를 놀리기 위해, 더 적극적으로 연인 느낌이 나는 발언을 했을 것이다.

하지만 현재 이로하는 나와의 관계를 부정하고 있으며, 상황이 심각해지기 전에 이야기를 돌리려는 것처럼 보였다.

당혹스러워하는 입장이 된 것이다. 다른 사람도 아니고 이로하가 말이다.

그러고 보니 문화제 준비 때도, 남친이 있다는 걸 딱 잘라 부정했다. 일전에 내 교실에 왔을 때는 「저희는 사귀고 있잖 아요!」 하고 거짓 폭로를 했었으니, 이로하는 나를 곤란하게 만들기 위해서라면 얼마든지 연인 선언(가짜)을 할 거라고 생각했다.

혹시 2학년 교실에서 소문이 나는 건 세이프, 1학년 교실 에서는 아웃 같은 식으로 이로하는 생각하고 있는 걸까? ……혹은 처음에는 장난삼아 연인 선언을 했지만, 그런 식 으로 놀리지 못할 만한 이유가 이로하에게 생겼다거나?

아무튼 이로하는 나와 연인 관계로 오해받으면 안 되는 건지, 곤란해하고 있었다.

─도와주는 편이 좋겠는걸.

"이로하의 말은 사실이야. 나는 이로하의 남친이 아니고, 이로하도 내 여친이 아냐"

"에이~. 그렇게~ 사이좋아…… 보……였……."

깔깔 웃으면서 추궁하려던 사사라의 목소리가 점점 잦아 들었다.

표정 또한 굳어졌다.

그리고…….

"아…… 앗──!! 카공족 선배 행세하던 남자 스토커?!"

"되게 불명예스러운 호칭이네……."

"흐음~. 너, 코히나타의 남친이었구나. 아하, 그래서 도서실에 있었던 거네?"

"아까운걸. 답은 꽤 근접했지만, 계산 과정이 틀렸어."

"자, 잠깐만. 부주의로 인한 미스를 떠올리게 하지 마……. 그 실수만 안 했어도, 코히나타를 따라잡았을 텐데……."

트라우마를 자극당한 것 같았다.

하지만 정서 불안 느낌의 반응을 보아하니…… 이 녀석, 꽤 재미있는 애 아냐?

"─흥! 시험 점수 같은 건 아무래도 상관없어~."

한동안 몸부림을 치던 사사라는 갑자기 정신을 차리더니, 나와 이로하를 경멸하듯 쳐다보았다.

"같이 온 남자의 레벨로 여자의 『격』이 드러나는걸. 카공족 행세나 하는 수수남 선배 따위는 내 CHARO의 발치에도 못 미치는 느낌이거든~?"

사사라는 옆에 있는 남자를 향해 턱짓을 했다.

CHARO? ……아, 저 남자의 이름이구나. 마치 음악 그룹의 멤버 같은 이름이다.

예명 같은 이름도 잘 어울리는 걸 보면, 역시 리얼충은 대단하네.

축복받은 육체를 지닌 잘생긴 미남 THE 파티피플과 나 자신을 객관적으로 비교해보니, 확실히 발치에도 못 미친다는 느낌을 받으며 납득했다.

하지만 뜻밖에도, 그런 사사라의 말에 이로하가 반발했다.

"부우……. 선배를 잘 알지도 못하면서, 그런 소리를 하는 건 너무 무례하지 않아?"

우등생 스마일은 유지하고 있지만, 굳어 있는 볼을 보아하니 금방이라도 폭탄이 터질 듯한 분위기였다.

그 반론을 들은 사사라가 씨익 웃었다.

"아~, 쏘리쏘리☆ 남친 험담을 듣고 기분 좋을 리가 없네~. 하지만 같이 다니는 남자의 레벨을 신경 쓰는 건 당연한 일 아냐? 코히나타의 격이 떨어지지 않도록, 선의의 충고를 해준 거야~."

"그런 걸 괜한 참견이라고 한다는 걸, 모르나 봐? 내가 누구와 같이 다니든, 토모사카 양과는 상관 없는 일이잖아."

"뭐—? 나는 상냥한 코히나타가 이용당하고 있는 건 아닌가 싶어, 걱정……이 아니라! 시험 점수만 보면 나보다 뛰어난 네가, 별것도 아닌 남자와 사귀면 민폐란 말이야!"

……확신이 들었다. 이 녀석은 진짜로 재미있는 녀석이다. 꽤나 웃긴 타입의 여자다.

훤히 드러나고 있는 물러터진 상냥함을 빛의 속도로 감추려 하는, 신종 츤데레라고 해야 할까.

절묘하게 흔해빠진 츤데레와 우쭐거림과 짜증스러움이 뒤섞인 이 느낌……. 우쭐 츤데레라고 이름 붙여야겠다.

언젠가 신 캐릭터의 소재로 써먹고 싶지만, 인간성이 너무 복잡해서 유저에게 받아들여질지 좀 걱정인걸. 애초에 대사

구성의 허들이 너무 높아서 다루기 어려울 것 같았다.

카나리아를 만났을 때도 생각했지만, 어째서 창작 캐릭터보다 특이한 녀석이 현실 세계를 아무렇지 않게 활보하고 있는 걸까…….

"별것도 아냐? 대체 누가? 선배는 엄청 상냥할 뿐만 아니라, 천재인, 최고의 남성이거든?"

이로하VS사사라의 응수는 아직도 이어지고 있었다.

어찌 된 건지 발끈한 이로하가 사사라에게 따지고 있었다. 남들 앞에서 저렇게 칭찬을 들으니, 기쁘기는커녕 오히려 부끄럽기만 하니 좀 자제해줬으면 한다. 그런 내 마음을 알 리 없는 이로하는 전혀 물러날 기색이 없었다.

"최고는 무슨! 딱 봐도 아싸잖아. 저 나이 먹어가지고 만화나 게임이나 애니 같은 것에 빠져 사는 인간이지?"

"딩동댕!"

나는 손가락을 튕기며 그렇게 말했다. 정확하기 그지없는 말이라 무심코 몸이 반응하고 말았다.

"당사자가 그딴 소리 하지 마!"

"선배는 입 다물고 있어요."

하지만 사사라와 이로하에게 연달아 한 소리 들었다.

……내 이야기를 하는 거니까, 나한테도 발언권이…… 없구나. 그래…….

사사라 본인은 험담을 한다는 생각이 없을지도 모르지만,

내가 듣기에는 전부 객관적 사실이라고 할 만한 말이라서 딱히 짜증이 나거나 화가 나지 않았다.

오히려 나보다 이로하가 더 발끈하는 게 의외라는 생각이 들 정도였다.

교실에서 공기 취급을 당하는 것에 비하면, 존재를 인식되고 있는 것만으로도 양심적이라고 할 수 있었다.

—바로 그때였다.

이 자리에서 지금까지, 말 그대로 『공기』였던 인물…… 토모사카 사사라의 남친(추정)이 처음으로 입을 뗐다.

"어이, 그쯤 해둬. 아까부터 너무 무례하다고, **누나.**"

"시끄러워. 너는 참견하지…… 어, 아앗——?!"

사사라의 입에서, 갓 뽑힌 만드라고라 같은 비명이 터져 나왔다.

하지만 그런 소음이 신경 쓰이지 않을 만큼, 나와 이로하는 방금 단어의 의미를 생각하는데 정신이 팔렸다.

"누나……라고 방금 말했지?"

"누나……라고 방금 말했어요."

얼이 나간 나와 이로하에게, 사사라의 남친(완전 뻥)— CHARO가 환한 미소를 지으며 한 손을 내밀었다.

"미안해요. 자기 소개를 할 타이밍을 놓쳤네요. 누나 동생인 토모사카 차타로라고 합니다. 누나는 괴상한 별명으로 불러대지만, 차 차(茶)에 모모타로의 타로를 붙여서 차타로죠. 어엿한 일본인이에요."

"아, 참 정중한 애네."

그 시원시원한 인사에 좋은 인상을 받으며, 악수를 했다.

손이 참 컸다. 야구 선수냐.

"동생……이라고? 어, 이 덩치에 중학생이야?"

"네. 중2이에요."

"와아…… 전혀 그렇게 안 보이는데……."

무심코 탄성을 터뜨렸다.

"그런 말 자주 들어요. 부러워하는 사람도 있지만, 꽤 콤
플렉스거든요……. 나이에 걸맞은 옷차림을 하면 멍청해 보
여서 이런 걸 달고 다니는 거죠."

차타로는 찰랑찰랑하는 실버 액세서리를 만지작거리면서
쓴웃음을 지었다.

그 전제 조건을 듣고 그의 THE 파티피플 패션을 살펴보
니, 확실히 곳곳에서 중2 특유의 센스가 엿보였다. 해골 같
은 거 말이다.

"CHARO! 밖에서는 『누나』라고 부르지 말랬지?! 멋대로
폭로하지 말란 말이야!"

"아앙~? 시끄러워, 할망구. 나는 축제에 오고 싶지 않
는데 용돈 준다며 억지로 끌고 왔잖아."

"할…… 누가 할망구란 거야, 이 망할 꼬맹이야! 용돈 받
았으면 하다못해 내가 시키는 대로 하란 말이야!"

"그럴 생각이었는데, 누나가 아까부터 만화, 게임, 애니를 무시했잖아. 무지 열받았다고. 나, 오타쿠 작품에 완전 리스펙트거든."

"그럼 용돈 돌려줘! 내 소중한 천 엔을 돌려달란 말이야~!"

눈앞에서 남매 싸움을 시작하고 말았다.

나와 이로하는 완전히 무시당하고 있었다. 우리 둘의 뇌리에 떠오른 생각은 분명 똑같을 것이다.

"어, 남동생한테 가짜 남친을 부탁한 거야?"

같은 반 모임을 거절하고? 리얼리? 이로하는 질린 표정을 지으며 뒷걸음질을 쳤다.

"따, 따따따따, 딱히 거짓말 안 했거든?! 미남과 축제에 온 건, 사실이잖아!"

"아니, 그래도 질색하는 동생한테 돈까지 줘가면서…… 어, 부끄럽지 않은 거야……?"

사사라가 변명을 늘어놓으려고 하자, 이로하는 진심 톤으로 그렇게 물었다.

으윽 하는 소리를 낸 사사라의 입에서는 반론이 나오지 않았다.

"누나는 허영 덩어리거든요~. 남친이 없다는 걸, 클래스메이트에게 알려지고 싶지 않았나 봐요."

"으, 으극~, 왜 전부 나불거리는 건데?!"

"시끄러워. 거짓말은 못 한다고 내가 말했잖아, 할망구!
……어어?"

매달리는 누나를 매정하게 떨쳐낸 차타로는 갑자기 뭔가
를 눈치챈 표정을 짓더니, 호주머니에 손을 집어넣었다.

그가 꺼낸 것은 스마트폰이었다. 화면을 힐끔 쳐다본 차타
로는 오오, 하고 환성을 질렀다.

"『검은 염소』의 업데이트 정보다——!! 이 신 캐릭터 뭐
야?! 기대치 완전 쩔잖아!!"

""으?!""

나와 이로하의 몸에 전류가 흘렀다. 즉시 눈빛을 교환한
후, 입놀림만으로 대화를 나눴다.

(저건 코쿠류인 쿠게츠의 정보…… 맞죠?)

(응, 아마 그럴 거야. 아까 오즈에게 고지를 해달라고 부
탁했거든. 이 애한테는 방금 통지가 된 거야.)

(즉, 이건…… 현실 고객!)

(이런데서 실제 유저와 마주치다니…… 젠장, 진땀 나기
시작했어……!)

100만 다운로드를 돌파한 후에도 숫자는 계속 늘어나고

있으며, 『검은 새끼 염소가 우는 밤에』의 유저 숫자는 200만에 근접하고 있었다.

하지만 광고비를 할애할 수 없는 개인 운영 게임치고는 뛰어난 성적일 뿐이며, 사실 스마트폰 게임 시장 전체를 보면 미미한 인기였다.

SNS와 WEB 상에서는 팬의 모습을 관측할 수 있지만, 교실과 마을 안에서 실제로 플레이하는 인간과 만난 것은 관계자를 제외하면 전무했다.

일반 유저…… 진짜로, 있구나…….

이제까지 운영을 해왔으면서 이제 와서 무슨 소리를 하느냐고 생각할지도 모르지만, SNS 상에서만 관측할 수 있는 인기라는 건 실감이 잘 나지 않는다. 그 숫자 너머에 실제 인간이 있다는 것을 이성으로 알지만, 실은 AI나 BOT만 플레이하고 있으면 어쩌지 같은 비현실적인 가능성을 의심하기도 했다. ……나만 그런 걸지도 모르지만 말이다.

"아—!! 그 게임, 아직도 하는 거야?! 오타쿠스러우니 하지 말랬잖아!"

"아앙?! 감히 내 영혼의 갓겜을 무시해? 박살이 나고 싶냐?"

남매 싸움, 재발.

하지만 사사라의 비난은 아무래도 좋다. 전혀 신경 쓰이지 않는다.

"영혼의…… 갓겜……."

직접 들은 칭찬에, 가슴이 울컥했다.

……헉. 이러면 안 되지. 확실히 기쁘긴 해. 기쁘지만, 칭찬 들었다고 우쭐대선 안 된다. 어디까지나 겸허해야 한다. 견실해야 한다. 의견을 받아들이는 자세로—.

"오, 선배들도 흥미 있어요?"

"뭐? 아, 응……."

거짓말은 하지 않았다. (유저의 목소리에) 흥미가 있는 건 사실이다.

"참고삼아 묻는 건데, 그 게임의 어떤 점이 좋은 거야?"

"관심 보여주니 정말 기쁘네요! 이야기 시작했다간 시간이 녹아버릴 텐데—."

아, 이 말은 안다. 오타쿠가 빠른 어조로 말을 늘어놓을 때 하는, 주의 요망 문구다.

무라사키 시키부 선생님이 자주 쓴다.

"우선 작품 자체의 분위기, 세계관이 좋아요! 초인기 작가, 마키가이 나마코 선생님이 시나리오를 맡는다는 말에 접하게 됐는데, 역시 나마코 테이스트 느낌이 물씬나는 중후하고 농밀하며 몰입감 있는 세계관! 하나의 저택이란 조그마한 무대에서 시작됐는데 점점 뜻밖의 방향으로 이야기가 뻗어나가는 게 정말 최고로 쿨해서—."

선봉, 시나리오, 세계관에 대한 감상. 그야말로 라이트 유저 대표라고 할 만한, 『검은 염소』에서 가장 흔하다 할 수 있는 자신의 유입 경로를 이야기하더니—.

"그리고 무라사키 시키부 선생님의 일러스트도 장난 아니에요! 전혀 알지 못하는 사람이었는데, 한눈에 팬이 됐어요! 엄청 귀여운 캐릭터 안에서 리얼한 색기가 묻어난다고나 할까, 탐미적이라고나 할까요? 보기만 해도 소름이 돋을 듯한 실체감에서, 존귀함이 한계 돌파를—."

차봉, 일러스트. 캐릭터 디자인과 CG에 관한 감상. 아마 논리가 아니라 직감으로, 무라사키 시키부 선생님의 매력의 본질에 다가섰고—.

"프로그래머인 OZ 씨의 기술력도 세계적이라니까요! 리얼 타임으로 자동 변화되어가는 저택의 탐색 요소라거나, 캐릭터의 호감도와 이어져 있는 세세한 이벤트 배치가 서비스 정신으로 완전 무장했어요. 괴기 연출의 바리에이션도 아쉽지 않게 풍부하고, 항상 업데이트되는 놀이 요소 덕분에 전혀 심심하지가—."

중견, 프로그램. 게임 시스템에 관한 감상. 처음으로 게임을 제작하게 된 계기는 오즈의 능력을 세간에 알리기 위해서였는데 의외로 SNS에서 주목받는 일이 적어서 아쉬웠지만, 그 부분도 평가되었으며—.

"그리고 캐릭터의 목소리 말인데, 연기력이 레드카펫 급이었어요. 아아~! 그거야, 그거~! 싶을 만큼 딱 어울리는 목소리라 그대로 빠져들며 기분 좋았어요! 특히 히로인의 절실한 마음을 토로하는 장면 등은 가슴 깊은 곳에 스며들면서…… 아~, 나는 이대로 영원히 잠드는구나~ 하며 의식이 멀어져가는 레벨이었어요. 누구인지 공개되지 않았지만, 분명 엄청난 실력자일 거예요. SNS에서는 여러 프로가 익명으로 참여하고 있다는 소리가 있지만, 성우 오타쿠 경찰 여러분도 완전히 일치하는 성우를 찾지 못했거든요. 저는 아직 빛을 받지 못하고 있는 미래의 인기 성우가 혼자서 맡은 게 아닐까 하고—."

부장, 성우. 캐릭터 보이스에 관한 감상. 아무 근거도 없이 정답을 단숨에 맞춰 버리다니—.

"—하지만, 그런 엄청난 사람들을 이끌고 있는 AKI란 프로듀서. 제가 지금 가장 존경하는 사람이에요!"

대장. ……부장까지의 네 사람이 너무 강해서 질 리가 없으니, 딱히 나설 차례도 없고 강하지도 않은 그런 장식품 같은 리더 포지션일 텐데…….

어찌된 건지 한 옥타브 상승한 뜻밖의 텐션으로 그렇게 말해주자, 나는 무심코 당황했다.

"으, 응……? 그렇구나…….”

"무라사키 시키부 선생님이라고 하는 상업 출판사와 게임 회사에서 발견하지 못한 엄청난 인재를 발굴하고, 어딘가에서 OZ 씨를 찾아내더니, 바로 그 마키가이 나마코 선생님을 꼬신 걸로 모자라, 그 어떤 오타쿠도 정체를 알아내지 못한 실력파 성우를 발굴해 이런 게임을 만들었잖아요? 아무나 할 수 있는 게 아니라고요! 실은 애니 업계의 에이스급 프로듀서가 이름을 숨기고 취미로 활동하는 거란 설을 밀고 있긴 한데, 까놓고 말해 정체가 짐작도 안 된다니까요.”

“그, 그래.”

네 눈앞에 있어.

“뭐, 누구든 간에 빌어먹게 재미있는 게임을 만들어줘서 땡큐! 란 마음에는 전혀 변함이 없을 거예요!”

“아…… 뭐랄까, 응. ……차타로. 너는 정말 좋은 녀석이구나…….”

“엥? 선배, 왜 그래요?!”

여름 축제, 가슴에 스며드는, 팬의 목소리. ―시의 한 구절 같은 말이 머릿속에 떠올랐다.

유저의 목소리를 받아들이는 건 좋지만, 그것에 휘둘려서 의욕이 떨어지거나 거꾸로 우쭐대는 건 비효율적이라고 생각했다. 그래서 참고만 할 뿐, 과도하게 유저와 커뮤니케이션을 취하지는 않았지만―.

―흥분한 팬의 목소리를 직접 접하니, 솔직하게 기쁜걸.

“후, 후후후…….”

내가 감회에 젖어 있을 때, 옆에 있는 이로하의 입가도 꿈틀거렸다. 우쭐대며 큰 소리로 웃고 싶은 걸 참고 있는 건지, 청초한 우등생 표정을 겨우겨우 유지한 채 빙긋 미소 지으며 차타로에게 말했다.

"동생 분은 정마——알, 좋은 애네♪ ……토모사카 양과 다르게 말이야."

"뭐어?! 흥, 이 녀석은 그저 오타쿠 토크를 했을 뿐이잖아?"

"모르나 본데, 무언가를 칭찬하는 모습은 호감도가 높아. 항상 누군가와 경쟁하거나, 약점을 잡아서 헐뜯으려고 하는 것보단 훠——얼씬, 말이지."

"으, 그극……."

말문이 막힌 사사라는 분한지 온몸을 부들부들 떨었다.

이로하는 그 모습은 의기양양하게 쳐다보고 있었다.

—흐음…… 이로하 녀석, 동갑내기 여자애를 이런 식으로 대할 때도 있구나.

처음 보는 광경이라 의외라는 느낌에 사로잡혔다.

"차, CHARO는 바보! 너 때문에 코히나타한테 한 방 먹었잖아!"

"내 알 바 아니거든?! 자업자득이네!"

"이제 됐어! 아무튼 두고 봐, 코히나타!!"

"어이, 누나! 앞을 안 살피면서 걸으면 위험—"

"꺄앗?! ……앗, 죄, 죄송해요, 죄송해요! 제 전방 부주의로 부딪친 거예요! 완전히 제 잘못이에요! 정말 죄송해요."

"하아……."

이로하에게 손가락질을 하며 서둘러 이 자리를 벗어나려

던 사사라가 다른 사람과 부딪치고 싹싹 빌어대자, 차타로는 얼굴을 손으로 가렸다.

손이 많이 가는 누나 때문에 매일 고생이 많은 거겠지. 엄청나게 공감이 됐다.

"누나가 길을 잃으면 귀찮아지니까, 저도 이만 가볼게요. 으음…… 아, 선배는 이름이 어떻게 돼요? 저쪽은 누나가 항상 이야기하는 코히나타 선배 맞죠?"

"네. 코히나타 이로하예요♪ 그리고 이쪽은 제 선배인―"

"오오보시 아키테루야."

"오오보시 선배군요! 저는 이 근처에 있는 코자이 중학교에 다니니까, 기회가 되면 또 오타쿠 토크를 해요! 선배의 『검은 염소』 플레이 감상을 듣고 싶거든요!"

"으, 응…… 또 보자."

이 자리에서 72시간을 이야기할 수 있을 만한 지식을 지녔지만, 그런 짓을 할 마음은 없기에 대충 대답했다. 이야기가 길어지면 시간 낭비가 심각하겠지만…… 기회가 된다면 한두 시간 정도는 할애해도 괜찮을지도 모른다.

"언제까지 멍하니 서있을 건데, 이 망할 꼬맹아! 빨리 가자!"

"아앙? 시끄러워, 할망구! 지금 간다고!"

남매는 또 말다툼을 벌이며 멀어져갔다.

두 사람의 등을 향해 가볍게 손을 흔들며 배웅한 후, 이로하는 청초한 미소를 머금은 채 혀를 쏙 내밀었다.

"다, 시, 는, 오, 지, 마☆"

"그런 표정으로 그런 대사를 밝은 어조로 이야기하다니, 정말 재주가 좋네."

"미래의 인기 성우니까요. 우쭐~!"

"우쭐대지 마."

아까 감상을 인용하며 의기양양하게 가슴을 펴는 이로하에게, 나는 딱 잘라 그렇게 말했다. 마음은 이해하지만, 자만은 달콤한 독이다. 《5층 동맹》의 미래를 위해서도, 눈앞에 있는 이 안목 좋고 끝내주게 사랑스러운 팬의 깊이 있는 고찰을 포함한 매우 참고가 되고 기쁘기 그지없는 발언에 휘둘려선 안(끼얏호~! 아아~, 또 칭찬해주지 않으려나~!) 어이, 잠깐만. 이상한 잡념을 섞지 마! 진정하라고, 나!

─심호흡을 하며, 마음을 다잡았다.

그건 그렇고, 여러모로 폭풍 같은 남매였다.

반 LIME 그룹의 제안을 거절하고, 허세를 부리기 위해 동생에게 가짜 남친 역을 부탁하다니 말이다. 왜 그런 발상을 하게 된 건지는 모르겠지만, 세간에는 이해 안 되는 의사 결정을 내리는 인간도 있는 것 같다.

아니, 잠깐만. 가짜 커플 행세를 한다는 걸로 보면, 나와 마시로도 마찬가지인가.

혹시 우리는 객관적으로 보면 꽤나 우스꽝스러워 보이는 게 아닐까.

……더는 생각하지 말자. 사람에게는 사고 정지를 해야만 하는 경우도 있는 법이다.

"그러고 보니 토모사카란 애와 사이가 나쁜 거야?"

"으음~, 뭐~, 좋지는 않아요."

"클래스메이트 상대로 아까처럼 따질 때도 있구나."

"으~음, 저도 학교에서의 포지션이 있으니까 가능하면 그런 태도를 보이고 싶지 않아요~. 하지만 저 애 상대로는 페이스가 흐트러진다고나 할까요~."

이로하는 표정을 굳혔다.

"교실에서는 남들이 선을 넘지 못하도록 적절히 행동하며, 간격을 잘 관리하고 있는데 말이죠. 저 애는 아무렇지도 않게 선을 넘어 버리거든요……. 부탁도 안 했는데 들러붙는다고나 할까요. 뭐랄까, 진짜 성가셔요."

"그래. 공감이 되는걸."

"다른 뜻이 있는 것처럼 느껴지는 건 제 기분 탓일까요?"

"다른 뜻은 무슨. 딱 나한테 있어 너 같은 애네."

"네엣~?! 똑같이 취급하지 마세요! 토모사카 씨는 짜증나게 굴기만 하고, 저는 귀엽디 귀여운 여동생이잖아요!"

"여동생이 아니라, 친구 여동생이야."

그 자리에서 정정했다.

단어 한 개만 빼도 전혀 다른 의미가 되니, 언어는 신중하게 사용해줬으면 한다.

"아무튼~, 까놓고 말해 저 애와는 가능하면 얽히고 싶지 않아요."

"그래……."

분통을 터뜨리는 이로하의 얼굴을 보면서, 나는 문득 깨달았다.

……화내고는 있지만, 태도가 딱딱하진 않은걸.

청초하고 무난한 우등생의 가면을 가장 많이 벗겨낸 이가 바로 험악한 사이인 토모사카 사사라는 사실은, 이로하의 절친을 만들어주는 데 있어 힌트가 될 듯한 느낌이 들었다.

그저 호의적인 관계인 인물만이 아니라…….

이로하가 매우 거북하게 여기거나 싫어하는 상대 중에서도 가능성이 있는 인물이 있을지도 모른다.

좋아한다의 반대는 무관심. 「싫어한다」는, 결코 「좋아한다」의 반대가 아닌 것이다.

"아, 코히나타 양 발견~! 정말~! 얼마나 찾았는지 입에서 찬미가가 튀어나올 뻔 했어~."

토모사카 남매와 헤어지고 얼마 후…….

이 북새통 속에서도 들려오는 새된 목소리에 고개를 돌려 보니, 이로하의 친구들이 손을 흔들며 다가오는 모습이 보였다.

그건 그렇고 방금 저 말은 「찾았다」와 「찬미가」로 말장난을 한 걸까. 여고생 개그와 아재 개그는 거기서 거기 아냐?

내가 성차별과 연령 차별의 잔혹함을 느끼고 있을 때……

"다들 미안해~. 정신 차리고 보니 놓쳤지 뭐야~."

이로하가 적당히 가벼우면서도 활기찬 태도를 취하며 클래스메이트들과 합류했다.

손바닥을 맞대며 꺄아꺄아 거리는 모습은, 그야말로 양지에 속한 인싸 여고생 문화였다.

음지에 사는 나에게는 눈부셔 보였다.

"어, 저 사람은 누구야?"

"중학생 때 같은 부였던 선배야~. 우연히 마주쳐서, 옛날 이야기 좀 나눴어~."

"흐음, 그렇구나~. 아, 선배. 안뇽~이에요!"

"으, 응. 안녕."

나는 더듬더듬 그렇게 답했다. 어쩔 수 없잖아. 인싸 여자애와 말을 섞은 적이 거의 없단 말이야. 그리고 되게 친근하게 말을 거네. 여고생은 무시무시하네.

"혹시 저 선배가 코히나타 양의 남친?"

"놀리지 마~. 그런 게 아냐. 남친은 없다고 내가 말했잖아?"

"―그것도 그래!"

"맞아~."

어이, 바로 납득하지 마. ……뭐, 이로하의 남친으로 여겨지고 싶은 건 아니거든? 객관적으로 봐서 어울리지 않는다는 점을 지적당하면, 누구라도 상처 입는다고.

『찾아주신 여러분, 오래 기다리셨습니다. 잠시 후, 불꽃놀이를 시작하겠습니다.』

아름다운 목소리가 머리 위편에서 들려왔다. 곳곳에 설치된 스피커에서 흘러나오는, 장내 안내 방송 목소리였다.

어미새의 울음소리에 반응하는 새끼새처럼 여고생들이 재잘되기 시작했다.

"오, 불꽃 피융~인가 보네?"

"불꽃놀이 대박 기대되지 않아? 오, 하이 텐션~. 오, 어휘력 바다~."

"선배도 투게더 불꽃놀이 원 찬스 어때요?"

방금 그거, 나한테 한 말인가?

일본어에서 완전히 일탈한 다른 나라 말 같았기에, 나는 말문이 막혔다.

으, 으음, 하며 진땀 흘리면서 애매모호한 미소를 짓고 있는 나를 보다 못한 건지, 이로하가 낮은 목소리로 답을 알려줬다.

"선배도 같이 불꽃놀이 안 볼래요? 란 말이에요."

"방금 그 암호 같은 말에 그런 의미가……."

같이 불꽃놀이를 즐기자고 한 건가. 처음 보는 연상의 남자에게 그런 제안을 하다니, 내가 인싸 여자애의 생태를 잘 몰라서 그렇지 실은 꽤 좋은 녀석이 많은 게 아닐까. 혹은 남자를 유혹하는 데 익숙한 암캐라는 증거인 걸까.

뭐, 어느 쪽이든 상관없다. 어느 쪽이든 간에, 나는 그 말에 응할 수 없으니 말이다.

"미안해. 나는……."

"알아요. 마시로 선배가 걱정되는 거죠? 뭣하면 저도—."

"아, 괜찮아. 이로하는 친구와 함께 불꽃놀이를 즐겨."

"……으음, 라저~예요☆"

이로하는 다른 애들에게 들리지 않을 정도의 짜증 모드로 빙긋 웃더니, 다른 여고생 중 한 명에게 말했다.

"안 돼~. 선배는 여친과 만나서 데이트하기로 되어 있거든. 방해하지 마."

"뭐…… 어이, 이로하—."

"데이트, 맞죠? 선배."

이로하는 그 단어를 강조하듯 말한 후, 눈동자로 호소했다.

……아아, 그래.

오늘 나는 온 힘을 다해 마시로와의 위장 데이트를 성공시키려 하는 인간쓰레기다. 이 말에 즉답하지 못해서야, 가짜 남친 역할을 완수할 수 있을 리 없다. 《5층 동맹》을 위해서라도, 나는 이로하의 말을 긍정해야만 한다.

"—맞아. 실은 그래. 지금은 같이 있지 않지만, 여친과 같이 왔거든. 쓸쓸해하고 있을 테니까, 빨리 찾아서 같이 불꽃놀이를 볼 거야."

"아~ 그렇구나! 그것도 모르고 불러세웠네요! 리얼 눈치 제로라 대박 쏘리예요!"

"······아까부터 신경 쓰였는데, 그거 진짜로 요즘 여고생 언어야?"

"진짜 같은 게 어디 있어요. 이런 건 기분 따라 변한다고요!"

그렇구나. 아니, 어쩌면 언어라는 건 그런 걸지도 모른다.

대충. 적당. 대범.

아싸인 나와 마시로는 받아들이기 어려운 감성이다. 서로의 관계성에 대한 정의라거나 성의처럼 귀찮은 것에 좌우되지 않으면서. 다소의 허술함을 허용하는 편이 살기 편할 것이다.

하지만 이제 와서, 삶의 방식을 바꾸는 건 무리거든.

"그럼 다음에 봐. 다들 이로하와─ 코히나타와, 친하게 지내줘."

"당근푸딩!"

"마시로 선배를 잘 부탁해요. 선배♪"

분명 방금 생각했을 듯한 말을 입에 담으며 웃는 여고생과, 빙긋 미소짓는 이로하에게 손을 저은 나는 마시로를 찾는 고독한 여행을 다시 시작했다.

곧 불꽃놀이가 시작될 것이다.

내 옆에는 아직, 마시로가 없었다.

하늘에 꽃이 피어나기를 이제나저제나 기다리며 별로 뒤덮인 밤하늘을 홀로 올려다보니, 내가 지금 뭘 하고 있는 건지 모르겠다는 생각이 들었다.

이 여름 축제 직전의 며칠 동안, 오래간만에 작업에 쫓기지 않는 차분한 나날을 보냈다.

아, 레코딩 준비와 고지용 배너 제작과 선전 스케줄 작성 같은 소소한 일을 하기는 했거든?

학교의 과제도 있었으니, 세간의 기준으로 본다면 『바쁘다』는 범주에 들어갈지도 모르지만…….

아주 약간 효율에서 눈을 돌린, 느긋한 나날이었다고 생각한다.

오즈가 밀려있던 게임을 즐기고, 무라사키 시키부 선생님이 그랜판7 리메이크에 빠져 지내는 것이 그 증거다.

왜 이렇게 여유로운 시간이 생겨난 것이냐면, 바로 바다에서의 일 덕분이다.

카나리아장에서, 일주일 간의 강행 공사로 다음 신 캐릭터— 코쿠류인 쿠게츠를 완성시킨 것이 컸다.

원래라면 2주 이상 걸릴 작업을 일주일 만에 끝낸 덕분에 여백이 생겼다.

화면 가득 온갖 색깔로 떡칠이 되어 있던 내 인생에 갑자기 생긴, 새하얀 여백.

눈에 확 들어오는 그것을 적절히 이용할 방법이 생각나지 않는다는 것을 깨달으면서, 나는 사람들의 흐름에 역행하듯 걸음을 옮겼다.

마시로는 없다.

원래 있던 벤치에 가봤지만, 그곳에도 찾던 사람은 없었다.

화장실도 발견했지만, 텅텅 비어 있었다.

아까부터 혼자 돌아다니는 내 모습이 불쌍해 보였는지 노점 아저씨들이 힐끔힐끔 쳐다보았다.

내 시선은 아까 마시로가 노도 같은 과금 공략을 선보였던 금붕어 건지기 가게로 향했다.

나와 마시로의 데이트 장면을 목격한 사람들에겐, 내가 그녀에게 차인 것처럼 보이리라.

찬 건, 나인데 말이다.

"그래……. 내가, 찼어……."

마시로를 생각했다.

그러고 보니 《5층 동맹》을 위한 위장 데이트란 사실만 눈에 보였지만, 마시로에게 있어 이것은 자신을 찬 남자와의 데이트다.

아까 토모사카 사사라가 허세를 부리기 위해 남동생에게

남친 역할을 부탁해서 위장 데이트를 하는 모습을 보고, 나는 무슨 생각을 했지?

거기서 한 줌의 우스꽝스러움과, 비참함 같은 것이 느껴지지 않았나?

오늘 마시로가 보여준 일거수일투족을 떠올렸다.

데이트 장면을, 거기에 이르게 된 경위를, 머릿속으로 세세하게 재생해봤다.

내 주관이 아니라.

일반적으로.

그렇다. 어디까지나 일반적, 객관적으로 본다면…….

우스꽝……스럽겠지…….

그리고 마시로는 누구보다도, 자신의 우스꽝스러움과 비참함에 민감할 것이다.

『마시로한테도, 자존심이 있어. 남한테 내세울 것도 없고, 밝은 애들과 어울리지도 못했지만, 그래도, 그런 식으로 구경거리가 되면 상처 입는단 말이야.』

겨우 두세 달 전의 일이다. 어둑어둑한 영화관 안. 전학 오기 전에 겪었던 괴롭힘을 떠올리며, 무릎을 꼭 끌어안은 채 울던 마시로가 한 말.

그때 이로하가 도와주지 않았다면, 괴롭히던 애들을 격퇴해주지 않았다면, 앞으로 나아갈 수 없었을 것이다. 마시로의 힘만으로는 아무것도 해결할 수 없었다.

하지만, 오늘의 마시로는. 마치……

어릴 적에 자기 힘으로 해내지 못했던 일을, 하나하나 해내려 하는 것 같지 않았어?

쉬잉——………… 두웅………… 후드드드득………….

첫 폭죽이 발사되자, 경내에서 환성이 터져 나왔다.

일곱 빛깔로 터져나가는 빛의 비.

어릴 적에는 지면에서 보지 못했던 그 그림의 떡 같던 광경을, 지금은 나무에 오르지 않고도 볼 수 있었다.

하지만 그것을 거머쥐기엔 밤하늘은 너무나도 높았고, 손을 뻗어도 닿지 않았다.

—아아, 그래. 하나 더 있었지.

예전에 마시로가 자기 손으로 해내지 못했던 것.

만약, 그 모든 것을, 비참해도 괜찮으니, 우스꽝스러워도 괜찮으니, 클리어하는 것이, 마시로의 오늘 테마라면……

"어둡고, 약간 높은 장소……인가."

마시로가 갓 전학왔을 즈음. 쇼핑센터의 영화관에 숨어 있던 마시로를 찾아냈을 때를 떠올린 나는 그렇게 중얼거렸다.

그 녀석은 분명 거기에 있다.

하지만 그곳에 가기 전에, 나는 답을 찾아야만 한다.

상처 입으면서도 앞으로 나아가려 하는 마시로를 위해, 나는 가짜 남친으로서 무엇을 해줄 수 있을까?

《5층 동맹》을 위해서……가 아니다.

츠키노모리 마시로라고 하는 한 여자와, 한 남자로서 마주하기 위해.

생각하고, 생각했다. 효율적으로 고속 회전하는 뇌가, 오늘의 기억을 주마등처럼 재생했다.

그리고 그 결과, 머릿속에 떠오른 어떤 생각에, 납득했다.

어처구니 없는 진실에 도달한 것이다.

—뭐야. 그렇게 된 거구나.

만약 내가 지금 내놓은 대답이 사실이라면. 내가 마시로에게 해줄 수 있는 선물은, 이것뿐이다.

호주머니에서 스마트폰을 꺼내『그 인물』에게 전화를 건 후, 나는 마시로가 있을 그 장소— 불꽃놀이를 구경하기 위한 베스트 스팟을 향해, 달렸다.

*

『불꽃놀이가 시작됐네. 늦기 전에 도착할 수 있을까?』

『도착할 거야. 남친의 위엄을 걸고 말이야.』

시끌벅적한 소리로 가득 찬 경내의 뒤편, 아무도 들르지
않는 본당 뒤편에는 커다란 나무가 있다.

본당 건물보다 높게 자란, 두꺼운 둥치와 가지를 지닌 거
목이다.

수많은 이들의 주목을 받는 폭죽과 정반대로, 누구의 주
목도 받지 못하며 그저 조용히 숨어 있었다.

하지만 눈에 띄지 않는 장소인 그곳이 의외로 굳세고, 믿
음직한 존재라는 것을 나는 안다.

우리는, 안다.

"—역시 왔구나."

"기다리게 해서 미안해. 눈치채는 데 시간이 걸렸어."

음지 중의 음지.

쉬잉——·········· 두웅·········· 후드드드득··········.

폭죽이 발사되는 소리도, 사람들의 목소리도 멀게 느껴졌
다. 겨우 몇 미터 거리에 불과한데, 마치 다른 세계에 격리
된 듯한 느낌이 드는 장소였다.

마시로는 기다리고 있었다.

"너무 늦었잖아. 불꽃놀이가 벌써 시작됐어."

"미안해. 계속 찾았는데, 네가 안 보이더라고."

"남친이라면 마시로가 어디 있든 1초 만에 찾을 수 있어야지. 숙련도가 부족해. 반성해."

"으, 응……."

인정사정없는 노도 같은 독설 공격이었다. 나는 오래간만에 순도 100%의 독을 맞고, 가슴을 움켜쥐었다.

하지만 마시로는 곧 웃음을 흘렸다.

"미안해. 이럴 때 심술을 부리는 것 말고는 대화의 카드가 없거든."

"좀 더 카드를 늘리는 게 어때? ……나도 남 말 할 자격은 없지만 말이야."

실제로 나는 마시로의 심정을 충분히 이해했다.

자기평가가 낮은 인간은 타인에게서 좋은 점보다 나쁜 점을 찾아내는 것에 몇 배나 능숙했다.

이로하와 이로하의 클래스메이트, 그리고 아까 만난 『검은 염소』의 팬이란 중학생, 토모사카 차타로처럼 아무 노력 없이 타인을 칭찬할 수 있는 인간과는 근본적으로 다르다.

나와 마시로 같은 인간은 몸과 마음을 다해 모든 힘을 두 눈에 쏟아부어야, 겨우겨우 장점 하나를 찾아낸다.

험담. 욕지거리. 욕설. ―그런 독설의 칼날을 휘두르는 것이 마시로에게 있어 가장 손쉬운 대화법이라면, 나에게 있어서는 정론의 칼날이라고 하는 때때로 너무 날카로워서 타인의 마음에 상처를 낼지도 모르는 대화법이 거기에 속한다.

즉, 나나 마시로나 서투른 것이다.

사실 이런 건 잘 못한다. 말을 거듭하면 할수록 실수를 하게 된다.

화장 하나 제대로 못 고치는 벼락치기 멋내기처럼.

억지로 짜깁기한 것처럼 구멍이 숭숭 뚫린 가짜 연인 관계처럼.

―그래서, 마시로는 말 이외의 방법으로 나에게 전하려 한 것이다.

"아키. 이 나무, 기억해?"

마시로는 커다란 나무를 매만지며 올려다보았다.

"그래. 어릴 적, 네 오빠― 미코토와 내가 올라갔던 나무야. 애들도 불꽃을 잘 볼 수 있는 특등석이잖아."

"응. 그리고 마시로가 올라가는 걸 포기한 바람에…… 아키까지 포기했어."

"운동 신경이 필요 없는 장소를 찾지 못한 책임을 졌을 뿐이야."

"마시로는 그렇게 생각하지 않았어. ……그래서, 마시로는 그 후로 여름 방학이 되어도 축제에 안 간 거야."

듣고 보니, 그것이 나와 미코토와 마시로가 셋이서 왔던 마지막 여름 축제였다.

"아키에게 폐를 끼치는 게 두려워서, 도망쳤어."

"딱히 폐라고 생각하진 않아. 겨우 불꽃놀이 따위로 내 인생에 손해가 발생할 리 없다고."

"알아. 아키는 상냥한걸."

몇 안 되는 칭찬의 말 카드를 덱에서 뽑아 든 마시로가 웃었다.

"친구도 아닌 이를 신경 써주는, 참 상냥한 사람이야."

"……무슨 소리를 하는 거야. 친구잖아. 지금은 가짜 여친이지만, 적어도 당시에는……."

"아냐. 아키에게 친구는— 대등한 친구는, 오빠뿐이었어."

마시로의 발언은 비굴하게 들릴 수도 있었다.

하지만 나는 그것을 딱 잘라 부정하지 못했다.

"마시로는 어디까지나 친구 여동생. 오빠 동생이니까 같이 갔을 뿐이야. 마시로가 마시로라서 곁에 있어 줬던 건 아냐."

"……어릴 적의 내가 그렇게 논리적으로 생각했는지는 모르겠는데 말이야."

하지만 부정은 할 수 없다.

왜냐하면, 부정할 수 있을 만큼 당시의 내 생각에 자부심을 가질 수가 없었다.

만약 미코토가 없었다면, 여자애인 마시로와 적극적으로 같이 놀려고 했을까? 그 질문의 난이도는 상당했다.

마시로와의 관계에 성실히 임하려 한다면 함부로 부정할 수 없다.

"뭐, 아키가 어느 쪽이든 상관없어. 마시로는 그렇게 생각했어. 그저 그뿐이거든."

"……그것도 그래."

결국, 인간관계란 인식이다.

자신이 그렇다고 정의하면, 그것이 정답이 된다.

마시로가 자기 자신을『친구 여동생』에 지나지 않다고 생각했다면, 마시로에게 그것은 정답이다.

내 진위 판정 같은 것은 필요 없는 것이다.

"그러니 이건 자기만족. 마시로가 마시로에게 자신감을 가질수 있도록.『친구 여동생』을 졸업할 수 있도록. 과거에 두고 온 것을 전부 주워갈 뿐인, 아키에게는 아무런 상관도 없는 이벤트."

"위장 데이트 플랜에 그런 것까지 넣어놨구나. 여유가 넘치는걸?"

"아하하. 그건 그래. 하지만 아키가 마시로만을 바라봐줄 기회는 이번뿐일 것 같았거든."

그건《5층 동맹》전원을 말하는 걸까?

아니면 누군가…… 특정 인물이, 내 눈길을 사로잡고 있단 말을 하고 싶은 걸까?

어느 쪽이든 좋다. 설령 그 말에 어떤 의미가 담겨 있든, 지금 이 순간에 내가 응시해야 하는 건 눈앞에 있는 츠키노모리 마시로란 여자애뿐이다.

고백에 오케이란 대답도 해주지 못하면서, 상대방의 마음을 흔들어대는 것은 최악의 인간쓰레기나 할 짓이다.

하지만 나는 지금, 마시로를 위해 철저하게 인간쓰레기가 되려 한다.

"주문 대로, 지켜봐 줄게."

"응?"

"그러니까…… 영…… 차! ……자, 여기까지 올라와!"

나는 힘찬 도움닫기에 이어 그대로 도약했다. 그리고 마시로의 옆에서 나무 둥치를 걷어차며 점프한 후, 그대로 나뭇가지 위에 올라섰다.

초등학생 때는 이 나무가 참 크게 느껴졌다. 당시에는 고생고생하며 올라갔지만, 고등학생이 된 지금은 손쉽게 올라갈 수 있었다.

"아키…… 마시로가 하고 싶은 걸, 알고 있었구나……."

"그래. 강해진 마시로의 모습을 보여줘."

"으, 응……!"

지금 우리는 나무를 오를 필요가 전혀 없다.

어른과 비슷한 눈높이를 지니게 됐으니, 어른의 등만 보이는 그런 안타까운 일은 벌어지지 않는다.

나무에 오르는데 시간이 할애할 바에야 서둘러 경내로 돌아가서, 밤하늘을 올려다보며 하나라도 더 많은 불꽃을 보는 편이 효율적이다.

나는 지금, 효율을 도외시하고 있다.

"한 번에 멋지게 올라가고 말겠어. 간다…… 이…… 야아압!"

나막신을 벗고, 유카타의 소매를 걷어 올리며 기합을 넣은 마시로가 몸을 날렸다.

그리고.

"우갓."

퍼…… 어—억! 얼굴이 세게 부딪쳤다.

어이어이. 그러다 죽어.

보통은 브레이크를 걸 타이밍에 전혀 몸을 멈추지 않으며, 중력에 따라 격돌하다니…….

"괘, 괜찮아?"

"괘, 괜찮아. 코피가 살짝 났을 뿐이야."

"보통 그런 건 괜찮지 않다고 하는데……."

"안 죽었으니까, 생채기야."

한결같이 도전을 거듭하는 일류 비즈니스맨 같은 듬직함을 선보이며, 마시로는 코피도 닦지 않은 채 다시 거목과 대치했다.

"이……얍!"

하지만 아무리 마시로가 믿음직스럽게 성장했더라도, 결국 정신면에서의 이야기다.

얼마 전까지 은둔형 외톨이였던 그녀다. 초등학생 때와 비교해 완력, 각력, 센스 등 파라미터의 변화는 거의 제로에 가깝다.

근성론으로 운동 스펙의 차이를 극복할 수 있다면, 누구나 지금부터 일류 운동선수일 것이다.

세상은 그렇게 무르지 않다.

나무줄기를 붙잡으면 껍질이 벗겨지고, 발을 걸어도 쑥 미끄러졌다…….

그 유카타는 대여한 거니까, 너덜너덜해지면 문제 되지 않아? 내가 이 청춘의 한 장면에 부적합한 말을 입에 담자, 마시로는 「변상이라면 얼마든지 하겠어」 하고 청춘 실격인 졸부 발언을 했다…….

하지만 이것은 틀림없이—.

"끌어올려 줄까? 곧 불꽃놀이가 끝날 거야."

"……괜찮아. 마시로가 혼자 해내지 못하면, 의미 없는걸. 강해지지 못하면, 마시로는 영영 아키의 곁에 나란히 설 수 없어……!"

—틀림없이, 『츠키노모리 마시로의 청춘』이다.

그렇다면 나는.

나는 어떻게 해야 할까?

효율적으로 생각하자면, 이런 세련되지 못한 도전 같은 건 무의미하다.

가장 빠른 방법— 내 도움을 받아서 오른다면, 그만큼 많은 불꽃을 특등석에서 볼 수 있다.

아니다. 어른이 된 우리는 나무에 오르지 않더라도, 어른의 벽에 방해받지 않으며 불꽃을 즐길 수 있다.

그런데 이렇게 비효율적인 수단을 쓰느라, 충분히 볼 수 있는 불꽃을 놓친다는 것은 어리석음의 극치다. 사랑이나 청춘에 정신이 팔려 손해를 보는, 전형적인 사춘기 인간들의 행위다.

하지만 그런 마시로에게 어울려주기로 한 나는, 그들과 똑같다.

그래서 나는—.

"조언은 해줘도 되지?"

"뭐? ……하지만, 그러면 아키의……."

"도와주지는 않겠어. 하지만 이건 내가 타고난 천성이야. 프로듀서로서의, 내 천성 말이야. 네가 이렇게 세련되지 않은 각오를 보여주니, 너를 프로듀서해주고 싶다는 마음이 샘솟아."

—그래서 나는, 『오오보시 아키테루의 청춘』으로 맞받아쳤다.

그 의도를 아는지 모르는 건지, 마시로는 순순히 고개를 끄덕였다.

"응. ……고마워, 아키. 아니, 프로듀서."

"이야기의 클라이맥스에 일부러 호칭을 바꾸지 마. 톱 아이돌로 이끈다면 몰라도, 그냥 나무타기를 지도하려는 것뿐이잖아."

"부우. 너무해, 아키. 내 뜨거운 흥분에 찬물을 끼얹다니……. 저……질……!"

마시로는 불만을 늘어놓으면서도 도약했다.

하지만 당연히 실패했다.

"한 번에 오르려고 하지 마. 적의 모습을 잘 살펴. 발을 걸칠 장소를 찾아봐."

"발을 걸칠 장소……."

그 말을 듣고, 차분하게 나무를 살폈다.

이제까지 무턱대고 나무를 오르려던 마시로는 마음이 침착해지면서, 시야가 넓어졌다.

"찾았어. 여기를, 잘 이용하면……!"

희망을 찾아낸 후, 도약했다.

미끌.

"—꺄앗?!"

아쉽게도 실패했다.

적당히 튀어나온 부분이 있었지만, 그 부분은 약해진 상태인지 금방 껍질이 벗겨졌다.

"3점 지지를 의식해. 두 손 두 발 중에서 세 가지로 균형을 잡으면 돼. 한곳에 체중이 지나치게 실리면 이번처럼 나무껍질이 벗겨지면서 떨어져. 다리 하나가 허공에 떠 있더라도, 다른 셋으로 균형만 잡는다면 떨어질 일은 없어."

"3점, 지지……."

마시로는 내 가르침을 되새기며 나무를 잡았다.

"이렇……게…… 으, 으응……!"

"그래. 그리고 나무에 몸을 더 붙여. 끌어안는 느낌으로 말이야."

"밀……착……!"

마시로는 부들부들 떨면서 코알라처럼 나무에 찰싹 붙더니, 서서히 나무를 올랐다.

멋진 등반이라고는 도저히 말할 수 없는 모습이었다.

꼴사납고, 한심하며…….

머리 위에서 인정사정없이 빛나고 있는 불꽃이 조롱하는 것처럼 느껴지는 건, 너무 비굴한 생각일까?

그 후로 몇 분이 흘렀을까. 합리성이 전혀 없는 듯한 시간이었다. 너무 우회적이고, 인생의 밀도가 낮은 이벤트.

트라이&에러.

그렇게 부르면 듣기 좋지만, 그것이 추천되는 건 커다란 리턴이 있을 때만이다.

아무것도 얻지 못한다.

아무런 의미도 없다.

하지만.

—마시로의 자기만족이 된다면, 그것은 충분히 가치가 있으며, 의미 또한 있다.

그리고 그것은 나 자신의 자기만족이기도 했다.

마시로의 청춘에 어울려주면서, 이 녀석의 진짜 마음에 부응해주지 못하며 대답을 미루기만 하는 자기 자신이 조금이라도 용서받으려 하는, 쓰레기 자식다운 비열함.

"으…… 으윽……."

그래. 바로 그거야, 마시로.

"크…… 으으…… 조금만, 더……."

그래, 조금만 더 하면 돼. 몇 센티만 더 올라와서 손을 뻗으면 목적지인 나뭇가지에 손이 닿아.

"꺄앗?!"

……! 아니, 괜찮다. 균형을 잃었지만, 내 가르침을 지키며 3점 지지를 의식한 덕분에 떨어지지 않았다.

"이……대로…… 지진…… 않, 아……."

그래. 지지 마.

"이 정도 벽쯤, 넘어서서…… 마시로는……."

가라, 마시로……!

"이로하 양한테…… 이기고 말 거야……!!"

그래! 이로하에게— 어?

잠깐만, 마시로. 너 지금 뭐라고 했어?

폭죽 소리가 아까부터 시끄럽게 들리고 있지만, 러브코미디 주인공 아닌 내 귀는 마시로의 대사를 똑똑히 들었다.

이로하에게 이겨?

어떤 분야에서?

어떤 영역에서?

……아니, 알고 있다.

문맥으로 볼 때, 답은 하나다.

마시로는 이로하를 사랑의 라이벌로 인식하고 있다.

확실히 그렇게 되어도 이상할 게 없다.

왜냐하면, 이로하는. 그 치근덕은. 짜증스러운 이로하는.

귀엽다.

귀엽다는 건, 이성으로서 매력적이라는 의미다.

그러니 제삼자가 봤을 때, 나와 이로하의 관계는 명백한 남녀 관계로 보일 것이다.

그래서 츠키노모리 사장도 우리 둘의 관계를 의심했고, 나 또한 일시적으로 이로하와 단둘이 공공장소를 돌아다니는 것을 피하고 있다.

—그래. 마시로의 이 행위는, 그저 약한 자신을 극복하고 싶은 것만이 아냐.

목표는, 내 옆에 서는 것만이 아니다.

나와 대등한 관계인, **이로하**의 옆에 서는 것이다.

그래서 『친구 여동생』을 졸업하고, 그 너머로 나아가려 하는 것이다.

하늘에서 빛나는 꽃에 손을 뻗기 위해, 너덜너덜해지면서도 높이 올라서려 하는 마시로.

밀랍으로 된 날개로 태양을 거머쥐려 한 이카로스는, 주제넘은 소망을 품은 벌로 지상에 추락했다.

"으…… 아아아아아아아아아아아아아아아!!"

하지만, 마시로의 날개는.

덕지덕지 바른 밀랍이, 태양의 열기에 불타 없어지기 전에.

"닿……았어……!!"

태양에, 닿았다.

마시로의 조그마한 손이, 거머쥐었다.

그리고 밤하늘에서는, 과거를 극복하며 나무타기에 성공한 마시로를 축복하듯 커다란 불꽃이…….

————…………………….

피어나지 않았다.

하늘은 어둡고, 주위는 정적이 감돌았다.

한 여자애의 노력을 축복해주는 듯한, 멋진 불꽃은 어디에도 없었다.

"아하하! 해냈어! 아키, 봤어?"

"……그래. 똑똑히 봤어."

하지만 마시로는 그런 걸 개의치 않는다는 듯이, 더럽고 후줄근해진 얼굴로 구김 없는 미소를 지었다. 이봐, 화장이 흐트러지는 걸 신경 쓰던 너는 어디 가버린 거야? 그런 눈치 없는 말이 머릿속에 한순간 떠오른 것을 보면, 나는 정말 청춘 적성이 낮은 인간쓰레기 같았다.

"힘냈구나, 마시로."

"응, 힘냈어. 인생에서 가장 힘냈어."

"그건 과장 아냐?"

"마시로의 운동 센스를 너무 얕보는 거 아냐? 이렇게 커다란 나무를 오른 건, 쾌거야."

"그게 당당히 할 말이야?"

"아냐."

마시로는 고개를 젓더니, 가슴을 펴며 이렇게 말했다.

"당당히 말할 수 있게 된 거야."

"······아아······."

운동 센스가 없다. 자신의 약점을 지적당하거나 드러내는 것을, 마시로는 극단적으로 싫어했다.

하지만 지금, 자신의 약점과 정면으로 마주하며 극복한 마시로는······.

약점 하나를 받아들일 수 있게 됐다.

"불꽃은 못 봤지만······ 아키의 옆에, 이렇게 섰어. 마시로는, 그것만으로 만족해."

"어, 어이, 마시로?"

마시로가, 내 팔을 끌어안았다.

나무에 묻어 있던 흙에 더러워진 유카타, 땀에 흠뻑 젖은 피부.

하지만 그녀와 몸이 닿고 느낀 것은 불쾌감이 당연히 아니었다. 마시로의 부드러운 감촉도, 희미하게 감도는 땀 냄새도, 전부 달콤한 독처럼 내 뇌를 저리게 만들었다.

"이 정도 상은 받아도 되지? 여친의 특권이야."

"아, 그야 뭐…… 커플 행세를 하려면, 이 정도는 해야 한다고 생각하긴 해……."

"그렇지? 불꽃을 못 봤는걸. 퀘스트 달성 보수가 없으면, 망겜이란 소리를 들어."

옳은 말이다. 게임을 만드는 나로선, 그 의견에 납득할 수밖에 없다.

하지만 마시로. 네 말은 한 부분만 틀렸어.

"불꽃이라면, 볼 수 있어."

"뭐."

"타임 오버를 대비해 보험을 들어뒀어. **남친이 되어 가지고**, 최선을 다한 너에게 상을 못 준다면 실격 아니겠어?"

"흐, 흐음. 멋진 마음가짐이네. ……혹시 선향 불꽃이라도 노점에서 사온 거야?"

소소하긴 하지만, 둘이서 한다면 최고의 추억이 된다.

수많은 작품에서 닳을 정도로 쓰인, 흔하디 흔한…… 그렇기에 보편적인 매력을 갖춘, 가장 로맨틱한 장면이다.

만약 내 인생이란 작품이 러브코미디라면, 그런 클라이맥스를 맞이하는 게 양식미가 있을 것이다.

—하지만 이건 현실이다. 그리고 나는 러브코미디 주인공이 아니라, 오오보시 아키테루란 이름의 살아있는 인간이다.

그러니 남들이 선택할 듯한 왕도적인, 아름다운 전개를 재현할 능력이 없다.

내가 할 수 있는 건, 그저 나와 같은 처지에 처한 이들이 누구나 떠올릴 법한, 평균적인 수단이다.

"마시로, 똑똑히 봐."

"으, 음⋯⋯?"

당혹스럽다는 듯이 눈을 깜빡이는 마시로 앞에서, 나는 스마트폰을 꺼냈다.

그리고, 나는 통화 버튼을 누르며 말했다.

"준비 오케이예요. 쏴주세요."

그것이, 신호다.

한 여자애의 노력을 축복하는 **듯한**, 세련된 불꽃은 없었지만⋯⋯.

한 여자애의 노력을 축복하기 **위한** 불꽃이, 쏘아 올려졌다.

© tomari

"—고생 많았어, 마시로. 너는 정말 대단한 애야."

"어…… 어……? 아키, 이건……."

"아까 말했잖아? 보험으로 들어둔, 가장 커다란 불꽃 폭죽이야."

"그, 그건, 나도 봐서 알아. 그게 아니라, 이상하잖아. 왜 아키의 신호로, 불꽃이……."

"스파이의 정체를 눈치챘거든. 그래서, 가능했어."

"스파이…… 아빠가 보낸, 감시자 말이야?"

"응. 삼촌은 그래 봬도 엄청 유능한 경영자야. 강시의 눈을 강화한다고 말했으니, 우리의 가짜 커플 관계가 잘 유지되고 있는지, 내 주위에 다른 여자가 없는지, 진짜로 조사해볼 거야. 자기 한 말을 실행에 옮기는 것을 거듭해온 끝에, 지금의 허니플레를 세웠을 테니까."

한다고 했으니, 감시자는 분명 있다.

문제는 어디에 있는가, 다.

대체 누가 우리의 거동을 감시하고 있을까.

그 대답은, 단순했다.

"여름 축제 운영을 맡은 아저씨들. 노점을 열거나, 음악을 연주하거나…… 불꽃을 쏴올린 사람들. —그들 **전원이, 스파이였어.**"

기억을 더듬어보니, 답은 명백했다.

축제 음악은 허니플레의 인기작인 그랜드 판타지7 리메이크의 테마를 어레인지한 곡이었다.

그걸 쓰기 위해서는 허락이 필요하겠지만, 만약 이 여름 축제 자체가 허니플레의 협찬으로 개최된 것이라면?

물론 그것만으로는 불확정 요소가 많지만, 또 하나의 간접적인 증거가 있었다.

마시로가 금붕어 건지기에 도전할 때의 일이다.

"아키, 무슨 소리를 하는 거야. 나올 때까지 돌리면 확률은 100%."

"그러니까 작가 특유의 납득력 있는 억지 논리 좀 펼치지 마!"

"놔! 마시로는 절대, 관두지 않을 거야!"

"위세가 어마어마한걸. 부잣집 아가씨는 다른 건가…… 좋아, 이 아저씨도 각오를 다졌어. 여친 쪽의 사내다움에 답하도록 하지! 새 뜰채를 받으라고!"

"아저씨, 고마워……! 잘 봐, 아키. 이게 마시로의, 각오야……!"

이런 대화를 주고 받는데, 그 노점의 아저씨가 마시로를 『부잣집 아가씨』라고 단정지은 건 어째서일까.

나는 대화 속에서 마시로를 작가 취급했다. 실상은 아직 데뷔 전인, 담당 편집자가 붙었을 뿐인 세미 프로 작가다. 그리고 세간에서 일반적으로 상상하는 작가란, 인세로 돈을 왕창 벌어들이는 작가 선생님이 아닐까.

그렇다면 돈을 물 쓰듯 쓴다는 이유로 부잣집 영애라 단정 짓는 것보다 인기 작가로 착각하는 게 자연스럽다.

하지만 마시로의 프로필을 일찌감치 알고 있다면 어떨까?

물론 그것도 상황 증거에 지나지 않는다.

재판이라면, 이런 이유로 혐의가 확정될 리 없다.

하지만 그 정도의 증거 능력은 필요 없다. 중요한 건, 그것이 진실이기만 하면 되는 것이다.

일전의 타이밍에 가짜 연인 관계 관련으로 의심을 받은 나와 마시로가, 여름 방학 최후의 거대 이벤트인 여름 축제를 위장 데이트의 무대로 선택할 가능성은 꽤 크다.

츠키노모리 사장은 그것을 예측하고, 운영 측 아저씨들 전원에게 나와 마시로를 감시하라고 지시했다— 그 가능성을 믿으며, 나는 이곳으로 뛰어오기 직전에 츠키노모리 사장에게 전화했다.

『저희를 감시하고 있죠? 운영 측 사람들을 이용해서요.』

『액셀런트!! 용케 눈치챘는걸~.』

『하아, 말도 안 되는 일을 벌이네요. 여름 축제 전체를 사적인 이유로 이용한다는 게 말이 돼요?』

『너도 사적인 이유로《5층 동맹》동료들과 내 회사를 이용하고 있잖아? 거기서 거기야.』

『그 말에는 대꾸 못 하겠네요…….』

『공사 혼동, 대환영이지. 군대식 조직 구조가 유행하던 시절이라면 몰라도, 이제부터는 개인의 시대—를 넘어서, 폐쇄적 커뮤니티의 시대로 회귀할 거다. 인프라 타입의 일이라면 몰라도, 크리에이티브 쪽 일에는 공도 사도 없어.』

『사기틱한 궤변이란 느낌이 드는데요.』

『으~음, 안 들리는걸~. 나도 러브코미디 주인공 뺨치는 인기남이라서, 나한테 불리한 대사는 필터링되거든.』

『남이 이성에게 인기 있으면 질투하면서 말이에요. 그 이중 잣대는 좀 문제라고 생각하는데요.』

『어른은 괜찮아, 어른은! 사랑과 로맨스라는 건, 청춘 시절을 희생한 어른의 사치거든.』

『하지만 그 어른의 사치를, 거짓이라도 괜찮으니 맛보라고 말한 사람은 사장님이거든요? 그러니 진실을 밝혀낸 상을 주지 않겠어요?』

『말해보도록.』

『사적인 일에 여름 축제를 이용할 만큼 제멋대로인 당신에게 부탁할게요. 딱 한 발— 딱 한 발이라도 괜찮아요. 끝내주는 한 발을— 저와, 제 여친을 위해, 쏴주세요.』

그리하여 실현된 것이, 딱 한 송이의 커다란 꽃…… 정도가 아니었다.

두둥…… 두두둥……! 두두두둥……!

백화요란(百花擾亂).

정적 후에 남겨진 것은, 화려한 폭죽 러시였다.

"이렇게까지 하란 말은 아니었는데…… 그 사람은 진짜 딸 바보라니깐."

폐를 무릅쓰고 부탁한 것은 딱 한 발(100만 엔 상당)이었다. 그 정도라면 손해배상을 청구 당하더라도 《5층 동맹》의 예산으로 처리할 수 있을 거라고 생각했다.

하지만 츠키노모리 사장이란 인간은 딸을 위해 리스크를 끌어올렸다.

뭐, 그래도, 하이 리스크에는—.

"우와…… 예뻐……"

—하이 리턴이 뒤따르는 법이다.

어둠을 물들이는 빛의 비를 맞은 마시로의, 딱딱한 얼음이 전부 녹아내리며 드러난 환한 얼굴을 보니, 그것만으로도 이런 일을 벌인 보람이 있다는 생각이 들었다.

다이아몬드 못지않은 가치가 있다는 흔해 빠진 말을 할 생각은 없지만, 변상금 100만엔의 가치는 분명 있었다.

나무 아래에서 무릎을 끌어안은 채 몸을 웅크리고 있을 뿐인, 음지의 소녀.

그런 그녀가, 빛을 온몸으로 받으며 빛나고 있었다.

아주 약간, 딱 한 걸음이지만, 그래도 마시로는 달라졌다.

달라진…… 건가.

"……미안해, 마시로. 나는 최악의 남친이야."

"왜 사과하는 거야? 이렇게 멋진 경치를 선물해줬잖아."

"원래라면 이 로맨틱한 시추에이션에서…… 여친에 대한 생각으로 머릿속에 가득 차야 할 상황에서―《5층 동맹》을 생각하고 말야."

달라진 마시로의 모습을 보고……

가장 먼저 머릿속에 떠오른 것은, 동료들의 얼굴이었다.

치명적인 커뮤니케이션 장애를 극복하고 있는, 오즈.

본가와의 문제를 마무리지어서, 규율에 얽매여 있던 자기 자신을 뒤바꾼 무라사키 시키부 선생님.

일종의 비효율을 받아들이며, 조금만 자신의 가치를 다시 살피자고 생각한 나.

하지만 아직, 근본적으로는 변하지 않은 녀석이 한 명 있다.

코히나타 이로하.

나에게만 짜증나게 구는, 친구 여동생.

나한테만이 아니라 누구에게나 그 짜증스러운 매력을 보여주게 된다면, 분명 그 녀석의 삶도 변할 거라는 생각이 들었다.

―나를 좋아한다는 걸 알고 있는 마시로와 단둘이 있는, 이 상황에서, 이로하의 프로듀스를 생각하다니, 나는 정말 최악의 인간쓰레기다.

"《5층 동맹》이 아니라, 이로하 양을, 생각한 거지?"

"……너, 어디까지 알고 있는 거야?"

그 의미심장한 말투는, 마치 이로하의 정체를 눈치채고 있는 것만 같았다.

하지만 마시로는 내 질문에 글쎄, 하고 애매모호하게 답할 뿐이었다.

"미리 말해두겠는데, 절대 연애 관계는 아냐."

"감정도 그래?"

"……99%."

"100%라고는 말 안 하는구나."

"단언할 수 있을 만큼 자기 자신에 대해 잘 알지는 못하거든."

"동정답네. 청춘 동정."

"……어이어이."

청초하게 생겨 가지고 무슨 소리를 늘어놓는 거야.

"이 분야에 있어선, 마시로가 누나…… 일지도 모르거든? 에헤헤."

그렇게 말한 마시로는 내 어깨에 기댔다.

내 어깨에 머리를 맡긴 채, 밀착 상태에서, 감미로운 유혹을 속삭였다.

"프로듀서로서 이로하 양을 어떤 식으로 인도하려는 건지, 모르겠지만……. 청춘의 선배— 누나인 마시로가, 도와줄게."

"도와줘……?"

"응. 그러니까 들려줘. 아키가, 이로하 양과 어떤 관계가 되고 싶은지를. 이로하 양을 어떻게 만들고 싶은지를."

"그건, 네 전략이야?"

"응. 마시로는 만만찮은 애거든. 이렇게 여친으로서 아키의 곁에 있으면서, 아키의 고민을 나눠 짊어지면서, 함께 있는 시간을 만들 생각이야."

망설임. 죄책감. 소용돌이치는 마음.

남의 약점을 이용하려 하는 건 악녀나 할 짓이지만, 이렇게 대놓고 선언하니 용서해주게 됐다.

그래서 나는 입을 열었다.

이로하의 비밀을 숨긴 채.

내가, 이로하에게 해주고 싶은 일을.

코히나타 이로하란 한 인간을 프로듀서하고 싶은 욕구를.

나는 이 마음을 더 많은 이들에게 들려주고 싶었다.

타인의 인간관계에 참견하는 건 오만의 극치다. 그래서 제삼자에게 동의를 받아서, 자칫하면 독선이 될 수 있는 이 생각에 객관성을 부여하고 싶었다.

마시로가 《5층 동맹》에 속한 이가 아니라는 것도, 쉽게 이야기가 나온 이유 중 하나다.

"……이걸로 비긴 거야, 이로하 양"

마시로가 작은 목소리로 중얼거린 말의 의미에 관해 묻는 것보다 앞서, 이미 머릿속에 떠올라 있던 말이 입 밖으로 흘러나왔다.

"—이로하가, 나 말고 다른 사람한테도 치근덕거릴 수 있게 됐으면 해. 나와 함께 있는 것보다 더 즐겁다고 여기는 절친을, 만들어주고 싶어."

수풀을 밟으며 이 자리로 다가오던 발소리가 동요한 듯이 흐트러졌다는 것을, 당시의 나와 마시로는 전혀 눈치채지 못했다.

"최선을 다한 연인에게 특대 불꽃 폭죽을 선물하다니, 건 방진걸."

쌍안경의 동그란 시야 속. 나무 위에서 마지막 불꽃을 바라보며 서로에게 기대고 있는 가짜 커플을 본 나는, 잃어버린 청춘 시절을 떠올린 바람에 뱃속에서 암흑물질이 끓어올랐다.

남자애는 조카, 여자애는 사랑하는 딸이라 더욱 그랬다.

마지막 불꽃이 잦아들고 사람들이 귀가하는데도 꼼짝하지 않았다. 벤치에 앉아서 증오심을 담아 입에 문 구운 오징어를 잘근잘근 씹었다.

"우후후. 기뻐 보이는군요."

벤치 옆에는 한 여성이 서 있었다.

미인이지만, 내 불륜 상대는 아니다.

여신 아프로디테의 현현이라 부르더라도 과장이 심하다며 지적하는 사람은 없을 것이다.

황금색 머리카락을 단정하게 빗어넘기고 혈통 좋은 경주마의 윤기 넘치는 꼬리처럼 많은 머리카락 끝을 출산 경험 있는 여성 특유의 매력을 자아내는 가슴 앞으로 늘어뜨렸다.

언뜻 보면 단순하지만 상류층 인간이 보면 고급이라는 것을 알 수 있는 고급스러운 옷도 그렇고, 꼿꼿한 등도 그렇고, 영부인 같은 아우라가 감돌았다.

사장, 아마치 오토하.

또 다른 이름은 어머니, 코히나타 오토하.

요주의 연적 후보로 최근 며칠 동안 마크했던 코히나타 이로하의 어머니다.

사실 이 여름 축제는 허니플레이스 워크스만이 아니라, 그녀가 사장인 텐치도도 제공처로 이름을 올렸다. 불꽃놀이 특별관람석에 우대권으로 들어갈 수 있기에, 서로의 딸과 조카에 관해 나눌 이야기도 있는지라 행동을 같이하고 있는 것이다.

"기뻐? 내가? 사랑하는 딸을 조카한테 NTR 당했는데?"

"오랜 지인으로서 완곡하게 한마디 하자면, 자기 딸을 상대로 그 표현을 쓰는 건 매우 혐오스럽거든요?"

"아마치 사장은 배려심과 인간적인 마음을 배우는 편이 좋을 것 같은데 말이야……."

"어머, 그런가요. 저만큼 감정적인 여성도 드물지 않을까요?"

"……역시, 그 일로 아직 앙심을 품고 있는 거군."

"그래요. **아이들이 절대 접하지 못하게 하고 싶을 정도로 말이죠.**"

성녀 같은 미소. 하지만 그 목소리에 담긴 보이지 않는 압력에, 나도 식은땀을 흘릴 수밖에 없었다.

그녀가 이제까지 걸어온 인생을 떠올려보면 집념에 가까운 거무튀튀한 감정을 품는 것도 이해가 되지만, 한 사람의 부모로서는 그녀의 자식들이 불쌍하다 느껴졌다.

"그래도 부모의 가치관으로 자식을 옭아매는 건 좋지 않아. 자네는 아나? 요즘은 그런 걸 극성 부모라고 해."

"탕."

"……무슨 짓이지?"

갑자기 총을 쏘는 흉내를 하지 말아줬으면 한다. 아마치 사장에게 당하니, 농담이 아니라 진짜로 살해당한 것 같아서 심장에 나빴다.

"당신에겐 극성 부모를 비판할 권리가 없어요. 자기 가슴에 손을 얹고 생각해보는 게 어때요?"

"무슨 소리야! 나는 이렇게 마시로를 사랑한다고!"

"바로 그 점이에요~. 자식들의 연애에 고개를 들이밀며, 훼방을 놓고 있잖아요. 제 행위가 비난받아 마땅하다면, 츠키노모리 사장님도 충분히 『극성 부모』에 속하지 않을까요?"

"크윽. 그, 그것도 그래……. 아, 아냐. 사랑이 있고 없고에 따라, 큰 차이가……."

"저도 오즈마와 이로하를, 정말정말~ 사랑한답니다. 츠키노모리 사장님은 연애를, 저는 오락을. 사랑의 결정에게 속박하고 있다는 게 다를 뿐이죠."

"으, 으그극."

아마치 사장의 구워삶기 논법이 나왔군.

의식적인지 무의식적인지는 모르지만 그녀는 항상 물 흐르듯 대화의 주도권을 거머쥔다.

감정의 틈새를 파고드는 듯한 합리성. 처음에는 다른 의견을 가지고 있더라도, 이야기를 나누다 보면 점점 그녀의 의견이 올바르다는 쪽으로 생각을 굽히고 만다.

그런 그녀는 대중을 이끌어 정의의 개혁을 이룩한 영웅 같기도 했고…….

사람들을 속이고 선동해서 세상에 크나큰 흉터를 남긴 독재자 같기도 했다.

경영자들 사이에서 드물게 보이는 대화의 마술사.

이것은 어디까지나 현실에서의 일이다. 판타지 설정 같은 게 결단코 아니다.

아마치 오토하 사장은 현실에서 세뇌 마법을 쓸 수 있는 것이다.

"우후후. 주제넘게도 저한테 설교를 하려고 하니 이렇게 되는 거예요~. 가만히 있는다면, 저도 공격을 하지 않을 거랍니다~."

"알았어. 항복하지. 자네를 적으로 돌릴 배짱은 없거든. ……그런데, 무슨 이야기를 하고 있었지?"

"기뻐 보인다고 했죠."

"아, 그래. 내가 왜 기뻐 보인다는 거지?"

"오오보시 군과 마시로 양. 실은 두 사람이 맺어지길 바라는 거죠? 다 알고 있어요~."

"내 본심을 멋대로 날조하지 말아 주겠나?"

"날조라고 딱 잘라 말하지는 못할 것 같은데요~."

의미심장한 느낌으로 눈을 가늘게 뜬 아마치 사장은 내가 들고 있는 쌍안경을 빼앗아서 들여다보았다.

나무 위에 있는 가짜 커플을 바라보며 그녀는 볼을 붉혔다.

"잘 어울리는 두 사람이군요~. 저 풋풋한 느낌을 보아하니 츠키노모리 사장님이 걱정할 만한 사태는 결혼 전에 일어나지 않을 것 같은데요~?"

"……아픈 곳을 찔렸는걸. 성격이 나쁘단 말을 자주 듣지 않아?"

"네~. 그런 칭찬은 자주 듣는답니다."

무시무시할 정도의 긍정적 사고방식이었다.

"뭐, 나도 알아. 마시로도 언젠가는 시집을 가겠지. 그렇다면 하다못해 그 상대는 마시로를 저렇게 웃게 해주는 남자가 좋겠지만—."

단 한 여자애를 웃게 하려고 불꽃 폭죽을 사유화했다.

기지를 발휘해, 리스크마저 받아들이며, 무모한 짓을 벌여서라도, 마시로에게 줄 선물을 우선했다.

저런 남자다운 모습을 보니, 아무리 청춘 안티인 나라도 인정하지 않을 수 없었다.

저 남자라면, 마시로를 맡겨도 되지 않을까…… 하고 말이다.

하지만, 그건 그것대로…….

"—마음에 안 드는군. 나를 위하는 척하지만, 실은 자네를 위해 그러는 거잖아?"

"오오보시 군은 호감이 가는 청년이고, 우리 오즈마와도 친해죠. 그래서 이로하의 남편감으로 딱이라고 생각했지만……. 딱 하나, 치명적인 결점이 있거든요~."

"《5층 동맹》의 리더라는 점인가."

"네. 만약 그가 저처럼, 크리에이터들을 비즈니스의 도구로 여기며 대할 수 있다면 좋았겠지만……."

"그는 다르지."

일전에 셋이서 같이 식사를 할 때, 아키테루 군 본인이 말했다.

『저는 《5층 동맹》의 스태프를 사랑해요. 그들이 만드는 걸, 진심으로 재미있다고 여겨요. —그저 돈을 벌면 된다고 생각했다면, 게임 따위보다 훨씬 짭짤하게 벌 수 있는 분야를 선택했을 거예요.』

아직 새파란 고등학생 주제에, 그는 경영 시점과 크리에이터 시점을 겸비하고 있다.

　나는 그 희소성에 매우 흥미를 가졌지만, 아무래도 아마치 사장은 견해가 다른 것 같았다.

　"그는 이로하에게 엔터테인먼트의 매력을 알려줄지도 모르니까요."

　"그렇게 되면 곤란하다는 거군. 그럼 오즈마 군은 괜찮은 건가? 이미 꽤 친하다면서?"

　"뭐, 오즈마는 괜찮을 거예요~. 그 애는 **무슨 일이 벌어져도 별다른 영향을 받지 않을 테니까요.**"

　"그래……?"

　묘한 표현이란 생각이 들었다.

　하지만 내가 의문을 드러내기도 전에 아마치 사장은 말을 이었다.

　"하지만, 이로하는 이미 오오보시 군에게 꽤 영향을 받은 것 같으니까요. 그게 좀 고민거리랍니다."

　"……역시 그 두 사람은 그렇게 친한 사이인 거군."

　"사랑하는 사이, 는 아닌 것 같지만요~."

　"흐음……."

　신변 조사 결과, 두 사람이 꽁냥꽁냥한다는 목격 정보는 입수했다. 하지만 정보를 분석해보니 이로하 양 쪽에서 계속 들러붙었고, 아키테루 군은 통명한 태도로 그녀를 밀어내는 태도를 취하고 있었다.

주위에 여자가 전혀 없는 건 아니지만, 그는 나름대로 계약을 준수하려 노력하고 있었다.

"집에 자주 들어가지는 않기 때문에 세세하게 관찰하지는 못했지만⋯⋯. 오늘, 확신했어요~. 이로하는 오오보시 군을 좋아하게 된 것 같네요~."

"그리고 두 사람을 갈라놓기 위해 마시로를 응원하겠다는 건가? 내 딸을 희생양으로 삼으려고 하다니, 배짱 한번 좋은걸. 아무리 나라도 발끈할 수밖에 없거든?"

"어머어머? 허니플레 분, 텐치도에게 시비를 걸어도 괜찮겠어요?"

"그쪽에서 최근에 내놓은 『모아봐요 물고기의 바다』와 우리의 『그랜드 판타지7 리메이크』의 매상 승부라면 어느 쪽이 이기려나? 핫핫핫."

"그 퀄리티를 내려고 돈을 얼마나 썼으려나요~. 저희는 퀄리티도 물론이고 효율적인 개발도 염두에 두고 있죠. 이익 승부라면 어느 쪽이 이기려나요? 우후후. 우후후후후."

"하하하. 하하하하."

"우후후. 후후후후."

온화하게 웃고 있는 두 어른. 실로 젠틀한, 사교적인 교류라고 할 수 있다.

물론 이것은 사교 댄스가 아니라 사교 듀얼이지만 말이다.

"뭐, 그들의 연애에 나는 더 이상 관여하지 않을 거야. 저렇게 사나이다운 모습을 보여줬으니 마시로가 사랑에 빠지는 건 막을 수 없을 테고, 그에게는 내 딸을 빼앗을 권리가 있지. ―또한, 그가 마지막에 누구를 선택할지도 내가 관여할 바가 아니야."

"……공명정대하군요~. 좀 더 적극적으로 움직여도 될 텐데 말이에요."

"전부 어른들의 뜻대로 될 만큼, 아이들은 만만하지 않아. ……그 점을 알고 있을 뿐이지."

"그런가요. 뭐, 상관없어요. 도와주시지 않더라도, 저는 저대로 움직일 뿐이니까요."

아마치 사장의 얼굴에서 감정의 빛이 사라졌다.

마치 양초의 불이 사라진 것처럼 갑자기, 나에 대한 경쟁심이 사라졌다.

그리고 그녀는 말했다.

"그럼 이제부터는 오오보시 군의 청춘을 인정한다―. 그것을 이유로 《5층 동맹》의 허니플레 입사를 거절하지는 않겠다는 거죠?"

"마시로와 맺어졌을 때는 말이야. 단, 자유로운 청춘까지는 곤란해."

"어머, 그런가요."

"그가 학교에서 마시로를 지켜줘야만 하거든. 마시로와 진지하게 교제하더라도 이제까지처럼 내 딸의 기사로 있어 준다면 불평을 할 생각은 없지만, 마시로를 완전히 방치해놓고 다른 여자애와……는 좀 봐주기 어려워."

"후후. 뭐예요. 결국 극성 부모 동지잖아요."

"똑같이 취급하지 말아줬으면 좋겠군. 나는 어디까지나 거래거든."

이것이 내 억지라는 말을 들을 이유는 없다. 취직에 특별히 편의를 봐달라는 무모한 요구를 먼저 제시한 사람은 아키테루 군인 만큼, 이 정도 고행 플레이는 간수해줘야겠지. 음.

"뭐, 마시로 말고 다른 여자애와의 연애를 인정해줄 수 없는 데는, 다른 중요한 이유가 있거든."

"흐음. 하도 뜸을 들여대니, 신경이 쓰일 수밖에 없네요~."

아마치 사장은 흥미롭다는 듯이 눈을 반짝이며 고개를 갸웃거렸다.

나는 멋들어지게 기른 수염을 가볍게 쓰다듬은 후, 가늘게 뜬 눈에 그윽한 눈빛을 머금으며 이렇게 말했다.

"조카가 여자한테 인기 있으면 왠지 열받거든."

이것만은 솔직히 어쩔 수가 없었다.

"—이로하가, 나 말고 다른 사람한테도 치근덕거릴 수 있
게 됐으면 해. 나와 함께 있는 것보다 더 즐겁다고 여기는
절친을, 만들어주고 싶어."

그 말을 들은 순간, 나는 발걸음이 흐트러지는 것을 느꼈다.

소리가 나지 않게 조심하고 있었는데 무심코 풀을 밟고
소리를 냈다.

드, 들렸을까……? 하고 생각하며 머뭇머뭇 커다란 나무
위를 올려다보니, 그곳에는 변함없이 서로에게 몸을 기대고
있는 선배와 마시로 선배가 있었다.

가슴이 욱신거리며 아파왔다.

두 사람을 발견한 것은 진짜로 우연이었다.

폭죽이 발사됐을 때, 나는 같은 반 애들과 함께 시끄럽게
떠들어대며 스마트폰으로 사진을 찍고 있었다.

하지만 그 도중에, LIME으로 연락이 왔다.

엄마로부터의, 연락이었다.

엄마는 폭죽 제공처의 회사와 인연이 있어서 관람석 우대
권을 받았고, 축제 장소에 왔으니 내 얼굴이 보고 싶다고 말

했다. 친구와 같이 있으니 미뤄달라고 부탁했지만, 엄마는 내 부탁을 들어주지 않았다. 결국 나는 엄마와 만나기로 한 장소인 신사 본당 뒤편으로 향했다.

─그리고, 보고 말았다.

마시로 선배가 열심히 나무를 오르는 모습을.

선배가 마시로 선배에게 특대 폭죽을 선물하는 모습을.

두 사람이 서로에게 기대선 모습을.

위장 데이트인 만큼 저렇게 훈훈한 모습을 선보이는 게 당연했다. 당연하다는 것을 머릿속으로는 알고 있었다.

같은 반 애들과 돌아다니면서도 선배 옆에 마시로 선배가 있는 광경을 떠올릴 뻔했지만, 그건 《5층 동맹》을 위한 일에 지나지 않는다고 되뇌었다.

하지만, 이렇게 두 눈으로 똑똑히 보니 그럴 수가 없었다.

선배에게 성장한 모습을 보여주려고 노력하는 마시로 선배는 정말 갸륵하고 귀여웠으며, 연적이라는 것을 알면서도 손에 땀을 쥐며 응원하고 말았다. ……이건 약았다. 눈곱만큼도 미워할 수가 없다.

그 모습을 지켜보는 선배의 눈길 또한, 참 상냥했다.

동화속의 왕자님과 공주님 같았다.

그 모습을 본 것만으로도 거대한 바위가 마음을 짓누르는 듯한 느낌이 들었는데, 결정타는 방금 그 대사였다.

"내가…… 선배와 함께 있는 것보다, 더 즐겁다고 여기는 상대를 만들어줘······?"

그건, 어떤 의미죠?

제가 어리광부리며 귀찮게 하는 게, 실은 엄청 싫었던 거야? 그 역할을 남에게 떠넘기고 싶어졌어?

······그럴 리 없어. 선배가 그런 식으로 생각할 리가 없는걸.

아마 특유의 오지랖이 발동한 선배는 학교에서의 내 인간 관계를 걱정해주고 있을 뿐, 같은 게 틀림없다.

그래도. 하지만. 그럴지라도.

선배는, 나와 단둘이 있는 시간을 조금이라도 줄이려 하고 있다.

그것은 아마, 사실이다.

"······윽."

그렇게 생각한 순간, 나는 달리고 말았다. 선배와 마시로 선배에게서 뒤돌아선 채, 경내를 내달렸다. 도중에 클래스메이트인 토모사카 양 일행과도 엇갈렸지만, 나를 부르는 목소리를 무시하며 계속 달렸다.

엄마와 만나기로 한 것조차도, 아무래도 상관없어졌다.

어쩌지. 뭔가 이상하다.

이러면 여러 사람에게 걱정을 끼치고 만다. 괜한 의심을 살 것이며, 괜히 캐고 들지도 모른다.

이제까지처럼 적절하게 연기하고, 균형을 잡으며, 능숙하게 행동하면 될 텐데······.

그럴 수가 없다.

가슴 속에서 눈에 보이지 않는 뭔가가 날뛰면서 소란을 피운 탓에, 이성이 반응을 보이지 않았다.

—선배를 빼앗기는 건 싫어.

—선배에게 다른 사람이 다가가는 건 싫어.

—선배가 나를 멀리하는 건 싫어.

염치없는 감정이 폭죽처럼 터지더니, 다른 감정으로 불이 옮겨붙으면서 연쇄 폭발을 일으켰다.

아아, 정말 싫어. 이렇게 제멋대로 구는 걸 가장 싫어하는데~!

마시로 선배의 진심을 알면서, 선배가 《5층 동맹》을 최우선으로 여긴다는 것에 안주하며, 평소와 다름없는 관계를 계속 이어갈 수 있다는 것에 안도했다. 선배를 좋아하면서, 마시로 선배와도 친구로 지낼 수 있을 거라는 행복한 꿈을 꿨다.

하지만 그것은, 관계의 밸런스가 일정할 때의 이야기다.

나도, 마시로 선배도 평등하게 연애 상대가 아니다.

접촉도도 비슷하다.

마시로 선배는 같은 반에서 수업 시간을 함께한다는 이점을 지녔고, 나는 귀가한 후부터 선배의 방에 눌러앉아서 지낸다. 그렇게 밸런스가 잡혀 있었던 것이다.

하지만 마시로 선배는 가까워지고, 나는 멀어진다면…….

"그런 건, 싫어……."

한심한 소리가 입 밖으로 흘러나왔다.

이대로 혼자 있는 건 불안하지만, 이럴 때 의지할 사람은 몇 안 된다.

자연스레 내 발길이 향한 곳은, 나에게 있어 **제3의 자택**.

『오토이』.

유서 깊은 일본 가옥의 목조 현관문에 걸린 명패에는, 부모 얼굴만큼 자주 본 이름이 새겨져 있었다.

중학생 시절, 선배와 함께 나에게 손을 내밀어준 **언니**의 집.

흐트러진 발걸음으로 문에서 안을 들여다보니, 방금까지 불꽃놀이를 보고 있었던 건지 일본차와 화과자를 옆에 낀 채 툇마루에 느긋하게 앉아 있던 오토이 씨가 나를 발견했다.

"오~, 코히나타잖아. 무슨 일이야~?"

늘어진 목소리로 그렇게 말하며 나른한 듯이 손을 흔드는 모습을 보자, 뭔가가 치밀어올랐다.

"오토이 씨……!"

나는 그녀의 가슴에 뛰어들었다.

얼굴은 보여주지 않았다. 이런 한심한 표정은, 보여줄 수 없다.

"도와줘…… 오토이 씨……."

"잘은 모르겠지만, 무슨 일 있었던 거야~?"

오토이 씨는 당혹감이 섞인 목소리로 그렇게 말하더니, 내 머리를 쓰다듬어줬다.

그녀의 온기에, 감싸이는 것만 같았다.

딱딱한 갑옷이 흐물흐물해지자, 그 안에서 날뛰던 감정이 그대로 분출됐다.

"어쩌면 좋을지 모르겠어! 나…… 전부 다 좋아하니까……!"

이건 벌이다.

선배에게 솔직하게 마음을 전하지 않아서 받는 천벌.

신은, 정직한 자에게 키스한다.

정정당당히 고백하고, 몸과 마음을 다해 최선을 다하는 마시로 선배니까, 선배의 옆자리를 차지했다.

"선배의 옆이 좋아! 선배와 함께하는 시간이 좋아! 하지만 《5층 동맹》 멤버들도 좋아하고, 마시로 선배도 좋아하고, 선배와, 오토이 씨와, 모두와 함께 만드는 『검은 염소』가 좋아서…… 이 관계가 쭉 이어지는 게 가장 낫다고……!"

하지만, 선택해야만 한다.

마시로 선배와 대립하게 되더라도, 선배에게 고백할 것인가.

마시로 선배와 친하게 지내기 위해, 이 마음을 덮어둘 것인가.

불꽃 폭죽을 쏠 것인가? 말 것인가?

"가르쳐줘, 오토이 씨—."

이제까지도, 나는 참았다.

억지를 부리면 엄마가 상처받을지도 모르니까, 연기에 흥미 없는 척 해왔다.

마시로 선배가 상처 입을지도 모르니까, 선배를 연애 대상으로 여기지 않는다고 우겨왔다.

하지만, 그것과 모순되듯…….

선배로부터, 좋아하는 것에 충실한 삶이 얼마나 행복한지를, 배웠다.

자신의 행복. 타인의 행복.

만약 그것들이 어긋났을 때, 어떻게 하면 될까?

답이 없는 질문에, 모순된 힘에 좌우로 당겨져서, 몸이 찢겨나갈 것만 같다.

내 안에서만 이 문제를 처리하려 하면, 망가져 버릴 것만 같았다.

그래서 나는 포용력 넘치는 언니 같은 오토이 씨에게, 어리광을 부리듯 털어놓았다.

"─누구도 슬퍼하지 않는 억지를 부리려면, 어떻게 해야 해?"

© tomari

■작가 후기

　독자 여러분, 안녕하십니까. 작가인 미카와 고스트입니다. 사랑의 폭풍이 휘몰아치는 제5권. 달콤함만이 아니라 약간의 쓸쓸함도 가미된 이번 청춘 스토리는 어떠셨는지요.

　앞으로 어떤 이야기가 전개될지 신경 쓰이는 분도 많을 거라 생각합니다만, 6권 예고를 보면서 다음 권을 고대해주셨으면 합니다. 그럼 이번 후기에는 그런 내용이 아니라, 평소처럼 폭소를 금할 수 없는 코믹 에피소드를 소개할까 합니다.

　이번에는 무시무시한 『발각』 이야기를 할까 합니다.

　가짜 연인 관계, 정체불명의 성우집단 X, 마키가이 나마코— 이 『동생짜증』이란 작품에서는 정체를 숨기고 사는 녀석들의 삶, 그 탓에 발생하는 어이없는 일들, 고통을 동반한 엇갈림 등을 그려지고 있습니다. 그리고 저 또한 펜네임으로 활동하고 있는 작가란 직업을 지녔죠. 미카와 고스트란 이름이 본명일 리도 없고요. 저는 정체를 숨긴 채 하루하루를 살아가고 있습니다.

　단골 지압 마사지 가게에서도 펜네임을 밝히지 않았고, 직업이 뭔지 물어도…….

"아~. 제 직업 말인가요~. 문장을 쓰는 일이라고나 할까요~."

그렇게 대충 둘러댔습니다만, 최근에 그 가게의 마사지 선생님에게 이런 말을 들었습니다.

"미카와 고스트 선생님이란 이름으로 책을 쓰시죠?"

"?!?!?!?!?!?!?!?!"

어째서 이런 일이 벌어진 것일까. 이 마사지 선생님은 얀데레 스토커인 건가? 혹은 다크웹에 내 개인 정보가 유출된 건가? 여러분은 이런저런 가능성을 떠올렸을 거라고 생각합니다만, 아마 전부 빗나갔을 겁니다.

사실 이 일은 작금의 거리두기 생활과 재택 생활 등으로 여러분도 익숙하실 예의 그것 때문에 발생한 사태였습니다. 퍼O 코O나!

마사지는 신체 접촉을 필요로 하기 때문에 점포는 영업 자숙을 하고 있습니다만, 「몸이 너무 나쁠 때는 개인적으로 시술해드릴 테니, 연락 주세요」라며 호의를 베풀어주신 마사지 선생님과 전화번호를 교환했습니다(결국 아직 한 번도 부탁은 드리지 않았습니다만).

그랬더니 어느 유명 메시지 앱이 「전화번호로 친구 등록」 기능을 발동시켜서 『미카와 고스트』가 마사지 선생님의 친구 후보로 표시됐다고 하는 비극이 발생한 겁니다! 정말 무시무시한 일이군요······. ······제가 부주의했을 뿐이라고요? ······크윽······.

정체 발각 같은 건 허탈할 정도로 간단히 발생합니다. 『동생짜증』도 비밀이 들통나거나 나지 않거나 하며 점점 이야기가 진행되어 가고 있습니다. 6권은 소책자 한정판, 그리고 드라마CD 제3탄도 결정되어 있으며, 앞으로도 이 인기 시리즈를 잘 부탁드립니다! 그럼, 미카와 고스트였습니다!

■역자 후기

　안녕하십니까. 근로청년 번역가 이승원입니다.

　『친구 여동생이 나한테만 짜증나게 군다』 5권을 구매해주셔서 진심으로 감사드립니다.

　더운 여름이 지나가고 선선한 가을 초입에 이 후기를 적고 있습니다.

　올해 여름…… 그야말로 더위&누수와의 사투였습니다.

　새 작업실이 반 옥탑방이라 한낮에 40도까지 기온이 치솟고, 폭우가 내리면 누수도 발생하더니, 태풍이 온 날에는 하수도가 역류해서 한밤중에 바가지로 물을 퍼내기도 했습니다.

　……이야, 올해도 참 파란만장한 여름이었네요, AHAHA.

　내년 여름은 좀 무난하게 지나가기를 이제부터 빌까 합니다.

　독자 여러분께서는 여름을 잘 보내셨기를 빕니다!

　그럼 『친구 여동생이 나한테만 짜증나게 군다』 5권에 관해 이야기를 좀 해볼까 합니다.

스포일러가 포함되어 있을 수도 있으니 본편을 안 읽으신 분은 유의해주시길!

　『친구 여동생이 나한테만 짜증나게 군다』5권은 여름 축제 편이었습니다.

　4권 마지막이 충격적이었던 만큼, 배신감에 떠는 마시로 가 얀데레화해서 나이스한 보트(^^)로 이어지는 건 아닐까 하는 걱정(?)을 했습니다만……. 마시로는 금방 마음을 추 스리더군요.

　그뿐만 아니라 새롭게 전의를 다지면서 아키에게 당당히 대시하는 모습은 절로 응원하고 싶어질 만큼 멋졌습니다.

　4권에서 동침과 해변 데이트로 우위를 점하는 것 같았던 이로하 또한, 5권에서의 일을 통해 사태의 심각성과 자신의 마음을 깨닫게 됩니다.

　그런 이로하의 반격이 6권에서 시작될 줄 알았습니다만…… 예고 파트에 실린 단어가 너무 충격적이네요. 미스 콘테스트, 여장, 미스터 콘테스트, 남장, 그리고 합법 오즈×아키……. 상 상을 불허하는 카오스가 벌어질 듯한 예감이 엄습합니다.^^

　그럼 이만 줄이겠습니다.
　항상 재미있는 작품을 맡겨주시는 L노벨 편집부 여러분에 게 진심으로 감사 드립니다. 앞으로도 잘 부탁드립니다!

하수도 역류와 누수 때 뛰어와 준 악우들이여. 이 빚은 다음에 꼭 갚으마.^^

마지막으로 언제나 제게 버팀목이 되어주시는 어머니와 『친구 여동생이 나한테만 짜증나게 군다』를 읽어주신 모든 분께 진심으로 감사드립니다.

혼돈 그 자체의 문화제가 펼쳐지는 5권 역자 후기 코너에서 다시 뵙겠습니다!

2021년 9월 초
역자 이승원 올림

친구 여동생이 나에게만 짜증나게 군다 5

초판 1쇄 발행 2022년 1월 10일

지은이_ mikawaghost
일러스트_ tomari
옮긴이_ 이승원

발행인_ 신현호
편집장_ 김승신
편집진행_ 권세라 · 최혁수 · 김경민 · 최정민
편집디자인_ 양우연
관리 · 영업_ 김민원

펴낸곳_ (주)디앤씨미디어
등록_ 2002년 4월 25일 제20-260호
주소_ 서울시 구로구 디지털로 26길 111 JnK디지털타워 503호
전화_ 02-333-2513(대표)
팩시밀리_ 02-333-2514
이메일_ lnovellove@naver.com
ㄴ노벨 공식 카페_ http://cafe.naver.com/lnovel11

ISBN 979-11-278-6312-8 04830
ISBN 979-11-278-5641-0 (세트)

값 7,800원

*잘못된 책은 구매처에 문의하십시오.

새 엄마가 데려온 딸이 전 여친이었다 1~3권

카미시로 쿄스케 지음 | 타카야Ki 일러스트 | 이승원 옮김

어느 중학교에서 어느 남녀가 연인 사이가 되고,
꽁냥꽁냥거리다, 사소한 일로 엇갈리더니,
두근거림보다 짜증을 느낄 때가 더 많아진 끝에…… 졸업을 계기로 헤어졌다.
그리고 고등학교 입학을 코앞에 둔 두 사람은—
이리도 미즈토와 아야이 유메는, 뜻밖의 형태로 재회한다.
"당연히 내가 오빠지.", "당연히 내가 누나 아냐?"
부모 재혼 상대의 딸이, 얼마 전에 헤어진 전 연인이었다?!
부모님을 배려한 두 사람은 「이성으로 여기며 의식하면 패배」라는
「남매 룰」을 만들지만—
목욕 직후의 대면에, 둘만의 등하교……
그 시절의 추억과 한 지붕 아래에 산다는 상황 속에서,
서로를 의식하고 마는데?!

전생 왕녀와 천재 영애의 마법 혁명 1~3권

카라스 피에로 지음 | 키사라기 유리 일러스트 | 송재희 옮김

어릴 때 전생의 기억을 되찾은 왕녀, 아니스피아.
마법을 쓰지 못하기에 귀족들에게는 낮은 평가를 받지만
독자적인 마법 이론을 만들어 혼자서 연구를 계속하고 있었다.
그녀는 어느 날 천재 공작 영애, 유필리아가
차기 왕비 자리에서 밀려나는 장면과 맞닥뜨린다.
그녀의 명예를 회복하기 위해
아니스피아는 유필리아와 함께 살며 마법을 연구하기로 하는데?!
"유피, 나랑 같이 가 줄래?"
"바라신다면 어디까지라도 함께하겠어요. 아니스 님."
기상천외한 전생 왕녀와 쿨한 천재 영애의 만남이
나라를, 세계를, 두 사람의 미래를 바꿔 나간다!

사랑스런 두 사람의 왕궁 백합 판타지 개막!

라이트노벨의 새로운 빛! L노벨의 신간은 매월 10일에 발매됩니다. http://cafe.naver.com/lnovel11